U0028687

偵探不在之處即樂園

TANTEI FUZAI RAKUEN

斜線堂有紀

目次

常世館平面圖

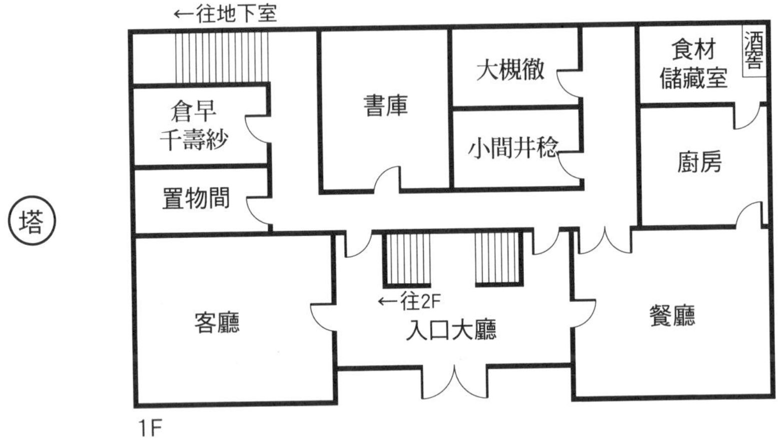
←往地下室
倉早
千壽紗
置物間
書庫
大槻徹
小間井稔
食材
儲藏室
酒窖
廚房
塔
客廳
←往2F
入口大廳
餐廳
1F

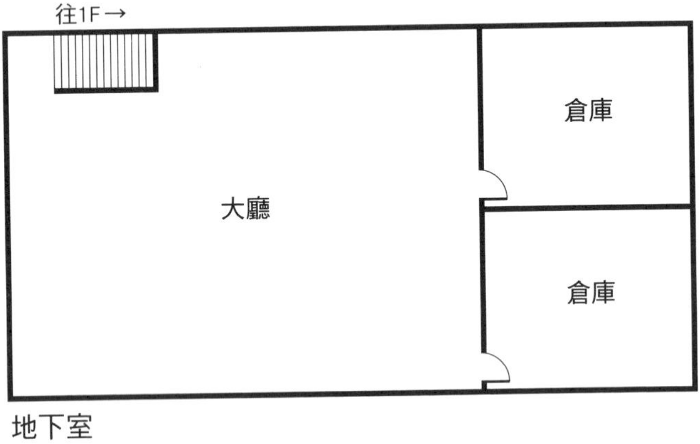
往1F→
倉庫
大廳
倉庫
地下室

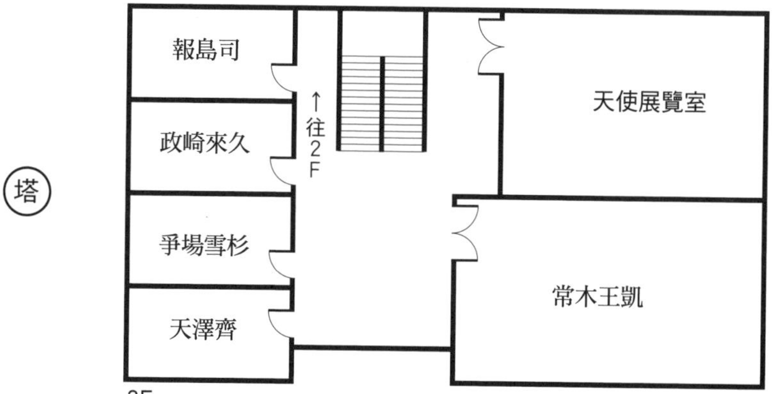
塔
報島司
政崎來久
爭場雪杉
天澤齊
↑往2F
天使展覽室
常木王凱
3F

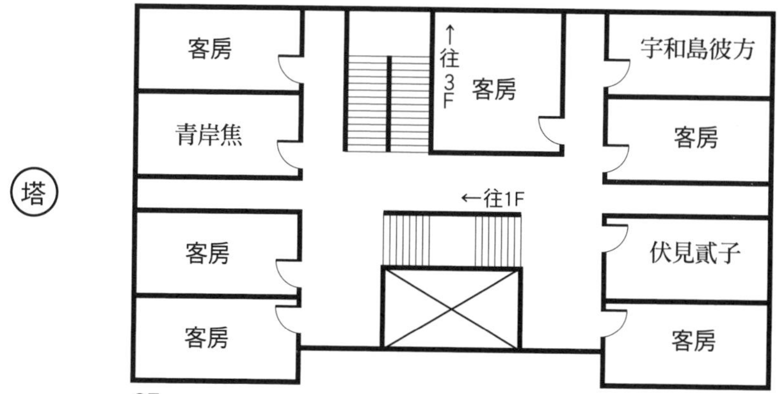
塔
客房
青岸焦
客房
客房
↑往3F
客房
←往1F
宇和島彼方
客房
伏見貳子
客房
2F

登場人物表

青岸焦　　偵探

常木王凱　　常世島主人
政崎來久　　議員
天澤齊　　天堂學者
報島司　　記者
爭場雪杉　　企業家
宇和島彼方　　常木的主治醫生
伏見貳子　　不請自來的記者

倉早千壽紗　　常世館女僕
大槻徹　　常世館廚師
小間井稔　　常世館管家

第一章　地上樂園

1

削去臉龐的天使們飛過灰色天空。

天使似乎喜歡在下雨前的天空飛翔。只要在空中看到天使三兩成群，意氣風發飛舞的模樣，幾乎可以斷定等一下會下雨。

如此說來，常世島應該也馬上要下雨了吧。

思及此，青岸的心情愈發憂鬱了。自從昨天歷經將近四小時的航程抵達這座島後，青岸就不斷在嘆氣。

房間很舒適。五坪左右的空間比青岸自己的住處還寬敞，家具豪華的程度更是外面那些飯店所望塵莫及。

對一個在半招待形式下受邀到此的偵探之流來說，這樣的待遇可說是無可挑剔吧。這次受邀到常世島的賓客個個都是赫赫有名的大人物，青岸雖然不會特別畏怯，卻怎麼也抹不掉自己身在其中的突兀感，他甚至根本不知道自己來這裡要做什麼。

青岸雖然因某句話上鉤來到了這座島，卻只是被丟進這棟別墅裡接受款待，也沒有人給自己詳細的解釋。望著窗外的天使，青岸莫名地不安起來。

青岸無法想像自己到底會被捲入什麼事情裡。畢竟這是座充滿天使的島嶼，聚在這裡的人們則是某種「天使狂」。

就某種意義而言，青岸也是其中之一。

現在時間早上六點，距離七點半的早餐還有時間，但青岸已經完全清醒，也沒有在床上發懶的心情。還是起床比較好吧。

青岸簡單撥了撥頭髮隨意打理後，走出房間。

柔軟過頭的毛巾纏繞在臉上的觸感揮之不去，明亮的鏡子裡自己那陰沉頹喪的德行也教人印象深刻，一副三十幾歲卻彷彿大限將至的模樣搭配皺巴巴的襯衫，整個人顯得破破爛爛的。再這樣像行屍走肉地生活，天使是不是就會來接他了呢？

走在長得要命的走廊上，背後傳來一聲呼喚：

「早安，青岸先生，您起得真早，是不是有哪裡不習慣呢？」

一回頭，眼前是傭人倉早千壽紗。

大概是別墅主人常木王凱的興趣吧，倉早身上穿的是難得一見的古典風格女僕裝。看著那及至腳踝的長裙，青岸不禁懷疑裡頭是不是還藏了武器。即使是職業病，這樣的聯想還是很糟糕。

「沒有什麼特別不習慣的。這棟別墅真的只有三個人在打理嗎？比外面那些飯店還精緻周到。」

「畢竟打掃洗衣這些大部分的工作都交給機器了，最重要的是……」

早倉打住，目光移向窗外。外頭是片美麗的海景與兩、三隻飛翔的天使。過了一會兒，早倉笑著說：

「因為這裡是人間樂園，常世島。」

「……樂園嗎？這裡的確有很多天使，感覺丟個飼料，他們就會像鴿子一樣一大群聚過來了。」

「您需要的話，我身上有帶方糖。您說得沒錯，只要丟兩、三顆方糖，天使就會聚集過來喔。」

「不，當我沒說。」

看著優雅的女僕保持笑容行禮，青岸一反常態地深自反省。

就算接駁船要四天後才會來，他也不能因為自己心情不好就破壞氣氛。無論什麼理由，決定來這座島的人是青岸自己，他不能一直這麼消沉下去。

青岸下樓，不自覺往客廳走去。那裡應該有可以免費取用的飲料供給桶。雖說客廳放飲料桶不太符合舊時代別墅風格，但主人在這種地方大方地近代化著實令人感激。常世館的客廳與其說是古色古香的休憩空間，感覺更接近機場貴賓室。在那裡，應該可以適度打發早餐前的閒暇空檔。

不過，客廳已經有人先到一步，而且還是青岸不太想見到的人。

客廳椅子裡坐著一名年約五十的男子，身上的襯衫一看就知道做工精緻。男子五官端整，一頭充滿魅力的灰髮梳得服服貼貼，不認識的人大概會以為他是演員什麼的吧，那副姿態，任誰都能一眼看出他很習慣沐浴在他人的目光中。他一邊啜著熱氣氤氳的咖啡一邊優雅地看書。

討人厭的是，他看的還是外文書，所以青岸不清楚確切的書名，唯一看得懂的只有「Heaven」這個顯而易見的英文字。

「啊，早安，青岸先生。」

青岸原以為這個時間不會遇到大人物，結果偏偏撞上最不想見的人。男子笑容可掬地走向表情僵硬的青岸。

「唉呀，我一直想早點跟你打招呼的，卻都錯過了時機，歡迎來到常世島。雖然我也不是島主就是了。很高興能見到你，名偵探。」

「……謝謝。」

「我是天堂學者，天澤齊。很高興認識你。」

不用介紹青岸也知道他是誰，最近不知道這個名字反而還比較難。畢竟，天澤齊秀氣的臉孔大量充斥在電視和書店中。

男子——天澤齊正是這個國家研究天使的第一線，這門領域中的佼佼者。聽說，關於天使的詞彙全是這個可疑的專家命名的，由此可知他的影響力多麼難以估計。正因為如此，在來到這座島的權貴中，他是青岸更無法喜歡的對象。即使不樂意，青岸還是回應道：

「……你好，我是青岸焦。」

「聽說你破過很多案件，好厲害。我小時候也很迷福爾摩斯，偵探是我的憧憬喔。當偵探很棒吧？感覺就像正義的一方。」

青岸差點因為天澤無心的一句話牽動些微的反應。想辦法掩飾後，青岸謙虛地說：

「……我沒什麼特別了不起的。重點是，現在這個時代偵探什麼的……」

「是嗎？你不認為正因為處於這個時代，偵探這份工作才更別具意義嗎？」

「別具意義？」

「解決天使觸及不到的問題啊。」

天澤臉上掛著親切的表情，他的這句話空泛無比，大概只是延伸的客套話吧。

因為偵探根本沒有什麼意義，實際上剩下的工作頂多就是調查外遇、協尋走失貓狗和案件收尾罷了。

什麼正義的一方，這個世界幾乎已經沒有那種工作給偵探了。

2

五年前發生的「降臨」，徹底改變了世界。

沒有人知道降臨最早出現的正確地點。畢竟，全世界準備了無數符合降臨所需的悲劇舞臺。

所以，這裡就舉一個最知名的例子吧。

這是發生在某個國家，村民與國王軍抗戰的故事。

那個國家從以前就充滿帶著獨裁色彩的國王和處於水深火熱中的國民，打造出一幅不幸的藍圖。人民只要一個不合當權者的意便會慘遭殺害，簡單明瞭，所以是最慘烈的地獄。有群村民被丟到了那個地方，沒有人記得那座村莊為何會遭到肅清，反正一定不是什麼像樣的理由。

由於沒有具體原因，所以也不會終結的這場屠殺製造了許多犧牲者。持有槍枝的士兵冷靜地追逐、射殺手無寸鐵的村民。

就這樣，正當一名士兵直線射穿四處逃竄的村民時，天空降下了一道光柱。

所有人看著那道彷彿撕開陰沉天空的光束都失去了話語。烏雲密布中，那是幅無可比擬的夢幻光景。光柱灑落時，倒下的村民鮮血依舊在大地上蔓延，腳部遭擊中的孩子還在地上痛苦掙扎，但衝擊的景象甚至令人忘了這一切，連前一刻還在逃跑的村民都停下了腳步，仰望天空。

與此同時，光柱中飛出一群天使。

天使以像極動物的姿態纏住士兵，將士兵壓倒在地，他們的容貌跟現在一樣遠遠超乎人類的想像，帶著怪物的色彩，遭到攻擊的士兵可能還以為壓住自己的是奇怪的猴子吧。

制伏士兵的天使張開色彩混濁的雙翼。瞬間，士兵腳邊綻出耀眼的紅光。

周圍漸漸瀰漫一股焦肉的味道。地面燃起熊熊火焰，遭壓倒在地的士兵痛苦掙扎卻逃不出天使的掌心。不久，燃燒的地面也有天使探出臉孔，伸出雙手。就這樣，士兵在短短數秒間被拖進迸發熾烈火光的地面，臨死前響亮的慘叫聲令人忍不住摀上耳朵。

這樣的景象四處可見，持槍的士兵全被天使拖進了未知的火焰深淵。四周迴盪著慘絕人寰的尖叫與天使刺耳的振翅聲。

當大地歸於寂靜時，士兵的身影已全數消失，唯有幾名當初對射擊村民感到猶豫的士兵存活下來，因眼前的光景和頭頂上飛翔的天使瑟瑟發抖。他們還不知道自己為什麼沒有受到攻擊的原因。

村民向詭異怪誕的天使獻上感謝的祈禱，天使卻沒有一點欣喜的樣子，只是不停在散發血腥味的地方盤旋。

同樣的狀況發生在世界各地。殺害兩人以上的人全都墜入地獄，無一倖免。這就是徹底改寫世界的「降臨」。

天使的降臨回應卻也背叛了人類的期待。

天使雖如人類的想像擁有翅膀，翅膀卻不像鳥類一樣有羽毛覆蓋，不但骨節嶙峋還帶點灰色，透著暗沉血管的翅膀宛如蝙蝠的雙翼。從這一刻起，人類便對天使的那副樣貌產生微妙的厭惡了。

天使骨節嶙峋的翅膀連接著灰色的身體，手腳異常細長。形似人類的纖細身體構造雌雄莫辨，身上不知為何經常結霜。

而說到天使最顯眼的外貌特徵，果然還是那張臉吧。

天使的臉孔彷彿刨刀削過似地呈平面狀，別說是表情了，連眼睛、鼻子、嘴巴都不存在，雖然明亮如鏡卻映照不出任何東西，連光線都不會反射。摸起來硬硬的，無論用什麼工具都不會留下一絲傷痕。

天使有著或許會令人聯想到惡魔的外觀。然而，觀測過這個生物的人全都稱其為「天使」。

就連認為「那種東西不可能是天使」而憤憤難平的人，在親眼目睹後不知為何也開始以天使稱呼這些生物了。就像蛇就是叫蛇一樣，天使也只能叫天使。曾經強烈抗拒的人們也無奈地接受了這種嶄新的天使。

就這樣，儘管這個佝僂著身軀在天空飛翔的「天使」和舊有形象大相逕庭，仍依然馬上確立了自己的地位。

天使的特性瞬間改變了世界。

看見殺人者因天使墜入地獄的樣子後，人類一下子變得老實起來。因為只要看同時發生的多起審判和開始出現在大街上的天使，再愚蠢的人也掌握到了規則。

雖說殺一人不會下地獄，但殺兩人就會。

為什麼殺一個人可以、兩個人就不行？為什麼天使會在那天降臨？罪人被拖入地獄後會面對什麼？儘管有數不清的疑問，但人類唯一能做的只有理解和接受。

各大新聞媒體立刻向大眾傳達天使的存在，政府則是慢了好幾拍才公告對天使的相關預測。政府機關提出，天使可能帶有疾病或是傷害人類，各國暫時都下達了禁止人民外出的命令。

然而，這些擔心都是多餘的。天使沒有帶來疾病也不曾傷害誰，只是輕飄飄地在人類建造的文明間四處飛舞。他們給的規則只有一條：殺一個人沒事、兩個人就下地獄。活生生遭受火焚的罪人，以臨終前可怕的哀號顯示了地獄的絕望。

全世界陷入恐慌，尤其是醫療機關呈現一片混亂。如果殺死兩個人就會下地獄的話，那患者在手術中死亡會怎麼樣？再怎麼高明的醫生都有無法拯救的性命，他們會因為這樣的不完美而受到制裁嗎？

回答這個疑問的，是某種特殊的天使。由於這又是另一個故事了，暫且先不提吧。

天使降臨時，青岸正在追查連環殺人犯。

犯人連續攻擊年輕女子，割破被害者的咽喉後在裡面塞進自己的物品，殘暴又想引人注目。他發出挑釁的犯行通知信，不停煽動警察和媒體，是典型的劇場型犯罪。青岸緊追不捨地查案，避開凶手的注意，一步步確實接近對方的影子。

青岸第一次見到天使的那天，就是在為蒐集證據奔走的午後。

當時，覺得凶手使用的瑞士刀可能會暴露出處的青岸正在前往商店的途中。那把刀用的研磨粉很特殊，是凶手少數留下的線索。有了這個，或許就能朝難以捉摸的凶手更進一步。青岸帶著這樣的想法氣喘吁吁地走在大街上。

此時，一隻天使橫越青岸的頭頂。

天使將沒有五官的臉轉向青岸，不停在他頭上盤旋。那隻天使大約兩公尺高，屬於天使中嬌小的個體，但青岸仍然為他的氣勢所震懾，倒退了幾步，靠在附近的牆上仰望「那個生物」。

青岸不相信上帝也不知道聖經的內容。香油錢對他來說是對神社盡的道義，要說的話，連墳墓在他眼中都只是單純的石頭。

儘管如此，青岸和其他多數人類一樣，清楚地認知到那是天使。

因為，外型如小孩的鐵線工藝品般拙劣的天使，散發出連青岸也能理解的神聖。

大概是對青岸的反應感到滿意吧，那隻天使過了一會兒便飛走了。

青岸有好一陣子都無法動彈，只是直直望著清澈的藍天。

青岸追查的那名連環殺人犯自天使降臨後便突然收手了。

這也不奇怪。只要殺兩個人就會下地獄，這條規則和連環殺人犯水火不容。警察和媒體再也沒有收到信，案件悄悄平息了。凶手不再殺人，他的下落因此永遠成謎。

阻止凶手犯案的不是偵探，而是地獄的存在。沒有人想下地獄，活活遭地獄業火焚身遠比被警察逮捕來得可怕。如果人類因此收手不再殺人的話，那麼上帝的這一步棋下得還真精采。自該隱與亞伯的悲劇後，經歷漫長時光，上帝終於有所行動了。

儘管不斷這樣告訴自己，青岸的內心還是無法平靜。

為了自保而收手的凶手會在這個世界的某處受到懲罰嗎？還是會被視為改過自新，將來平安地被接到天堂呢？青岸連這個答案都不知道。

自天使降臨後，偵探就失去了存在的意義。至少，青岸一直是這麼認為的。即使偵探拚命調查，試圖破案，對消除犯罪也毫無助益。

相反的，地獄的存在又是如何呢？地獄比偵探更直接地減少了連環殺人的數量。加上之前的那個殺人犯，這個事實為青岸灌入了難以忍受的無力感。

所以，降臨剛發生時，青岸才會那麼躁動不安。

「不要這麼消沉啦，焦哥。」

當時，有個男子以莫名開朗的聲音鼓勵那樣的青岸。

赤城昴安撫不悅的青岸，臉上的表情像隻悠哉的貓咪。

「反正你一定是因為沒抓到之前那個犯人才在鬧脾氣吧？」

「才不是那樣。我很悶啊，你也知道那傢伙幹過什麼事吧？可是，降臨前殺的人不管幾個都不會受到制裁。那種壞蛋會被放任不管，不會下地獄喔。這種世道怎麼讓人不消沉？」

「你在說什麼啊？我們是正義的一方，即使世界這個樣子還是有很多漏洞，我們只要補救那些漏洞就好。像是挺身幫助快被車子撞到的小孩之類的啊。」

想起那道聲音的瞬間，心臟猛力敲打，腦袋邊一股刺痛。

下屬的話盤踞在腦海裡不肯離開，青岸甩甩頭，強行將那些話趕出去。

從那之後已經過了五年，這裡是遙遠離島上的別墅客廳，不是可以沉浸回憶的地方。而且，時機也不對。眼前的天澤面對看似突然陷入思緒的青岸，與其說是驚訝，更像是有些倒胃口。

「抱歉，我偏頭痛很嚴重。」

「……這樣啊，請保重。」

雖然感覺到天澤對自己的印象變差了，但無所謂，反正青岸也看他不順眼，出了這座島，兩人也不會再見面。

正當青岸啜著咖啡，消化令人尷尬的沉默時，有人走進了客廳。

來者臉龐蒼白，相貌帶點神經質，或許是因為和外界斷絕往來的關係，任由長髮披散而沒有綁起來。為了顯示自己是常木的主治醫生，男子總是穿著白袍。

雖然在這座島上是第一次見面，但青岸知道這個男人的名字。別說名字了，他們甚至談過好幾次話，青岸甚至能預料男子會在玻璃杯裡倒什麼飲料。烏龍茶。猜對了。

宇和島彼方一認出青岸，馬上嫌惡地皺起臉龐，轉向另一邊。見到那樣的宇和島，青岸在對方說什麼之前起身。兩人碰面時由青岸離開，這是青岸自己定的規則。他將咖啡一飲而盡，玻璃杯放到檯子上，走出客廳。

宇和島和青岸會親切交談，是青岸偵探事務所還沒崩壞、青岸還是個像樣偵探時的事，當時的他們和現在天差地別。

因為，宇和島還沒原諒青岸。

這是當然的，青岸有值得憎恨的理由。無論他再怎麼懊悔，除非是發生天大的事，否則兩人間的這道鴻溝應該無法填補了吧。

3

由於常木王凱不抽菸，所以常世館的吸菸室設在屋外。雖然陰天的早晨令人提不起勁出門，但被趕出客廳的青岸也只有那裡可去了。

從玄關大廳離開別墅，稍微走幾步路後，青岸來到了「觀天塔」。雖然這座中世紀風情的石塔看起來像燈塔之類的，但常世島真正的燈塔在港口附近，「觀天塔」名副其實，過去似乎都只用來觀測天象。

如今，這座塔的一樓開放給大家當吸菸室，愈發令人搞不清它的存在意義了。

觀天塔的塔頂是片開闊的瞭望臺，但青岸不想特地爬上去。他打開全新的七星菸盒，走向石塔，推開沉重的木門。結果，又有人捷足先登。

「啊，你好。」

年齡和自己差不多的男子穿著睡衣點頭打了個招呼。大概是察覺自己被人盯著猛瞧，男子加了句說詞：「我刷牙洗臉前不補充尼古丁不行。」

男子看起來雖邋遢，唯有髮型倒是剪得整整齊齊，顯得不太協調。只要穿上俐落清爽的服裝，他的形象一定會有一百八十度的轉變。說到島上的人，都是些得裝飾門面的職業。

「……嗯。你是，記者？」

「是的，我是記者報島，沒想到您會記得。」

報島以彷彿刻意挑選的有禮稱謂說道，露出滿足的微笑。

常木說過也有邀請「很熟的記者」來島上，指的恐怕就是這個人吧。雖然報島狐狸般的雙眼與微張的嘴角也還算討喜，但老實說，看起來不像是那麼優秀的記者。

「那個，你是……」

「青岸焦，偵探。」

「咦，你是偵探嗎！常木董事長的興趣也真好玩。因為你看，孤島啊別墅啊這些背景都是一套的吧？也就是說不是庭園隱者而是別墅偵探……啊，這很普遍嗎？」

「什麼是庭園隱者？」

「是中世紀的一種風潮，有錢人在庭園裡蓋小屋子，裡面養人。能住進小屋的代價則是扮演住在庭園裡的隱者，說些有益的建言。簡單來說，就像是拿真人當裝飾品吧。」

滔滔不絕到這裡後，報島似乎終於發現這些話很失禮，他抽了口菸，讓話題歸零。不過，考量到偵探在現在這個世界裡所扮演的角色，報島的這席話也可說是尖銳的指摘——真人裝飾品的別墅偵探。

青岸微微嘆了口氣後問道：

「報島先生是為什麼而來常世島的呢？」

青岸以為，常木既然找了記者，對方應該會有相應的任務。然而，報島卻仍是帶著淺淺的笑容回答：

「沒有特別為什麼喔，只是單純承蒙常木董事長的盛情罷了。帶薪水少得可憐的記者到度假勝地是種娛樂喔。反正，這次大概也只是要我們配合他的天使興趣吧。常木董事長還真是不會膩耶，只要是跟天使有關的東西，花錢絕不手軟。」

「這樣啊……」

青岸不自覺透露失望。的確，常世島上擁有相當齊全的天使資料，可謂舉世無雙。此外，全世界似乎也沒有其他地方像這裡一樣聚集了這麼多天使。不過，常木特地找青岸過來，不是為了讓他看這些東西的吧？只有這樣的話，並不符合青岸的目的。看見青岸無法釋懷的表情，報島想起什麼似地說：「啊，可是今晚好像有個小小的特別活動之類的。」

「特別活動？要做什麼？」

「我沒聽說具體的內容。畢竟，像這樣給客人驚喜是常木董事長的一貫作風。」

不只是給客人驚喜吧。感覺要是告訴這個大嘴巴的男人，他一定會到處向所有客人宣傳活動的內容。

「你很好奇嗎？難道你也喜歡那一類的嗎？」

「並沒有。」

青岸打岔否定，報島卻別有深意地露出令人毛骨悚然的笑容。

「雖然不知道是什麼特別活動，但如果是『天使餐』的話我會逃走吧。青岸先生對獵奇食物ＯＫ嗎？」

「不ＯＫ。如果是那種東西的話，我說什麼都會拒絕。」

青岸一臉厭煩地回道。嘴裡的菸難抽得要命。

當消化種種內情、順應有天使的世界後，轉眼間，人類便轉向傲慢的一方——不怕死的人與迫不及待的學者開始捕捉天使。

捉天使比捉烏鴉還容易，只要撲向那些如水母般漂浮的個體，綁住他們的翅膀和手腳即可。天使將人類打入地獄時明明發揮了那麼強大的力量，在無罪的人面前卻柔弱得令人訝異。

就這樣，人們解剖了天使。

實際解剖時，人類還做了各式各樣的研究，知道天使擁有類似人類的骨骼和肌肉，皮膚則近似爬蟲類；確認了那對最令人害怕的翅膀是一種來歷不明的物質，並揭露長著扁平臉蛋的小頭顱裡沒有大腦以及流經結霜身體的血液呈現紅色且帶有溫度。然而，人類的好奇心不可能因此而滿足。

最早殺害天使的人是誰呢？雖然官方說法好像是某大學的生物教授，實際答案卻不得而知。天使有個奇妙的特性，死亡後會漸漸化為灰沙。城市裡，無論是剛死亡還殘留形體的天使屍骸抑或隨風飛揚的灰沙比比皆是。雖然不多，天使的血跡卻也像腳印般殘留在街上。此外，天使降臨初期，也不乏嘗試驅逐天使的人類。天使在各地死亡。人們認為，即便殺害天使似乎也不會怎樣。

儘管如此，當第一個官方記載的「殺害天使」執行時，無人接近那位教授的身邊。

教授向第一隻天使注射藥物，致天使於死地卻沒有遭到任何天譴。

教授切斷第二隻天使的脖子，致天使於死地卻沒有遭到任何天譴。教授勒住第三隻天使的脖子，此時的天使卻死不了。後來，該隻天使因為頸骨斷裂，終於也死了。教授還是沒有遭到天譴。

那天，教授殺了多達十八隻的天使卻沒有被拖入地獄。即使殺害兩隻以上的天使，似乎也不會下地獄。

就這樣，人們知道了殺害天使十分容易，上天也不會降下懲罰，不過也不是因此就能如何。就算殺害天使，他們馬上又會不知從何處現身，屍體過了一段時間也會變成單純的沙子。天使是最不值得殺害的生物，話說回來，他們到底是不是生物這點也值得存疑。

就算想向制裁人類的天使洩憤，但天使實在太沒有反應了。哪怕受到傷害，天使頂多也只是微微一動，乏味不已。如果天使擁有跟人類一樣的臉孔或至少變個表情的話，如今或許就不會是這種局面。

要說人類後來有什麼新發現的話，大概就是天使異常喜歡砂糖這點吧。人類只要灑出方糖，天使便會一擁而上，以那平板的臉孔頻頻磨蹭。由於天使的外觀一點也不可愛，這個發現沒有任何幫助。即使想拿來當寵物，天使也沒有能贏過貓狗的地方。

自降臨後，天使持續剝奪了人類的一些東西。人們因此深信，找出有效利用天使的方法便能復仇。

「天使餐」——食用捕獲的天使就是其中一種方法。

「天使餐目前在世人眼中還是一種變態的興趣，你不覺得很符合常木董事長『特別活動』的感覺嗎？」

報島賊笑道。

如報島所言，很多人對吃天使感到抗拒。儘管沒有因為吃天使而下地獄的案例，但人們還是下意識地忌諱這種行為。以食物而言，天使的外觀與人類實在過於相近，無法勾起食欲，而且聽說也不是那麼好吃。

「天使很難吃吧？重點是我根本不會想吃那種噁心的東西。」

「對啊。我也敬謝不敏。」

報島「噁」了一聲，故意吐出舌頭。無論是過度的反應還是其他舉措，感覺這個記者也不太能信任。不過，他是常木王凱親自邀約的客人，或許其實是個很優秀的人吧。

「不過，常木董事長這次自信滿滿，說找了大人物，我才會不管三七二十一地過來。」

「常世島辦過好幾次這種……聚會性質的活動嗎？」

「嗯嗯，算滿多次……的吧。」

報島語帶保留地點點頭，將香菸捻熄在牆壁上。牆上有數不清的類似焦痕，他應該來過這裡好幾次了。

「所以呢，青岸先生又是為什麼會來常世島？難道說你是天澤老師的朋友嗎？還是政崎議員的？」

「我也是收到常木先生的邀請。」

「哦，是他邀的啊。為什麼會邀你呢？」

「是順勢邀的，常木先生之前有事委託我。」

4

常木王凱的委託很不尋常。

天使降臨後過了五年，青岸偵探事務所凋零沒落，所裡也只剩下青岸一人，冷冷清清。青岸接受委託的頻率很不固定，只做能填飽肚子最低限度的工作，其餘一概拒絕。這種不穩定的偵探，也不可能有什麼正經的委託找上門。

常木來到這樣的青岸偵探事務所，提出了超乎常理的謝禮金額。這間事務所畢竟曾繁盛一時，加上現在也很少有地方承接徵信社的工作，但就算如此，常木的謝禮金額仍大大高出市場行情。

「我是常木王凱，你就是青岸焦先生嗎？」

出現在事務所的常木說完這句話後優雅地行了一禮，襯衫下看起來並沒有什麼防彈背心或防刃衣。是相信世界驟變後天下太平了嗎？常木甚至連保鏢都沒帶。

常木今年應該也有六十五歲了，然而，他看起來卻十分年輕，自帶威嚴。這位以知名連鎖居酒屋和其他餐飲業名揚天下的大企業家，始終居於領導地位的人生大概不是唬人的。常木雖然態度柔軟，眼神卻異常銳利，予人一種深不可測的感覺。

「……是的。請問您想委託什麼樣的業務呢？」

「我想請你查出是誰在跟蹤我。」

常木一臉正經道，簡直就像黑道電影裡的角色。

「如果對方有造成危害的話，警察應該比我更可靠吧？」

「目前還不至於有危害。你應該也清楚，警察在這個階段有多麼無力吧？」

的確。只是遭到跟蹤，警察幾乎不會展開行動。但常木這種位高權重的人，警察多少應該會有些通融，然而常木卻刻意來委託青岸，說可疑也實在很可疑。

「我做這一行工作，最重要的就是評估對方是否值得信任。」

常木靜靜說道。

「而我信任你，青岸先生。所以才想拜託你。」

就這樣，青岸接受了常木的委託。

青岸與跟蹤常木的人一樣尾隨在他身後，探尋同行的跡象。

青岸花了相對簡單的功夫找出跟蹤者的其中一人。那是業界曾經知名的記者，落魄後專幹敲詐勒索的勾當。對方大概是以一種亂槍打鳥的心態想挖常木的八卦吧。雖然礙眼，但一個月後應該就會轉移目標。

儘管調查可以在此收手，但青岸還注意到了另一個人的存在。

這個人比卑劣的敲詐犯更善於跟蹤，起初青岸甚至以為是自己的錯覺。然而，在開始監視常木的周圍後，青岸發現那名女子也一定都在。儘管對方佯裝成偶然，融入在背景中，但出現的機率實在太頻繁了。

開始調查十天後，青岸做了平日裡絕對不會做的事。他靠近一如往常努力跟蹤的女子，捉住對方的肩膀。

「喂。」

青岸近看才發現，女子的長相遠比他預想的還要稚嫩，每一處五官都很小巧，嘴角尤其顯得無辜，寬闊額頭下的雙眼如少女般烏黑晶亮。有那麼一瞬間，青岸感到狼狽無措，自己這個樣子不就像在跟一名陌生少女搭話嗎？對方或許會尖叫。

然而，事情並沒有這樣發展。女子回盯著青岸，彷彿時間停止似的，黑溜溜的眼睛張得更大了。

「青岸……焦……」

女子一臉茫然，過了一會兒，她瞬間清醒過來，反握住自己肩膀上的那隻手，眼神閃閃發亮地說：

「等一下，你是，青岸先生嗎？偵探──」

「對，沒錯。」

儘管已退居幕後，但似乎還是有很多人知道青岸的名字。就某種意義而言，青岸是不合格的偵探，處於最不利行動的狀態。

「聽我說，我是記者！反正一定是常木來找你幫忙對吧？等一下，我叫伏見貳子！」

青岸對這個名字有印象。

正確來說，是對署名這個名字的報導有印象。青岸的表情大概不小心透露出了想法，伏見激動地靠近青岸，愈發起勁地說：

「你是不是看過我寫的報導！……也是，畢竟是你啊。那你應該知道，我是認真的記者。」

「……我看過報導，但也只是看過而已，這和妳跟蹤常木的行為沒有關係。重點是，對方已經注意到了。」

「哦，他很敏銳嘛，真意外。有做虧心事的人果然不一樣嗎……」

伏見皺起眉頭，一臉不甘心。這女人，表情多變得有趣。伏見的報導以冷靜的筆觸貫穿全文，沒有一句誇飾，那樣理性的文字很難與眼前這個娃娃臉女人連結在一起。話說回來，眼前這個女人看起來甚至不像記者。

「青岸先生，拜託，不管常木的委託是什麼，請你放我一馬，我有非做不可的事。」

「有什麼非做不可的事需要侵犯一般市民的隱私嗎？」

伏見重重點頭。

「你真的敢說那個人算一般市民嗎？這笑話很難笑。」

「他是超級有錢人，大概不能算吧。」

「不只是這樣！你如果知道那個人暗地裡在做什麼事的話，一定也會想幫我。」

「妳說，常木王凱做了什麼？妳有能丟出來的證據嗎？」

「……我不能說，但這個消息的來源很可靠。」

「消息來源和內容都不能說，我完全不可能幫妳吧？」

伏見緊咬嘴唇，一臉不甘心。她犀利地瞪著青岸。

「……這件事跟你也有關。如果能逮到常木的狐狸尾巴，你應該也會懂我在說什麼。」

「什麼意思？」

「青岸先生，拜託。你不是『那件事』的倖存者嗎？」

這句話令青岸下意識甩開伏見的手，當他還來不及厭惡過度反應的自己時，伏見已經先露出失言的懊悔，眼神中的顧慮是在擔心自己可能不小心傷了青岸。

伏見的那副模樣令青岸更加煩躁。對社會正義滿腔熱血的記者，相信可以用自己的文字改變什麼的人。青岸現在沒心情聽這種人說話，他放話道：

「不准再接近常木王凱，再有下次，我就把妳丟給警察，明白嗎？」語氣裡是顯而易見的冰冷。

伏見一臉受到打擊的樣子，回看青岸一眼後便跑走了。

之後，青岸向常木報告調查結果。

「跟著你的，是附近這一帶也很有名的敲詐犯，這是他的名字、犯罪紀錄還有照片。」

青岸遞出了另一名跟蹤者的資料。

沒有報告伏見的事算青岸不誠實吧，但常木也沒有指定要調查幾個人。所以，青岸一個字也沒有提到伏見貳子。

「辛苦了，拜託你果然是對的。」

幸好，常木看起來這樣就接受了。伏見似乎有聽進青岸的忠告，放棄跟蹤常木。

「可是，敲詐犯為什麼會盯上我這種人呢？關於這部分，你有查到什麼嗎？」

青岸的腦海瞬間掠過伏見的話。不過，那些話幾乎沒有根據，就算她說消息來源可靠，頂多也只是傳言八卦的程度吧。

「沒有。應該說，這一類跟蹤的目的就是為了造謠生事吧。」青岸淡定地回答。

常木點頭表示同意。

「我會扣除訂金，把報酬匯到你指定的帳戶。對了，你這個月底有空嗎？」

「是有空，還有其他需要委託的工作嗎？」

常木瞇起眼睛，又或許，是在微笑。不過，青岸怎麼看都覺得那像是蛇發現獵物時的表情。

「你對天使有興趣嗎？」

腦袋一隅因這個突如其來的問題瞬間冷卻。

「沒興趣。我這裡被天使害得沒生意可做，怎麼樣都談不上會喜歡那種東西。」

「那天堂呢？你有興趣嗎？」

接二連三的問題不讓青岸有逃跑的機會。

「天堂……」

「對，地獄的相反，天使本來應該待的所在。」

「我沒辦法相信那種東西。」

「就算有地獄也沒辦法相信？你不覺得是即使無法相信卻想要相信嗎？」
「如果天堂有那麼一丁點徵兆的話，我也會相信吧……遺憾的是，好像沒有一個地方聽說過這種事。」
與大肆遭到觀測的地獄相反，人類對天堂的觀測紀錄是徹底的零。
天使雖將惡人拖入地獄，卻沒有引領好人前往天堂，這也是令許多人失望的事實。
人類自發明上帝後，便一直嚮往天堂的存在。如果有天使和地獄，那麼，人類無論如何也想相信天堂。然而，即使是偉大的諾貝爾和平獎得主死去時，天使也沒有眷顧他一眼。沒有犯下殺人罪的人類就只是平淡地死去。雖然人們認為這是殘忍的背叛，但無論是天使還是上帝都不曾和人類約定過死後的樂園，天使沒有說謊。
「我相信天堂。在天使存在的這個世界，我們這樣善良的人類怎麼會沒有漂流的終點呢？這樣很不公平吧？」
「……我不是很懂，但好像是人類本來就背負著原罪還是什麼的。」
「既然如此，都一樣下地獄就好了呀。否則，不賦予我們所有人祝福的話讓人很困擾呢。」
說著，常木看向上方。頭頂只有老舊骯髒的天花板，常木的樣子卻彷彿在看著遠方的上帝。

「第一次見到天使時我很不敬，覺得那個東西很醜。」

「啊……我到現在也還沒習慣。」

「可是，我現在了解為什麼天使會以那種姿態出現了。因為，唯有意識經歷轉變的人才能感受到那種美。證據就是，我的雙眼現在能掌握到天使真正的美麗了。」

話題來到這裡，青岸已經跟不上常木的思緒。這世上有不少人在經歷種種糾葛後，從那種天使身上找到了「美」的存在。然而，近距離接觸這種瘋狂不由得讓人背脊發涼。面對表情僵硬的青岸，常木仍繼續道：

「我們的人生就只是為了前往天堂的梯子，當我察覺到這點後，開始想認真面對天堂這件事。接著，我終於找到這把梯子要放在哪裡了。」

至此，青岸終於明白常木會來委託自己的原因了。

常木知道，知道這間事務所因為天使降臨發生了什麼事、為何會如此沒落，也知道空蕩蕩的事務所為什麼只有青岸一人。他知道一切的一切。

那麼，常木的目的是什麼？反正不會是什麼好事。對現在的青岸焦而言，什麼天使的組合實在太不吉利了，他不能再聽下去。正當青岸心想硬著頭皮也要送客的瞬間，常木丟出決定性的一擊：

「青岸先生，你要不要來常世島呢？在那座島上，我們可以知道天堂是否存在。」

5

青岸不想說出來常世島的真正原因，也不想告訴報島自己是來確認天堂是否存在。說出來或許能相對獲取情報，但這個動機是青岸的傷口，他不想暴露出來。猶豫了一會兒，青岸開口說：

「畢竟是那個常木王凱的邀請，大部分的人都會來吧？重點是，我待在這裡的期間也會有酬勞，沒有理由不來。」

「啊哈，真是份好差事呢。雖然常世島什麼都沒有，但別墅設備之類的可以媲美度假飯店，加上大槻的手藝又是人間美味，光是來就賺到了。」

青岸點頭，捻熄香菸，用的是塔裡好好附上的菸灰缸。他想差不多就此結束話題，準備離開。

「啊，對了。」

報島將香菸移到左手，從口袋拿出紙筆，靈活地運用牆壁和右手掌側，行雲流水寫了一組電話號碼。

「這是我的電話號碼，回去以後歡迎跟我聯絡，我或許有能幫上忙的地方。」

「很遺憾，我沒有生意要跟記者做。」

「不要這麼冷淡嘛，別看我這樣，我也算出了名的能幹喔。不管是輿論還是其他東西都由這隻右手決定。想讓人寫些什麼的時候，我很有用喔。」
報島硬是將紙條塞進青岸手中，露出不明所以、別有深意的笑容。
結果，關於「怎麼樣知道是否有天堂」這個青岸本來想弄明白的問題卻一無所獲。若報島的話可信，常木今晚似乎會舉辦特別活動，如果活動中會揭曉一切的話，果然只能等到晚上了嗎？
要是天使能告訴大家天堂是否存在就輕鬆多了——青岸無濟於事地心想。
頭頂上飛舞的天使，今天依然以那陰森的姿態悠悠晃晃地盤旋，渾身散發著「別說是天堂了，連上帝都不知道」的氣息。
正當青岸決定乖乖回房時，在玄關前又遇到了一個人。
「喔！偵探先生，早安——你好早起喔。」
說這句話的，是穿著廚師服抽菸的大槻。他正蹲坐在玄關門廊的階梯上望著多雲的天空。大槻的年紀明明應該才二十出頭，懶洋洋抽著菸的模樣卻已十分從容自在。
「這裡可以抽菸嗎？」
「走到『抽菸塔』那裡太痛苦了啦。」
這個命名雖然太直白卻能傳達意思。只要見到塔裡那片牆的慘狀，會想這樣稱呼也情有可原。

「走過去不用一分鐘吧？不，大概四十秒？」

「就是那四十秒很痛苦啊。你懂吧？」

大槻斜眼看向聳立的高塔咕噥。從別墅前往觀天塔的小路整理得很好，是條不錯的散步步道。不過，對長期在這座島上工作的大槻而言，或許已經厭倦這條路了吧。

「你在這種地方抽菸不會挨罵嗎？」

「這個嘛，做任何壞事都一樣，只要別被發現就好。啊，絕對不可以跟小間井管家說喔，那個人真的超囉唆的。」

「我不會說。而且昨天你在廚房抽菸幫你蒙混過去的人是我吧？」

昨天，做為招待的一環，青岸一下船便由人領著參觀別墅一圈。當他來到鎖得滴水不漏的食材儲藏室和充滿最新器具的廚房附近時，發現了正蹲坐在廚房裡抽菸的大槻。面對這個怎麼想都很糟糕的場景，青岸假裝身體突然不適，離開了廚房。

「那真的是神救援。如果你昨天就那樣走進來的話，千壽紗和小間井管家一定會發現我。看到你掉頭的時候我都要哭出來了。如果讓小間井管家看到的話，真的不知道會被怎麼念。」

小間井管家是這棟別墅裡最年長的傭人，用以前的說法大概就是總管吧。如同倉早千壽紗那襲會在小說中登場的古色古香女僕裝一樣，小間井稔也是一身無懈可擊的管家服。

他將如染色般色澤均勻的白髮綁成一束，姿勢端正，彷彿背脊都向後折了。小間井的年齡應該跟主人常木王凱相差無幾，卻也有不輸主人的精幹，是那種越看越會覺得他臉上沒有配單片眼鏡很奇怪的類型。

相較之下，染著一頭金髮的大槻是多麼出格，感覺和常木王凱的興趣有些偏差。青岸老實說出感想後，大槻乾脆地說：

「可是，因為我是天才嘛。」

正是如此。穿著廚師服抽菸，明擺著嫌做菜很麻煩的這個男人，是個天才。來到這座島後，最令青岸驚訝的莫過於餐桌上高級的料理。無論吃什麼都很美味的體驗其實極為難得，但在常世島上，從一粒白米到醃漬的配菜都美味無窮。

而一手包辦這些料理的人，就是眼前的大槻徹。

一問之下才知道，大槻是位獲獎無數，十分優秀的天才廚師。人們曾經對他寄予厚望，認為他若是開店，應該會獲得在國內也相當罕見的三星評價。然而，大槻卻突然銷聲匿跡，隱遁至常世島。

其中緣由，是因為常木王凱提出了超乎常人想像的酬勞。僅此而已。

「跟平常做菜比起來，能收到更多錢做菜不是更好嗎？反正不管哪一種做菜，都一樣麻煩。」

青岸想起晚餐席間大槻若無其事說出這些話時，自己對他興起一股莫名的敬意。明明大槻只是來解釋晚餐菜色，是怎麼說著就跑出這些話的呢？

即使他像這樣在玄關抽菸，青岸也忍不住覺得這是種天才不拘一格的作風，實在令人不甘心。青岸沒有想向小間井告狀的意思，大槻應該有完美做好自己的職責吧。

「啊……討厭的天氣，天使也到處亂飛。」

「這麼多天使，可能會下雨吧。」

「算了，管他天使多還少都跟我沒關係。只要常木先生沒有出難題，我也不用外出。」

「對了，關於今晚的活動，你知道些什麼嗎？報島先生說是特別活動什麼的。」

「誰知道，是天使餐嗎？但那也不是什麼了不起的事吧？就算期待獵奇食物，我應該也會料理得滿好的。」

大槻的想法和報島一樣。不過，大槻連那種東西都有自信。

「你曾經料理過天使嗎？」

「嗯——有幾次吧。廚師這種人啊，罪孽深重，只要說那是食材，我們就會產生無論什麼東西都做做看的想法。不過，天使的味道很不行，就算修飾外觀還是會有一種不好的肝臟味，必須高明地蓋過去才行。」

青岸靜靜聽著大槻的話，壓下心頭湧上的疑問，像是——這個廚師相信天堂嗎？他不擔心自己可能會因為烹調天使而被趕出上帝的國度嗎？或是，他不怕天譴嗎？第一次下刀時，他心中沒有絲毫恐懼嗎？

大槻朝天使吐了一大口煙。沒有臉的天使也不閃躲，輕飄飄地纏繞著那縷煙。

半晌後，青岸問：

「你覺得人死後會怎麼樣？」

這或許是個突兀的問題，而且還有點狡猾，偏離了青岸真正想問的事情——「這世界有沒有天堂」。

「所有生物都會回歸塵土，就是這樣。」

大槻回答。那是完全沒有考慮天堂存在的聲音。

6

由於有人習慣吃早餐有人習慣不吃，據說，常世館分別向每位來到島上的客人詢問需求，請大家選擇是要送餐到房間或是在餐廳用餐。儘管工作人員不多，服務卻媲美飯店。

因為覺得倉早他們一早便要忙進忙出太辛苦，青岸決定去餐廳用餐。餐廳裡幾乎沒有其他客人的身影。主人常木、議員政崎都不在，甚至也沒見到剛才在客廳打發時間的天澤。在房間裡悠閒吃早餐是大人物間的主流嗎？

唯一坐在位子上的，是企業家爭場雪杉。

爭場是這幾個大人物中最年輕的一個，年紀約莫四十五到五十之間，卻已是幾乎與常木並駕齊驅的名人，經常在媒體上曝光，被盛讚是時代的寵兒。大概是有些自負吧，爭場總是一臉嚴肅，從某種意義上來說與柔軟的常木呈現兩種極端，再加上魁梧的體型，全身上下沒有一絲破綻，散發出難以親近的氛圍，不是會想特地找他說話的類型。

此外，別的不管，青岸就是不喜歡爭場的事業。

說白話點，爭場是個軍火商。

雖然爭場在國內擴展的生意大部分是防身工具等自衛用物品，對國外可是輸出槍械等貨真價實的武器，果敢地踏入長期由先行者穩居龍頭的產業。

當然，自從天使現身後，兵器的需求便銳減。不只是銳減，用來殺人的東西可說是消失殆盡。

然而，爭場控股公司如今依然持續交出漂亮的成績單。官方說法是公司本業外的旗下事業發展良好，但實際原因為何就不得而知了。

這個不得而知的部分令青岸無法客觀評價爭場。天使降臨後，爭場控股公司因成功獲得讚揚的同時，檯面下也是眾人暗黑八卦的對象。

儘管餐桌上只有青岸和爭場兩人，爭場卻專心用餐，沒有看青岸一眼。隨侍在旁的小間井豎起全身雷達，密切注視爭場的一舉一動，宛如國王與他的僕人。

話雖如此，爭場沒有開口青岸反而樂得輕鬆。大槻做的早餐依舊美味，能夠靜靜享用這樣的早餐是種幸福。一顆煎蛋為什麼也能出現這麼大的差別呢？

不過，青岸對爭場也有好奇的地方。

像爭場雪杉這樣的男人，為什麼會來常世島呢？

爭場不太像是對天使或天堂有興趣的人。不，這麼說的話，常木看起來也不像天使狂就是了。

聽說，和超自然八竿子打不著關係的人其實才最虔誠。更何況，爭場是製造、販賣軍火的人，或許有自己的一套想法。也或許，他只是單純和常木王凱私下交好。

其他青岸還沒見到面的客人只剩下議員政崎來久。這名政客好像接受常木龐大的贊助，兩人的關係很好懂。那麼，乍看之下產業毫無關聯的常木與爭場，又是怎麼熟識的呢？

就在青岸思考這些問題時，視線突然和爭場對個正著，對方似乎剛吃飽。原以為爭場會撇開視線，沒想到他卻順勢開口：

「你是青岸偵探吧？」

這樣說或許很失禮，但那是道和嚴肅臉龐搭不起來的柔和聲音。爭場似乎對自己深具壓迫感的外貌有自知之明，刻意調整了語調。

不得不說，這種製造落差的方式相當高明，連對爭場工作沒好感的青岸，都稍微改變了對他的印象。

「……我是。」

「啊啊，太好了。我一直在尋找主動和你說話的時機卻抓不太到，結果就變現在這樣了。我總覺得，像你這樣的偵探會來常世島很神奇。」

「很神奇……嗎？」

「畢竟，天使是不合理的象徵吧？不合理這件事跟偵探難以兩立。如果世上有天使的話，不就也有可能靠神祕的力量從密室逃脫嗎？」

「啊，原來如此……不合理的象徵嗎？」

青岸不假思索傻傻地回應。不合理的象徵——雖然青岸的確對天使沒好感，卻不曾以這種觀點看待他們。

「雖然世人相傳天使是上帝的意志、世界淨化的預兆等等的，我卻認為他們在本質上沒有那麼多意義。因為這個世界的規則也曾因為疾病和災害而改寫，兩者是一樣的。」

「把天使降臨跟黑死病和地震看做相同的東西嗎？這種觀點真少見。」
「是嗎？我倒覺得要從那些天使身上找出喚醒人性善良或是神聖的意志還比較難呢。」
爭場誇張地聳了聳肩，一臉無奈。看見爭場這個樣子，青岸忍不住問：
「你不認為，像是爭場控股公司從槍械製造中退場，就是主張和平的上帝意志嗎？」
觸及核心的問題令爭場有那麼一瞬間瞇起了眼睛。他是覺得青岸很狂妄還是被勾起興趣了呢？過了一會兒，爭場開口：
「你說得沒錯，天使降臨後，連防身用的手槍都沒辦法賣了。對討厭殺人的天使而言，世間無法再販售能殺人的武器或許是可喜可賀的發展吧。」
爭場邊說邊露出溫和的微笑，一副循循善誘的模樣。
「但你應該也很清楚，這世界依舊存在著殺人，甚至還常常看到『天使深惡痛絕的慘劇』。既然無法阻止這種現象，那麼，什麼主張和平的上帝果然還是不存在吧？」
「天使深惡痛絕的慘劇」這種迂迴的說法令青岸皺起眉頭。沒錯，天使降臨後，世界並沒有迎來和平，反而產生了意想不到的副作用。看到那些事，便再也無法覺得上帝派遣天使下凡只是為了制裁罪人了。

「總之，天使沒有什麼崇高的意涵，只是單純的災害。不過我這麼說的話，常木董事長會生氣呢。他似乎是真的打從心底崇敬天使。有一次我說『天使是很可怕的商業競爭對手』，結果他差點就爆炸了。」

「以爭場控股公司的立場來說的確是這樣吧。不過，貴公司的事業似乎還是發展得有聲有色。」

「沒這回事。我是受常木董事長那邊的幫助才勉強能走一步算一步。因為即使在這種世道，不，正因為處於這種世道，防盜相關產業才不斷發展。我只是在這方面受到常木董事長的起用罷了。」

「經營居酒屋的常木先生那裡和……意思是，食材倉儲的保全嗎？我聽說現在所有食材的倉儲都會上鎖。」

「沒錯沒錯，那部分的占比變很大吧。」

這麼一來，常木和爭場的關聯大致上也清楚了。聽爭場的口氣，他顯然不是天使狂熱者。那麼，他大概就跟報島一樣，只是跟常木本人關係好才受邀來此的吧。雖然爭場看起來有股說不上來的狡猾，似乎別有所圖的樣子……看著努力想揣測自己內心的青岸，爭場緩緩開口：

「說到這，常木董事長今天要讓我們看什麼呢？」

「看？這麼說來，我聽說今晚會有特別活動。」

「嗯，他說要讓我們看什麼很厲害的東西。」

這是相當有用的情報。如果常木邀請青岸來這座島時說的話是真的，應該就是那個「什麼」會告訴他們天堂是否存在吧。看著思考中的青岸，爭場再次瞇起雙眼。

「你來常世島是有什麼期待嗎？」

「期待……算是吧。」

「你願意聽我說些個人意見的話，我勸你還是別想從天使身上找出什麼意義了，天使沒有意義，悠悠哉哉地享受常世島比較好喔。你想要的話，船釣也不錯。別看我這樣，我可是很會開船的喔……啊，現在好像已經不行船釣了。算了，總之，把這裡當作度假村享受就對了。」

語畢，爭場乾脆地離開餐廳。小間井急急忙忙跟了上去。

被留下來的青岸繼續默默用餐，思考起爭場這個男人。與嚴肅的外觀相反，爭場是個語氣十分溫和的人，雖然因為天使被迫大幅轉變經營方針，看起來卻不怎麼介意。明明主力生意做不下去，應該可以對天使有更多想法才對……

爭場能這麼淡然，若不是心胸開闊，就是天使出現的獲益遠比他所蒙受的損失還驚人。後者的想法會太跳躍了嗎？

無論如何，這些都跟青岸沒有直接的關係。到頭來，似乎沒有人知道特別活動的具體內容，只能乖乖等待夜晚的到來。連時間流逝都很悠哉的常世島，應該不會發生什麼麻煩事吧？

然而，青岸的預想卻徹底落空。

早餐過後不到幾個小時，一位不速之客來到了常世館。

第二章　天堂所在

1

赤城昴找上門來時，青岸經營的還只是間一人偵探事務所，辦公室沒有如今這麼寬敞，處理的案件也沒那麼多。一個人的能力有限。

青岸只接輕鬆的案子，在小巧的辦公室裡過著一個人和資料大眼瞪小眼的生活。那是孤獨且樸實的世界，對青岸而言，偵探就是一種這樣的工作，也不覺得哪裡有問題。當然，他也不曾找過助手。

所以，當赤城昴對他說「請讓我在這裡工作」時，青岸訝異得不知該如何反應，也因為這樣慢了好幾拍才回話。

闖上門來的赤城突然就進入事務所，在青岸平日使用的桌子前站定後高舉履歷。

「那個，我叫赤城！青岸先生！請讓我在這裡工作！」

「……你說什麼？」

「拜託！我想成為一名像青岸先生一樣的偵探！」

赤城以灼人的熱情說道。青岸重新打量眼前的男子。

赤城的外貌看起來大概大學剛畢業，然而不管是身上的襯衫或是下半身搭配的深藍色西裝褲，都是眾所周知的高級品牌，應該是出自好人家的小少爺吧。神奇的是，那件看起來很高級的襯衫唯獨在右側有一大片髒汙。

赤城那頭偏長的頭髮似乎連髮蠟都沒抹，每當他一晃動就會誇張地彈起。這個樣子想當偵探？這就是青岸的感想。比起偵探，赤城看起來更像是喜歡待在屋裡的推理宅。

「偵探？你不覺得突然闖進來會造成別人的困擾嗎？」

「可是，想當偵探的話，最快的方法就是成為名偵探的徒弟吧？」

「你是白痴嗎？去找徵信社吧！」

「我的師父一定要是青岸先生你才行。」

因為太過激動，赤城手裡的履歷變得皺巴巴的。不顧一切闖上門來卻又不忘好好帶著履歷，這種神奇的好教養讓人很不舒服。片刻後，青岸開口：

「你是法學院的研究生吧？」

「咦!?」

赤城瞪大雙眼，青岸的問題令他措手不及。青岸在赤城開口前緊接著又道：

「你是法學院的研究生，找不到工作的地方而來到這裡。不過，你來這裡前在別家偵探事務所毛遂自薦當徒弟卻被拒絕了。你之所以對偵探這麼執著，是因為父親是推理小說家。然而，你和父親的關係並不好，平常也幾乎沒回家。」

「你從、從哪裡知道這些事的呢？」

「因為你的衣服右邊是髒的。我說中了嗎？」

滔滔不絕一番後，青岸緊緊盯著赤城。

赤城露出驚訝的神情僵在原地。他應該很不知所措吧，換做是青岸，自己也會是這個表情。赤城躊躇著緩緩開口：

「好厲害，青岸先生，一個都沒中。」

青岸配合赤城的回應，誇張地哼了一聲。

「我是美大畢業的飛特族，不是法學院的研究生，來這裡前也沒有被哪間偵探事務所趕走。家父從事的是食品業，衣服只有右邊弄髒是因為剛才想躲腳踏車不小心跌倒了。」

儘管如此，赤城仍不放棄地凝視著青岸，大概是希望他會來個大逆轉吧。因為，偵探的推理不會出錯，出錯時會有更驚人的真相在後頭。

然而，青岸不是服務精神那麼旺盛的偵探，他一語不發，完全不打算翻盤。赤城的表情愈發困惑，此時，青岸終於伸出援手。

「怎樣？偵探沒有什麼神通廣大喔，我能做的頂多就是清清水溝。崇拜夏洛克福爾摩斯的話，給我去別的地方。一根菸斗哪能知道一個人的什麼啊。」

「……我不是來追求福爾摩斯的。」

「那你為什麼來這種地方？美大畢業的話是小少爺吧？先說好，我這裡可沒有固定薪水喔。」

「──我是兩年前一起綁架案的受害者，受過青岸先生的幫助。」

這句話改變了現場的空氣。青岸坐直身體，看著眼前的男子。

「……等一下，我不認識什麼赤城啊。」

「是吧？兩年前，我的名字叫高階昂，在那件事之後常常遭受奇怪的目光所以就改母姓了……是說我外觀也變了很多吧？」赤城苦笑。

這些話將青岸的記憶完全勾了回來。

兩年前，青岸正在調查一樁綁架案。一名地方連鎖家庭餐廳的老闆兒子遭到綁架。

犯人是一時衝動，臨時起意下的手，要求贖金失敗後直接逃走了。

最糟糕的是，犯人逃走時並沒有透露人質高階昂的所在地。

青岸必須從犯人留下的少數線索推算高階昂的所在。犯人逃跑後過了一天、三天，直到過了一週後，眾人幾乎已經對高階昴的生還不抱希望。

然而，青岸沒有放棄。高階昴或許已經沒有生還希望，但青岸是以偵探的身分接受委託，即使不划算也無所謂，他只是想把人找出來。

綁架經過十天後，青岸終於找到了高階昴。

青岸發現高階昴時他非常虛弱、不成人形，儘管如此卻還是活著。監禁高階昴的地下室有給水設備，他靠喝水活了下來。

有了生還下來的高階昴的證詞，警方沒多久便逮捕到犯人，為案件劃下終點。整起事件中，最值得讚揚的既不是偵探也不是警察，而應該是高階昴。因為，即使處於慘不忍睹的狀態也依舊抱著必死決心活下來的人，是他。

那個高階昴，現在在青岸眼前。這次，換青岸說不出話來。

「我聽說了，犯人逃走後，大家幾乎已經放棄我活命的希望。儘管如此，你卻找到了我。」

「……因為那是我的工作。」

而且，才十天。要是一年的話，青岸或許也會放棄吧。自己只是因為還有希望才沒放棄。

「我當時是這樣想的，偵探是正義的一方呢。青岸先生，你是我的憧憬。」

赤城毫不猶疑地說了什麼「正義的一方」這種幼稚的話，那種率真的話連現在的小孩都不會說了。即使孤零零地在地下室裡嘗盡地獄般的苦楚，赤城依然重新站了起來，像這樣來到了青岸面前。

「我這裡沒有你要找的東西喔。」

「沒這回事。」

「你一定會失望。」

「我再說一次，我什麼都願意做，請讓我當你的助手。」

赤城遞出皺巴巴的履歷。

青岸當初為什麼會點頭呢？直到今天，那字跡斜到天邊的就職動機，一字一句，青岸仍然記得清清楚楚。

2

總歸一句話，無事可做。

青岸一下無意義地在常世館裡徘徊遊蕩，一下又像是要達成業績目標似地抽菸，或是突然撞見一下小間井或倉早。青岸苦澀地覺得，自己彷彿一隻迷途小貓。

午餐時間在各種瞎忙中來臨，青岸走向餐廳。擺在單層漆盒裡的和風懷石和昨日的晚餐相比又是不同的風情與美味。

這樣一來，青岸簡直像專程來吃大槻做的菜似的。不過，由於沒有其他事可做，青岸也只能乖乖地等待放飯時間。午餐青岸沒有遇到任何人。大人物們都是怎麼度過這段時間的呢？這座島上意外地沒有娛樂。

就在青岸吃完午餐離開餐廳的瞬間，他聽到一聲尖叫。

「放開我！救命！！！」

青岸急忙朝尖叫聲的方向奔去。結果，在入口大廳撞見小間井押住一名嬌小女性的畫面。儘管遭小間井牢牢捉住，女子仍不停揮舞著手腳試圖逃跑，宛如落入陷阱的小動物。

可怕的是，青岸看過這名女子。

「聽好了，妳的行為是違法的！妳最好有心理準備，我會向專門單位舉報！」

被制伏住的女子聽到小間井的話後，臉色瞬間變得蒼白。

伏見貳子以泫然欲泣的聲音大喊：

「我……我是記者！我叫伏見……沒有特別隸屬的單位，是一名自由記者……呃……我可以舉出自己寫過哪些報導……」

看著伏見虛弱低語的樣子，青岸差點忍不住噴出聲。這個女人沒有任何虛與委蛇的能力。青岸之前就這麼覺得了，以記者而言，伏見的表情實在太過誠實。

「妳說，妳是怎麼來這座島的？」

「我是……偷偷……搭昨天的船……」

昨天的船，就是青岸搭的船。

那是艘以載一名乘客而言過於巨大的遊艇，到處是可以躲藏的地方。硬要說的話，這件事的責任或許在負責巡邏的倉早身上，但那麼大的遊艇實在令人無法苛責她。

「妳之前都待在哪裡？沒有在屋子裡做什麼奇怪的事吧？」

「我昨天無處可去，就待在那座奇怪的塔裡……」

奇怪的塔指的是抽菸塔吧。青岸沒有特別注意瞭望臺，她該不會一直躲在那裡吧？

「我從昨天開始一滴水都沒喝，加上附近的井又都枯了……所以才想來取點水……」

「妳原本還打算偷東西嗎！」

小間井近乎慘叫地質問，伏見的身體越縮越小。

「不是的！我只是想，借點水……」

「哦？這就是那個——」

此時，大概是接到小間井通知的常木從樓梯現身，身後跟著倉早。

一看見常木，伏見的雙眼瞬間混雜了敵意與恐懼。

「對不起，老爺，沒想到會發生這種事……」

「沒事。那位小姐為什麼不惜這樣也要來常世島？」

常木輕輕帶過小間井的道歉，單刀直入地問。面對無動於衷的常木，伏見語無倫次地回答：

「其實，我聽說有座神奇的島嶼有天使聚集……據說是超級富豪常木王凱的島……然後，因為我是記者……」

「妳聽誰說的？」

「呃……網路上說的……」

伏見撒著顯而易見的謊言。網路上不可能有常世島和常木王凱的情報，這種話騙不了常木吧。再這樣盤問下去，伏見只會落得被迫供出情報來源的下場。

「……算了。既然來了，也沒辦法。」

然而，常木卻溫和地這麼說道，接著向一旁的倉早指示：

「倉早，幫那位小姐準備房間。」

「這樣好嗎？」

「當然了。她就是島上的客人。」

「是。」倉早行禮。

常木點點頭，重新看向伏見。

「妳說妳叫伏見對吧？」

「對、對。」

還趴在地板上的伏見有些拘謹地回答。

「天使降臨後，這個世界沒有偶然。至少，我是這麼想的。」

「……呃，的確……是吧？」

「也就是說，妳來到這座島也具有某種意義。這個世界現在是跟著全新的道理一起轉動。**若妳不該來這裡，天使一定會阻止**。所以，妳沒有錯，常世島歡迎妳。」

本來，這應該是個為無罪釋放而歡喜的場面，然而伏見卻一臉呆然。青岸自己也跟不上常木說的話。不該來這座島的話天使會阻止？太蠢了。天使基本上就只是一種輕飄飄飛行的生物，水母看起來都比他們有智慧。

然而，常木卻對自己的理論深信不疑，得意洋洋地繼續說道：

「伏見小姐，等一下請來我房裡，我想聽妳說得更詳細一點。」

「呃……如、如果你想聽的話……但不是什麼了不起的內容就是了。」

伏見嚇得一愣一愣，小心翼翼地回答。

「在這之前，妳先吃點什麼吧。這件事就交給小間井負責。」

「是、是的。一切聽從老爺吩咐。」

小間井鬆開壓制伏見的手慌慌張張地起身，接著，就這樣拖著呆若木雞的伏見前往餐廳。常木重新上樓，彷彿什麼事都沒發生過一樣。
目送常木的背影後，青岸向倉早問道：
「吶，我可以問一件事嗎？」
「請說。」
「為什麼常木先生不把這個叫伏見的記者趕出島呢？他不會真的覺得世上的一切都是天使的旨意吧？」
「您說對了一半。」
「什麼意思？」
「如您所說，近來，老爺傾向將所有事情都想成是天使偉大的引導，從股市漲跌到今天的天氣，認為一切都是天使的旨意。因此無論發生什麼事，老爺都不會動搖。」
這還真是嚴重的強迫性思考。但就某種意義上來說，不為所動或許是一種很適合當經營者的特質吧。
「那沒說對的另一半呢？」
「很簡單，因為不管發生什麼事，接駁船都要四天後才會來。」
倉早乾脆地回答。
「為什麼？接駁船這種小事，要幾艘都能叫他們開過來吧？他可是天下無敵的常木王凱。」

倉早輕輕搖頭。

「雖然這座島有許多天使……但要讓天使像這樣固定待在島上很不容易。因為我們並不知道天使是基於何種想法決定定居地點，或是到底有沒有定居觀念。」

將視線看向窗外的話，那裡也有天使在飛舞，在這裡，目光所至之處都看得到天使，窗框就是截取天使的畫框。

「所以，老爺討厭船。」

「所以到底是什麼意思？」

「**因為只要有船啟航或入港，就會有幾隻天使跟著船出島**。原因並不清楚，或許是種習性吧。自從發現這件事後，老爺就只允許港口在必要時最基本的進出，甚至禁止船隻行經這一帶。」

「這——……」

這簡直是種執念了吧？

青岸猶豫著該不該繼續說，把話嚥了回去，但倉早似乎聰慧地察覺出青岸未竟的話語，也知道主人對天使的興趣超出了常理。就算天使會跟著船離開，頂多也只是幾隻罷了。

「我是後來才來島上的，常木先生必須多派一次船。」

青岸這次因為工作時間配合不上，在其他賓客之後獨自搭另一艘船前來。這對常木而言，應該是件難以忍受的事吧。

然而，倉早卻只是優雅一笑。

「老爺不惜如此也希望找您過來呢。」

聽了剛才那些話後，青岸對常木背後的期待感到害怕，他不明白常木做到這個地步是為了什麼。然而，青岸已無路可退。

「話是這麼說，但今晚有特別活動吧？就算是天使的旨意，不請自來的記者不會很礙事嗎？要是不小心讓她看到什麼，可能會被寫成報導。」

「這部分我想應該沒有問題。因為，應該已經沒有媒體會刊她的文章了吧。」

倉早靜靜地說。

「以前也有過同樣的事。調查老爺周邊的記者突然遭公司開除，交出去的報導也被退件。伏見小姐的記者生涯等於結束了。」

原來如此。常木沒有任何必要在這座島上擊潰伏見，待回去後再粉碎她的人生就好。即使承認伏見停留在常世島是上天的旨意，但一碼歸一碼，常木還是會讓她接受應有的制裁吧。

伏見的長相和名字已經徹底曝光，她剛才至少報個假名也好。如同倉早所言，會有媒體願意扛下常木的壓力刊登伏見的文章嗎？

「不過，只是發表文章的話還是辦得到吧？現在這個時代，什麼人都可以把報導文章登在網路上，而且只要揭發常木對自己非法施壓的話……」

「毀掉一個沒有任何後臺的人是很快的。」

倉早直截了當地說。過去，在常木身邊，相同的事她一定看到厭煩了吧。

「只要對方沒有掌握決定性的證據，不，即使掌握了證據，老爺也都會有辦法。而且，既然她已經來到島上，老爺就絕對不會拿出對方想要的情報。常木老爺就是這樣的人。」

大概是覺得自己說過頭了，倉早尷尬地撇開了眼神。即便在這個溫和的女僕眼中，常木王凱也是個毫不留情的人吧。

或許，青岸當初應該把伏見的事告訴常木才對。就結果來說，那樣的傷害或許比較小。青岸沒想到事情會變成這樣，沒想到伏見會對常木王凱這麼執著。也就是說，她對常木的疑心大到不惜單槍匹馬來到這種島上嗎？

如果伏見有什麼突發舉動，青岸也要負一部分的責任。思及此，青岸的心情更沮喪了。

3

青岸想起了過去。

某天，青岸一進事務所便看到一名陌生女子怡然自得地在沙發上休息。女子帽T加上棉質內刷毛褲的搭配，老實說看起來就是一套老舊的家居服。一頭披散的長髮落在腰間，以髮帶拉起瀏海，寬闊的額頭搭配圓圓的雙眼，彷彿一隻迷路的松鼠。

「妳哪位？」

「你好……我叫真矢木乃香，我不喜歡這個姓，叫我木乃香就可以了。」

女子只說了這句話便開始用手邊的平板電腦看起影片。由於她沒插耳機，影片的聲音就這樣流瀉出來。

青岸搞不清楚眼前的狀況，直到赤城出現為止一直呆立在原地。

之後悠悠哉哉來上班的赤城一派不以為意，只乾脆地說了句：「她是新來的員工喔。」

「啊？你怎麼擅作主張……」

「她說可以接受業績獎金制，一方面也是為了回歸社會。我請她照自己的步調來上班，慢慢適應。」

「等等，她看起來就像個小孩，能做什麼啊？」
「她是白帽駭客。」
「什麼白帽駭客？」
「我們是偵探，所以不能沒有這方面的知識吧？」
木乃香目不轉睛地盯著談話中的兩人，眼底帶著不安與訝異。被她這樣盯著瞧，青岸覺得自己似乎漸漸動搖。
「這孩子是來投靠你的……那個，就是，她搞了一些事，無處可去。本人也說有在反省了，希望可以在能活用自己能力的地方工作。」
「她還有前科嗎！」
「我只是在爛血汗企業的徵人廣告上刊登事實而已。那些傢伙是真的覺得壓榨有理，過勞萬歲……」
木乃香不滿地嘀咕。
「怎樣？先不管前科的事，她很像正義的一方吧？」
「你是說駭進別人公司改寫徵人廣告嗎？」
「反正你都收我這種人了，再收一個也沒差啦。」
「這是你心目中正義的一方該說的話嗎？」
「沒錯。因為正義的一方都會組隊。」

結果，青岸收下了真矢木乃香。

這位年僅二十歲的白帽駭客確實技術精湛，漂亮地支援了不熟悉這塊領域的青岸。有了精通自己守備範圍外技術的夥伴，過去無法破解的案件也有能力解決了。

例如，某間高級餐廳不斷收到死亡威脅的 E-mail，木乃香輕輕鬆鬆便鎖定了糾纏不休的發信源頭，接著，青岸他們再實際前往現場捉住犯人交給警方。要不是木乃香，青岸應該破不了這起案子吧。

「你看，還好有我在吧！」

木乃香像個孩子似地挺起胸膛道。儘管覺得她太臭屁，青岸仍是坦率地給予了稱讚。結果，木乃香露出了符合她那年紀的表情，害羞起來，令青岸覺得這女孩或許意外地會做得很好，增加員工也不錯。

之後，赤城又不知道從哪裡找了員工回來。

他找到辭去警察工作四處漂流的嶋野良太，讓他擔任機動部隊，又挖掘了為跟蹤狂所苦、來事務所諮商的大企業祕書石神井充希，安排她負責對外交涉。青岸偵探事務所一步步在變化，似乎只有所長青岸一個人被拋在後頭。

「你來這裡有什麼打算？」

「我沒有什麼特別的打算，只是想成為更好的人。」

剛來事務所不久的嶋野說。柳樹般瘦弱的身型、溫和的笑容，加上土裡土氣的眼鏡，比起刑警，說他當過老師還比較有說服力。

「你為什麼不當警察了？」

「警察也不是都團結一致吧。我所認為的正義與他們想的有些無法相容，價值觀有落差就離職了。」

「不，不是吧，說到這，你是被開除的吧？你幹了什麼？」

「做了什麼啊，我揍了每晚都要新人陪自己打麻將賭錢的同事。」

「你說的價值觀落差是在客氣嗎！」

「這個嘛，或許是愛面子吧。」

「又是一個有前科的嗎……」

嶋野誇張地聳肩攤了攤手說：「不，沒留下紀錄，我們是和解。」青岸不知道該不該高興。嶋野接著朗聲道：

「伸張正義吧，縱使天國傾覆。為了正義，哪怕天崩地裂。」

嶋野說話喜歡掉書袋，青岸後來才知道這是很有名的拉丁格言。他對嶋野的第一印象是「又來了個麻煩鬼……」。

青岸對嶋野之後的石神井也問了一樣的問題。

「妳來這裡有什麼打算？」

「雖然還沒有明確的打算，但我希望每天做的事都能比昨天稍微好一點。」

「我順便問一下，妳有前科嗎？」

「唉呀？我看起來像有的樣子嗎？我活了三十四年，只有在遊戲裡面被抓過。」

石神井嫣然笑道。

石神井是位引人注目的美女，比起待在這種破偵探事務所，感覺更適合當演員。跟蹤狂的事情雖然解決了，但她最後似乎辭掉了祕書的工作。這樣的決定也算在情理之中，意外的是，赤城將這樣的石神井挖了過來。

「我啊，原本已經心灰意冷了，覺得世界上有些事無能為力，而我就是被那些無能為力的事纏住了腳步。所以我來委託你的時候，老實說並不抱期待。可是，當我看到事情真的解決了之後，心想原來真的有耶。」

「有什麼？」

「正義。」

正義，正確的事。石神井仔細地補充。

「我想我應該能幫上忙喔。別看我這樣，我有很長的祕書工作資歷，大家也都誇我很能幹。對了，這間事務所有車嗎？」

「沒有喔，有需要的時候是租車。」

「這樣啊。我原本覺得有輛車的話應該會有幫助。」

「妳開車技術很好嗎？」

「不，我的駕照只是擺著好看而已，但加入偵探事務所的話就會想試試汽車追逐戰吧！我好興奮！」

雖然不管是汽車追逐戰還是石神井充希青岸都想拒絕，但他最後還是被赤城的花言巧語說服了。事後回想，雖然這個決定很有先見之明，但當時的青岸只是腦袋不正常罷了。

赤城帶來的人才有幾個共通點：第一，他們都因為種種因素無法留在原本的職場，是沒有容身之處的獨行俠。第二，儘管如此，這幾個人卻都是青岸偵探事務所需要的優秀人才。

最後是，他們都真心誠意地認同赤城「正義的一方」這個理念。

青岸自己也是被這句話打動的其中一人，但他還是感到很驚訝。這世上能夠真心誠意說正義如何如何的人十分少見。如果是不久前的青岸，一定會覺得跟這種人合不來吧。想從這種邊緣的偵探事務所改變世界，簡直是痴人說夢。

一回神，青岸偵探事務所的成員包含青岸自己增加到五人了。

不僅如此，赤城還在各式各樣的地方建立起人脈。

像是本來應該跟偵探不太對盤的警察、為了獲得醫學相關建議的醫生窗口，或是在尋人方面發揮實力的商店街情報網等等。赤城並不是洞見入微或是精於推理，卻異常善於像這樣連結人與人的關係。

青岸的偵探工作漸漸擴展開來。

不但能接下過去拿不到的困難委託，也變得有能力解決自己一個人力有未逮的案件。

例如，搶匪扣押銀行人質的案件。與搶匪談判怎麼想都不是偵探的工作，然而，託赤城特地提出以自己跟人質交換的福，迫使青岸不得不出馬。唯有這種時候，青岸會特別後悔自己雇用了赤城但又拿他沒辦法。赤城昂就是這樣的男人。

與搶匪的談判由石神井負責。期間，青岸推敲出了搶匪真正的目的並揭穿其在銀行設置炸彈的真相。他們憑藉木乃香的能力潛入銀行，由嶋野擔任解救人質的角色。嶋野以外型根本看不出的矯捷身手發揮了機動部隊應有的作用。最後，這起事件沒有出現一名犧牲者。

青岸雖然斥責赤城擅作主張，但聰明如他也明白，要是沒有自己這幫人參與，這起搶案的傷亡會有多慘重。因為，銀行裡的六十多人本來應該會一起喪命的。

「真的對不起，我下次會先說一聲再行動。」

「至少是『討論一聲再行動』吧？」

青岸受不了地嘀咕。他拚命忍耐，以免自己不小心笑出來。

他們也曾上演過誇張的追捕大戰。當時，青岸破解了某件殺人案，結果凶手竟然以身邊的人為人質，企圖逃亡。

若是過去的青岸，當下應該就會將一切交給警察，即使對自己的失算懊悔也莫可奈何。

然而，赤城卻硬是攔下了一輛行經附近的跑車，想辦法借到了車子。嶋野他們理所當然般地上車並催促著青岸，於是，青岸也坐進了副駕駛座。

「輪到我出場了呢！」

占據駕駛座的石神井高聲宣布。青岸沒想過自己真的有一天要看石神井上演汽車追逐戲碼。儘管那次的乘車經驗很難以愜意來形容，但至少他們追到了凶手。

青岸經歷了自己一個人解決不了的案件以及不打算扯上關係的事件，比過去任何時候都更像一名「偵探」。

青岸單純地為此感到高興，雖然不知道這個樣子是否有接近赤城所說的「正義的一方」，但青岸的工作的確變得很充實。

每當「青岸焦」之名遠播時，赤城都會無條件地展現開心。看到赤城那個樣子，青岸有些難為情，硬邦邦地說：

「有哪裡值得你那麼高興？因為加薪嗎？」

「因為這個世界漸漸看到你這個偵探了啊。」

「但我自身的能力並沒有提高，這都是託你的人脈還有木乃香技術的福，還有嶋野無話可說的機動性、石神井……雖然車開得那樣啦……不管怎樣，我只是借用你們的能力，不是我自己的力量。」

「沒這回事。我們幾個就不用說了，其他還有三船警官、宇和島醫生，大家都是認同你才會幫忙不是嗎？厲害的不是我們，是焦哥你啊。而且說到底，推理的人也是你。」

儘管赤城說這些話是真心的，青岸卻無法這麼認為。的確，推理的人是青岸，但最近青岸了解到以偵探的身分推理跟破案兩者間並非劃上等號。即使青岸能獨自推理，但案件能以最完美的形式落幕都是身邊的人的功勞。

而且，身邊這些人願意幫忙的理由也有些偏頗。青岸之所以能夠順利運用赤城牽起的人脈，主要是因為赤城經常跟大家說青岸的事。

赤城爽朗地告訴其他人青岸焦是名多優秀的偵探，如何拯救了自己。因此，身旁的人和青岸交流時都帶著某種程度的好感。赤城在那些時間點上幫青岸加了一些分。

那不是自己，而是赤城的力量吧？青岸無法抹去這樣的想法。過了一會兒，青岸說：

「……你來這裡後，世界好像稍微變好一點了。」

那是青岸所能說的，最大程度的感謝。

倘若青岸當初沒有接受赤城，事務所就不會壯大到這個程度。因為赤城來到這裡，青岸能夠幫助的人和解決的事才會增加。

本以為赤城聽到這句話會一如往常，很單純地高興，結果卻不是那樣。赤城呆愣著一張臉，開始靜靜流淚。由於實在太過出乎意料，連青岸都愣住了。青岸記得，石神井回到事務所後，還因為兩個大男人互相凝視的詭異畫面大笑不已。

就這樣，青岸偵探事務所在世界的一個小角落以正義為目標而奮鬥。

4

晚飯時間，餐廳與中午呈現截然不同的盛況。

在餐廳見到大家，果然很緊張。

宛如貴族用餐才會用到的十二人長桌填滿了八個位子——也就是說，來到這棟別墅的八個人於晚餐桌上全員到齊。

仁慈的是，常世館也為不請自來的伏見備了一個座位，就在青岸對面。尷尬的是，青岸身旁坐的是宇和島。青岸決定盡其所能地安分。

晚餐由小間井和倉早服務，沒看見大槻的影子，應該是在廚房吧。

小間井為眾人斟好葡萄酒後，常木高舉酒杯開場：

「歡迎各位蒞臨常世島。我保證，會提供大家彷彿置身樂園般的待遇，其中之一便是這場晚宴。你們都是沒有被天使拒絕的天選之人，獲准踏上常世島的土地。感謝大家陪我這個日暮西山的老人吃喝玩樂，敬在座的狂人，願天使護祐，乾杯！」

青岸配合乾杯的話音，將葡萄酒一飲而盡。這應該是很高級的酒吧？但青岸喝不太出來。比起葡萄酒，速速端上桌的前菜——番茄羊乳湯的美味更容易讓人理解。這道滋味絕妙的湯品是出自那個吊兒郎當在玄關前抽菸的男人之手，實在太不可思議了。

「啊，真好喝！不愧是常木兄！」

一邊吃東西一邊說話破壞氣氛的，是議員政崎。他是個整體嬌小，像隻老鼠的男人。由於他吃東西的樣子莫名邋遢，連左手中的叉子柄都濺到了食物醬汁，因此看起來也像隻不高興的倉鼠。

「你們能喜歡最重要。」

「每次來這裡餐點都好優秀！我也是嘗過各種山珍海味的人，但常世島的菜是最棒的！常木兄很懂食材這些東西呢！」

政崎每一句話尾都帶著驚嘆，吹捧著常木。儘管這個場合應該稱讚的人是廚師大槻而非常木，但他似乎完全沒想到這點。

之後，政崎一有機會便讚美常木、稱讚天澤，從頭到尾都在奉承身邊的人。從那副樣子，似乎可以窺見這群人之間的權力關係。政崎來久，一個諂媚多話、周旋於各方間的男人。

相對之下爭場則十分安靜，談話間只做最基本的回應，將全副心神放在研判形勢上，很難跟早餐時那麼溫和親切與青岸攀談的人聯想在一塊。爭場和這群人在一起時不太說話嗎？

青岸就這樣一邊吃飯一邊觀察周圍。突然，常木向他開口：

「對了，青岸先生。」

直到前一刻還在聊著各種話題的賓客們，隨著這句話頓時停止交談。原先將注意力都放在眼前法式香煎金眼鯛身上的青岸，手中的叉子差點滑落。

「什麼事？」

「……這樣一看，你身上的氣場果然不同凡響。來到島上後你有感覺到什麼吧？有提高和天使之間的羈絆嗎？」

訝異的青岸差點直覺地「啊？」一出聲。青岸知道常木對天使很有興趣，但突然跟他說氣場什麼的他也答不上來。不只沒有感受到羈絆，這座島上的天使在青岸眼中果然還是那種髒兮兮的異形怪物，當然，青岸對氣場也沒有任何感應。

「常木董事長，青岸先生大概還沒習慣島上強大的天力吧。可能是因為感受力太敏銳，才下意識隔絕了天使的能量。」

大概是看不下去青岸的呆樣吧，天堂學者天澤插嘴道。老實說，青岸對天澤說的那些天力還是天使能量一樣覺得莫名其妙，但常木聽了之後卻一副了然於胸的樣子點點頭說：「原來如此。他的頻率和天使能量不合嗎？」青岸便沒有再說什麼。儘管覺得越來越坐立難安，但除了天澤，在場似乎沒有人願意出聲幫忙。過了一會兒，常木再度開口：

「剛才是我唐突失禮了，我重新問個問題。青岸先生身為一名偵探，是怎麼看待降臨這件事的呢？」

這次的問題相對簡單，不過，一樣還是得謹慎回答。猶疑片刻後，青岸總算答道：

「……嗯，這個嘛，我覺得無法一概而論。因為人類目前對天使還有很多不了解的地方，也很難判斷他們到底是什麼吧。」

「哦，原來如此。」

「您對降臨似乎是抱持肯定的看法，對吧？」

青岸雖然問得委婉，答案卻再明白不過。無論是船的事情也好、乾杯時說的話也罷，別說是降臨肯定派了，常木根本是天使信徒。果然，常木露出笑容道：

「嗯，我認為降臨是件很美好的事。我在事務所說過我懂得欣賞天使的美了，對吧？我甚至因為天使經常來這裡，所以才買下這座島。」

聽到這句話，青岸訝異得不知該做何反應。這座島本來不是常木的嗎？

若是這樣的話，常木對天使的信仰比青岸的想像還要重度，青岸越來越無法理解常木了。對面的伏見也露出明顯的動搖。

「我啊，覺得天使讓這個世界稍微變得像樂園一點了。只要天使繼續這樣守護人類，壞人就會漸漸被淘汰，你不這麼認為嗎？」

「……不，這個嘛……」

青岸小心翼翼地回答。

「我為什麼會這樣說呢？因為，犯下殺人罪的罪人都會下地獄，世界應該會越來越好吧？如今，世界各地因命案而死的人都減少了。」

「嗯，減少是減少了……但就惡人受到制裁、好人得救的機制而言，感覺有太多漏洞了。而且，也不是好人就不會下地獄。」

以「牧師製藥殺人案」為例吧，那是一名牧師深受天使降臨感動，自己調配藥劑發給信徒的案件。

牧師四處宣揚那是靈丹妙藥，可治百病。然而，牧師發藥後沒多久便發生了慘劇。一名最早拿到藥的家庭主婦讓體弱多病的孩子們吃下藥劑後孩子卻死了。家庭主婦遵循規則，墜入地獄。

以此為開端，陸陸續續有吃下藥劑的人反應身體不舒服。不久，牧師也追隨家庭主婦的腳步，沒有例外地墜入地獄。

警方事後調查發現，牧師調配的藥劑裡含有水銀——一種令人詫異怎麼會發給人類的劇毒。

牧師相信這是特效藥。聽說，將天使脫落的羽毛沐浴三個晚上的月光，磨成粉，混合水銀，有全身消毒殺菌的功效。結果，有六個人因牧師的藥而死。

墜入地獄的牧師似乎有著高尚的品格，拯救過許多人。

這裡有個關鍵，一個單純的事實：「即使本人不認為有毒，但讓他人吃下水銀致死的話就會下地獄。」

深信可以拯救他人，過著清貧生活，不斷製藥的牧師是惡人嗎？

不，他只是蠢得罪孽深重罷了。在無法阻止這種人誤入歧途的那一刻起，這個世界便破綻百出。

「是嗎？真有趣。」

常木輕輕低喃，專注地凝視青岸。

常木王凱此刻散發的氣息比在事務所談話時更加難以捉摸。他對天使的興趣遠遠超過了青岸的理解，兩人之間確實存在著理解的鴻溝。就連剛才那一連串的問題是在試探什麼，青岸也不明白。片刻後，青岸放棄地說：

「老實說，偵探這種人和天使的制裁是水火不容的。」

「偵探和天使水火不容，為什麼？」
「因為，如果這世上沒有犯罪，人們也就不需要偵探了。」
青岸故意把話說得很難聽，觀察常木的反應。
然而，常木非但沒有不高興，反而覺得青岸的話很有趣的樣子。
儘管偵探和天使應該水火不容，但即便天使降臨，赤城昴仍然一直保持樂觀。甚至面對賭氣的青岸，也還是用那張討喜的笑臉開朗地說：
「這世界或許會因為這樣變好喔。」
天使降臨，人們掌握了大致的規則後，赤城馬上就懷抱這樣的期許了。
「你能期待那些陰森森的傢伙什麼？把人活生生拖進地獄耶，那根本是惡魔。」
青岸厭煩地說。
赤城微微皺了下眉頭。或許，他對那過度的懲罰也有微詞吧。殺人雖不可饒恕，但活活遭燒死的下場實在過於悽慘殘酷。
不過，赤城再度露出笑容。
「我們把事情想簡單點。起碼，這樣就不會再有連環殺人啦，即使只有這樣也好。還有，大家知道死後有另一個世界後應該會想做好事吧。」
「是嗎？雖然看到了天使把人拖進地獄，但還不知道有沒有天堂吧？」

「有啦。因為這世上有好人，所以絕對有天堂。」

說著這句話的赤城沒有絲毫猶豫。

這樣的赤城令青岸想起他剛來事務所時的樣子，那太過率直的模樣讓看的人都覺得難為情。然而，要不是赤城身上的這份特質，青岸也不會想和他一起共事。

「……重點是，再這樣下去我們就要沒飯吃了喔。這樣好嗎？」

「這樣也不錯吧？偵探不用工作的世界就是和平的樂園啊。即使是樂園，小貓小狗也還是會迷路，我們只要負責去找牠們不就好了嗎？」

「光靠那個是能養活自己喔？」

「那樣的話，大家就一起創業吧，開間餐廳……」

「如果是那樣，第一個被開除的人就是你吧。」

「咦!?為什麼!?」

「美術大學畢業是最沒用的吧？」

「咦——沒這回事啦。我可以免費畫招牌或是傳單什麼的，很好用耶，不實際試試看怎麼知道——」

赤城一臉不甘心地說著開店的事，什麼都想嘗試看看。

正義的一方開和平的餐廳嗎？雖然有些懷疑，但青岸也覺得赤城描繪的未來並不壞。

他們夢想著將世上所有不道德的事都交給天使，卸下偵探的任務。

「真意外。」

常木的這句話將青岸拉回現實，他趕緊看向常木。

「很意外嗎？」

「是啊，很意外。你也覺得自己還沒把心交給天使吧？」

這句話令青岸不寒而慄。

難得因美食而喜悅的胃沉重起來，喉嚨深處發出嗚嗚。青岸假裝不明白地回答：

「……也不是這樣，只是人不會那麼輕易改變。」

「我就變了，起了明確的變化。天使幫助我的人生走向更好的方向。」

「什麼意思？」

「……其實，兩年前我經歷了一場大病，強烈意識到死亡。我當時得到了一個啟示，那就是上帝雖然打造了一個接納人類的所在，但想去那裡有資格限制。從病痛中重新站起來後，為了前往天堂，我決定向天使敞開心門。」

「喔……」青岸興致缺缺地回應。人類瀕臨死亡時靈性獲得覺醒的例子並不少見，這個世界都有天使降臨了，因此也更容易受到影響。然而，那就是世界的真理嗎？青岸的表情寫著懷疑。

「在極近距離內接觸過天使的人應該能理解才對，你——」

常木似乎想再追問什麼，青岸也變得有些僵硬。不過，常木在最後一秒嚥下了話語，溫和地說：

「……算了，我們在這裡爭論也無用，現在先吃飯吧。答案馬上就會揭曉了。」

「答案？什麼答案？」

「當然是你最想知道的答案，天堂是否存在。」

語畢，常木再次舉起酒杯。彷彿某種暗號似的，所有人又再次開始交談。

常木那像是計畫好一切的態度令人不安，然而，青岸都已經來到這裡便不可能逃走。天堂是否存在——常木說得很明白。也就是說，那個值得故弄玄虛的活動有著什麼。青岸也僵硬地重新吃起晚餐。

之後，青岸一邊吃飯一邊慢慢回答政崎或天澤提出的無聊問題，有人提到過去時便敷衍地避開。青岸沒必要和他們說青岸偵探事務所的事。

當這場充滿疙瘩的晚餐結束後，所有別墅裡的人都被帶向了地下大廳。

5

常世館的地下大廳由石頭砌成，隱隱散發出一種避難所的氣息。在那種「主人難得有機會就營造看看」的氛圍下，四周點著超出必要的燈光，反而令人毛骨悚然。大廳深處有兩間小房間，似乎真的是倉庫。

「我們要在這裡做什麼？」

提出問題的，是不知道何時加入眾人行列的大槻。看他馬馬虎虎收拾就過來的樣子，應該也很好奇活動的內容吧。儘管他的問題乍聽之下有些沒規矩，常木卻依然面帶笑容地回答：

「我有樣東西想讓大家看看。在場的各位都擁有著足以分享共同奇蹟的羈絆，是吧？」

政崎和報島露出諂媚的微笑。青岸不認為這裡有什麼羈絆。

「您要讓我們看什麼呢？」

爭場語氣沉著地問。眾人中，他看起來對天使最沒興趣，也沒有討好常木的樣子。

「爭場，你對天使似乎不太有興趣的樣子……那天堂呢？」

「不，我大概跟天堂也沒什麼緣分，不信這種事，採取保持距離的態度。如果有辦法知道天堂是存在的話，我或許會稍微改變一下生活態度吧。」

「坦率是件好事。那麼，今天看到的天使或許會成為改變你生活習慣的教練喔……這個比喻是不是有點太俗氣了？我不該用不習慣的方式講話的。」

「意思是，我們能看到常木兄珍藏的天使嗎？真是太棒了。」

政崎撫摸著右手腕上的手錶，不留空白地阿諛。空泛的話語，根本不知道是哪裡棒了？這個人對天使似乎也沒多大的興趣。青岸無法冷靜。

「沒錯，我認為這隻天使就是連結我們與天堂的橋梁。」

「哦……」

政崎發出說不出是感嘆還是什麼的奇妙聲音。前言就算了，快點進入主題！

眾人中反應最神奇的人是天澤。身為天堂學者，他再積極發言一些也不為過，但天澤的表情卻莫名僵硬。是害怕這種氣氛或是地下室嗎？從剛才開始，天澤便頻頻以手帕擦拭掌心的汗水，臉上擺著皮笑肉不笑的職業笑容。儘管天澤的樣子明顯很奇怪，但除了青岸，似乎沒有人察覺到這點。活動繼續進行。

「大家一開始可能會不知道如何面對這項奇蹟而有所抗拒。不過，這正是上帝朝我們走近了一步。如果有人受到這隻天使的氣場衝擊也不用擔心，在豐盛的天力幫助下，我們總有一天一定能理解這隻天使！」

常木毫不介意在場觀眾的反應，自顧自地以恍惚陶醉的神情說道。常木說話間，小間井從地下室深處推來一座巨大的平臺，臺上擺了個箱狀物體，外頭罩著一層布。

箱子已經發出了奇妙的「聲音」。

「這是什麼聲音……」青岸下意識噫聲道。

常木依舊帶著笑容說：

「青岸先生，請來這裡，這裡聽得更清楚。」

遭點名的青岸心臟劇烈起伏，有股不好的預感。青岸很習慣解讀觀眾的期待，畢竟，他的人生一直都是以偵探的身分走過來的。

然而，青岸為什麼沒有在來到這裡前發現常木扭曲的期待呢？

青岸在常木的催促下搖搖晃晃地站到那只箱子前。箱子彷彿察覺到了什麼，開始喀喀喀地猛烈搖晃。地下室逐漸被一股可怕的沉默籠罩，所有人都注意到眼前的箱子裡有著駭人的東西。

「來，小間井，把布拉開。」

小間井遵從吩咐，拉開那塊布。

布幕下有座美麗的銀籠，裡頭關了一隻天使。

這隻天使的外觀沒有什麼特別之處，一如往常瘦削的身體收在籠子裡，闔起翅膀，呈趴伏姿勢，即使沐浴在地下室設置的照明中，平板的臉孔依舊沒有映照出任何東西。

唯一值得一提的，是天使不斷地發出「聲音」。

「嗚嗚嗚、咻嗚嗚……」

正確來說，天使發出來的，是不成聲的雜音。

可是，天使自降臨以來不曾發出過拍打翅膀以外的聲音。那麼，這毫無疑問可以說是人們第一次確認到天使的嗓音。

籠中的天使依序望著緊盯自己的人類，再次發出「嗚呼呼——」的聲音。青岸喉頭一緊，感受到不折不扣的恐懼。

因為這隻怪物擁有自己的意志，正發出聲音的恐懼。

「這、這……這是……」

天澤發出微弱的聲音，臉上浮現疑惑與畏懼。他彷彿被一隻無形的手拉住似的，一步步從天使身邊後退，感覺下一秒就要逃出地下室。

其他人的反應也與天澤大同小異。發出聲音的天使遠比想像中可怕。那是種根本的恐懼，畏懼著天使此刻是否正在代替上帝發言。

「怎麼樣，青岸先生？」

現場唯有常木露出陶醉的神情。

「什麼、怎麼樣？」

青岸只能勉強擠出這幾個字。天使那宛如呻吟般的嗚嗚依然在地下大廳裡清晰地迴盪。

「你明白吧？這隻天使會說話。過去，人們從來沒發現過其他能理解語言的天使，這隻天使是特別的。」

蠢死了——青岸反射性地想。有人能天真地說這是天使的語言嗎？這種聲音跟野獸的呻吟沒有什麼兩樣。

「青岸先生，你不是有什麼話想對天使說嗎？」

「什麼話、想對天使說？」

下一秒，天使從銀籠中伸手捉住青岸的手臂。那隻手感受不到溫度，有如一隻假手，然而，卻是毋庸置疑、活生生的手。

「青岸先生，你怎麼可能忘記呢？」

常木的聲音莫名開朗，不大正常。

「**天使不是曾經選中你嗎**？我深信，那是祝福。你是特別的，如果是你，應該有辦法跟這隻天使交談！」

「怎麼可能有辦法！這種……」

青岸企圖甩開捉住自己的手，然而，天使的手卻文風不動。明明除了拖人類下地獄外，天使應該很孱弱才對，但現在那隻手卻像是融化、沾黏似地纏著青岸。開什麼玩笑！這樣子青岸根本逃不掉。

「來吧，青岸先生！你問祂這世上是否有天堂！雖然我聽不懂天使的話，但你一定可以！」

「喂！叫他立刻停止這場鬧劇！」

青岸朝周圍大喊。

抓住青岸手臂的天使彷彿配合他似的，聲音更加高亢了。

那是既像哭聲又像動物哀號的奇妙聲響。

青岸全身竄起一股冷冽的寒意，感到地心引力倒轉般的噁心。天使在叫，光滑的臉孔看著青岸。

青岸在那張不該有任何東西的平面上看到了赤城的幻影。不只赤城，還有他帶來的木乃香、嶋野和石神井。在看到他們的瞬間，青岸眼前一黑。

青岸倒地的同時，天使也鬆開了手。天使還在鳴叫。

赤城他們的幻影依舊不肯退去。那是青岸沒有一刻忘記過的身影。

即使離開常世島，青岸也無法再見到他們。

在天使存在的世界裡，以正義的一方為目標的理想家們已不復在。

所有人都死了，被殺死了。

在「能多拉一個陪葬是一個」的毀滅性願望下成為犧牲者，轉眼間燒成灰燼。

6

天使現身，人類會下地獄後，遭殺害的人類數量減少了。

然而，社會上卻比以前更容易出現衝動殺人的案件。

——殺害兩個人會下地獄，意思是殺一個人的話就沒問題囉？

整個社會在不知不覺間形成了這種風氣。

當然，這種事不可能被允許。天使的存在並不是肯定殺人。比從前更加活躍的宗教團體和忙著控制局面的政府，無論再怎麼主張殺人不對都沒有意義。

連環殺人案雖然消失，但運用這份「權利」殺人的人卻增加了。難得可以殺一個人，不殺就吃虧了吧？這根本是歪理，卻得到了人們的理解。

加上自從天使出現後，所有國家都廢除了死刑。殺人自有下地獄這個懲罰，而且這世界根本不可能存在執行死刑的人。因為無論什麼理由，只要殺兩個人就會下地獄。這世上變得只有天使才能制裁連續殺人罪。因為這樣而切身感受到自己獲得「赦免」的人類增加了。

「欸欸欸，這簡直是世界末日了吧……」

報紙變得每天都在報殺人案，許多凶手甚至沒有絲毫犯罪意識。此時的青岸雖然還會負責調查殺人案，但不隱藏自己犯行或只是稍加追問便自白的凶手變多了。

這些凶手表現出來的態度都是「只是殺一個人而已又怎麼樣？」自己的殺人是上帝寬恕的，沒理由受人類制裁。

世界沒有因降臨走向正義，反而每況愈下。

「事情如果一直都沒控制住的話會怎麼樣呢？」

沙發上的木乃香不安地低語。很遺憾，眼前的局勢完全看不到控制的跡象。

再這樣下去，天使決定的規則將成為道德標準，壓制人間。屆時，人類會沉淪到什麼地步呢？

「妳應該不是會怕這種事的人吧？還是說怎樣，妳知道自己平常得罪了很多人？」

「我知道自己得罪了很多人，也覺得自己應該會不得好死，可是我怕的不是殺人案，是這個。」

木乃香指的，是刊了一整版的案件報導——某間公司的爆炸案。犯人在任職的公司設置炸彈，同時引爆，造成八人死亡，兩人昏迷。

雖然犯人應該是跟罹難者一起被炸死了，但也有倖存者說犯人在最後一刻被拖入地獄。沒人知道哪個說法才正確，因為人們並不清楚天使的短跑速度。

當人類摸清天使的地獄規則後，急遽增加的問題還有一個——

那就是類似這起爆炸案的隨機恐攻。

殺害兩個人就會下地獄。無關動機或任何理由，殺人者會遭業火焚身。

聽聞這項規則後，也有一群人往另一個方向暴衝。

既然殺兩個人會下地獄的話，不是該一次殺多一點人嗎？

反正都要下地獄，拉更多人陪葬不是更好嗎？

這是瘋狂的想法。然而，會有這種想法的人本來就不正常。帶著即使下地獄也無妨的殺意，這些人最後一刻所考量的ＣＰ值，就是引發大規模的隨機殺人。

這種隨機殺人的模式五花八門，不限於迅速有效的爆炸。有人持槍掃射或是開車衝進人群中，有人噴灑毒氣，也有人在車站內揮舞砍刀直到墜入地獄為止。

類似的事件在全世界發生。

不得不殺死某人的人類，為了有效運用有限的生命，進化成一次殺害多人。當聽到市場上出現專門給這些人用的炸彈時，連青岸都忍不住作嘔。

「焦哥，我很害怕。」

木乃香不安地低語。平常瀟灑不羈的她，此刻看起來特別像她本來年齡的樣子。無論木乃香是多麼優秀的駭客，今年也才二十歲。

木乃香的肩膀顫抖著。雖然不覺得有幫助，青岸仍不假思索地將手放在她的肩上。木乃香將投在地上的視線轉到青岸身上。

「沒事。」

因為那雙眼睛祈求自己說些什麼，所以即便毫無根據，青岸還是說了那樣的話。

「妳擔心的事不會發生啦，情況一定會控制住。不管是赤城、嶋野還是石神井，都努力想辦法在這種世界裡成為正義的一方，我也是。」

「……你也是？看不出來。」

「什麼看不出來？妳以為是誰在幫你們處理雜事、經營事務所的啊？我以前可不是會做這種事的偵探。」

儘管如此，曾幾何時，青岸改變了。在赤城的邀請下，青岸也不小心打算成為正義的一方。即便是現在，青岸認為偵探不是正義一方的立場依舊沒變，他也不認為偵探能成為那樣的角色。

不過，因為赤城昴說著那些傻話，青岸便稍微把舵交給了他。青岸開始覺得，即使當不了正義的一方，但以那裡為目標至少是正確的吧。

「別擔心。妳也是青岸偵探事務所的一員吧？平常都得意忘形地說自己是天才，這種時候更應該抬頭挺胸才對！」

「……我是天才跟害怕被捲進恐攻是兩回事。」

木乃香不滿地咕噥，不過，看起來似乎稍微平靜一點了。

——這樣不就成為人間煉獄了嗎？

青岸內心嘀咕道。派遣天使下凡的上帝到底在想什麼？像這樣饒恕拖人陪葬的世界，祂真的滿意嗎？

地獄到底是為了什麼而存在？

總之，不能放任眼前的事態。

青岸他們相信屬於自己的正義，將全副心神都投入在舉發非法槍械的管道。即使無法預防突發性的大規模殺人，卻可以取締犯案用的凶器交易。這麼一來，或許可以防患於未然。

只要哪裡出現一點可疑的動靜，青岸他們便會前往當地確認，也曾經在霰彈槍的交易現場逮住犯人。儘管新型炸彈之類的東西層出不窮，青岸他們的努力或許是杯水車薪，卻總比袖手旁觀來得強。

當時他們正在追查的，是某種炸彈的走私。這種炸彈延燒迅速，即使犯人下了地獄，災情仍會不斷擴大，屬於最糟糕的一類凶器。

「看來，焦哥推測出的地方是家境外公司，我們明天去看看，中途會放石神井姊下車去蘇我律師那裡。我們四個人都出門了，事務所交給你沒問題吧？」

赤城俐落地翻閱資料，神情嚴肅地說。赤城現在幹練的模樣，已非初見面時的那個毛頭小子所能相比了。連日工作下，他應該都沒有好好休息，但他的眼神卻充滿幹勁。青岸感慨地看著這樣的赤城說：

「喔——喔——交給我吧。你們都不在，事務所還比較透氣。」

青岸的任務是留在事務所，查出跟那間境外公司有關聯的企業，看看是否有可疑的交易或奇怪的動靜。即使世界改變，與犯罪扯上關係的地方都一樣有可疑的味道，青岸培養的偵探直覺在這種時候也能派上用場。這是木乃香也很害怕的問題，青岸下定決心，一定要將犯人繩之以法。

話說回來也很奇怪，那些想死的人是怎麼找到這種非法交易的呢？與駕車衝入人群的初期相比，這類隨機恐攻的惡意越來越激進。走投無路的人有辦法醞釀害人之心到這種程度嗎？

這裡，青岸想到了一種可能。

是不是有人在利用這股趨勢獲利呢？如果有人接近這些打算尋死的人，提供他們槍械炸彈等「手段」藉此獲益的話，便能解釋這一連串恐攻的傾向了。雖然這種像是賣棺材給病人的事光想像就令人害怕，但這條線若能成立，或許就會成為一門穩定的生意。

「等一下，焦哥，你的臉色很差耶，你最近完全沒休息吧？」

青岸大概是不小心露出了陷入糾結的表情，赤城擔心道。根本稱不上是推理的想像似乎讓自己變得一臉嚴峻。

「白痴，你們比我更忙吧？而且我習慣這個狀態了。」
「我們來這裡也快三年了喔，現在已經有模有樣了吧？」
「還早得很咧。」
赤城笑了開來。他的笑聲稍微舒緩了青岸躁動的心。
突然，赤城表情一斂。
「焦哥，謝謝你讓我們進來。」
那不是赤城第一次說那句話。
打從一起共事後，赤城一有機會就會這樣說，說著令聽者都忍不住難為情的直率感謝。
所以，沒錯。
赤城不是知道自己死期將至才說那些話的。

隔天，是個風和日麗，不適合天使飛翔的大晴天。看著沒有天使的天空，莫名令人感到高興。
青岸偵探事務所長久以來沒有屬於自己的車子，但開始在全國奔走後，購入了眾所期待的公務車。

車子由石神井挑選。石神井從初見面就一直很在意車子的事，到了事務所終於要買車時，她上氣不接下氣地拿了型錄回來。

「我沒想到這麼快就會有車了！來青岸偵探事務所真的是太棒、太棒了～～」

石神井一臉幸福地說。

「這樣就可以說太棒了嗎？」

「不不不，我每天都很幸福，也覺得工作很有價值，但那是另外一回事～」

石神井最後選的是一輛藍色的五人座廂型車。

青岸忘不了當自己傻眼地對石神井說「這不是妳的，而是大家的車喔」時，她回的那句話——「所以我才選青藍色啊。」總之交車那天，石神井因為太高興，興奮過頭，結果吐了。

回到那天的事吧。載著四人的車子離開了車庫，開車的人是石神井，副駕駛座上是赤城，木乃香和嶋野坐在後座。

當車子來到事務所前的十字路口時，事情發生了。

一輛無視紅綠燈的白色車子猛衝過來，沒有要避開石神井他們的意思。藍色車體遭狠狠彈開，發出轟然巨響。聽到聲響的青岸衝到窗前，馬上感受到一股連玻璃都發出震動的衝擊。不知道是誰的尖叫聲慢了好幾拍才傳了過來。

青岸的世界失去了聲音，只剩下木乃香的那句「好害怕」在腦海裡迴響。害怕也是理所當然的。那幅光景比青岸的想像恐怖好幾倍。

撞過來的白色車子爆炸了。掌握到這個事實的瞬間，青岸衝出事務所。火焰籠罩了兩臺汽車，連車子變怎麼樣了都分辨不清。得救他們才行。

「木乃香！赤城！嶋野！……石神井！」

青岸喊著大家的名字。沒有回應。他不知道遭火焰團團包圍的車內是什麼情況，理智拒絕接受裡面有人的事實，明明不想哭淚水卻溢了出來。哭是最糟糕的反應，這樣不就像那些傢伙真的沒救了嗎？

此時，白色車體下泛出一層不輸給火焰的緋紅光芒，天使伸出手臂，拖拉著什麼。那個被拖行的東西連原形都不剩，只有長長伸出的舌頭微微動了幾下。趕上了，青岸下意識地想。

「犯人」在臨死前下地獄了。

天使公平地執行制裁，不允許罪人以死亡逃避懲罰。

看見這一幕，青岸同時也察覺到一件可怕的事。撞上來的司機下地獄了，**因為他殺了兩個以上的人**。

警笛聲終於出現。青岸不等消防員開始滅火便衝向燃燒中的車子，他不顧遭火舌捲入的危險企圖打開車門。車裡有兩個人死了。那剩下的兩個人呢？還有救嗎？還活著嗎？

將青岸推回去的，是天使。

數隻天使緊緊貼在車旁，彷彿趨光的蟲子。天使將光滑的腦袋轉向青岸，阻止青岸再往前一步。平常總是單純飛翔的天使第一次展現出明確的意志。

「什麼啊，現在是怎樣？你們……知道裡面是什麼嗎？」

天使沒有回答，儘管翅膀和皮肉遭大火焚燒，看起來卻一點也不痛苦，只是承受著，任由火焰纏身。

「喂！臭天使！阻止我的話，那換你們救人啊！去幫他們！喂！求你們幫幫忙！那些傢伙沒有做任何壞事吧……」

青岸拚命吶喊，內心想著——他什麼都願意做，只求天使出手相助。過去，他不該對天使沒有好感，今後，他願意每天獻上祈禱。明明從前對天使深惡痛絕，事到臨頭卻又忍不住向他們求救。要是青岸最重要的事物像這樣燒下去的話，一切就完了，青岸從以前到現在的人生，都將灰飛煙滅。

「不，住手。求求你們，原諒我，原諒我……」

青岸不斷哭訴。

青岸願意做任何事。他們明明什麼都沒做。在那裡的，應該是這世上離地獄最遙遠的一群人才對。

然而，天使並沒有從熊熊燃燒的車子裡救出大家。

他們只是貼住車身望著青岸，任由大火灼燒。

這是件很單純的案子。

背負龐大債務、自暴自棄的男子將炸彈堆在白色車子內，緩緩加速後於十字路口撞擊赤城他們搭乘的車輛，牽連人行道上的行人後引爆。

男子車上堆的炸彈叫「茴香」，是種在國外很流行的新型炸藥。以傳說中普羅米修斯放入最初火種、運送至人間的植物為名，特色是僅需少量便有強大的破壞力。這種炸彈引起的火焰很難熄滅，能確實牽連周遭的人。

這是適合以一人之力大量殺人的炸彈，是降臨後流行開來，符合人們需求的殺人兵器……是青岸他們正在追查的炸彈。

這場恐怖攻擊如同犯人的計畫，成果輝煌，造成八人死亡，六人輕重傷。直接遭到爆炸攻擊的青岸偵探事務所四名成員，無一倖免，全數罹難。死者面目全非，一開始甚至無法分辨誰是誰。

青岸在醫院的病床上聽取報告，他的雙手嚴重灼傷，雖然醫生說他無法再像從前一樣正常使用手指，但他根本不在意。更重要的是——

那四個人死了，沒有獲救。

那間事務所已經一個人都不在了。

青岸無法順利消化這件事。

說想成為正義的一方的赤城、貫徹自我正義辭去警察的嶋野、一手接下對外交涉事務的石神井、聰明又優秀——害怕自殺式恐攻的木乃香，所有人都死了。

而且還是死於完全沒有限定對象的恐攻。

好人也會死。上天似乎在向自己展示這種理所當然的事。

青岸曾以為，赤城他們那樣為他人盡心竭力，應該會有什麼回報吧？然而卻沒那種事。他們反而捲入了比普通人運氣更差的災難。

聚集在車旁的天使什麼都沒做。

那到底是怎麼回事？比起青岸，旁人反而更熱衷於探討這個問題。

難以置信的是，似乎有人將爆炸案從頭到尾拍了下來。青岸那天豁出了性命，不記得身旁的情況，只記得周圍聚集了人群。影片裡，青岸企圖衝向火勢凶猛的車子，天使則是緊黏車身，阻止他愚蠢的行為。

流傳開來的影片下有許多留言。有人認為天使緊黏車身是為了保護青岸，也有人說天使的舉動毫無意義，只是恰巧在那裡罷了。

還有人說，是車內散發的某種味道類似天使喜歡的砂糖，又或是燃燒的車子令他們想起故鄉地獄。

其中最令青岸無法接受的，是天使在祝福車內四人的這個說法。

以赤城為首，那四人的經歷背景都曝光了。儘管木乃香有前科，但他們都善良得令人無話可說。天使在祝福這四人，讓他們能夠上天堂。這些事引發了多餘的揣測，儘管天堂的存在尚未被證實，人們卻不負責任地認為他們有資格前往天堂。

明明赤城他們並不會因此而獲救。

青岸沒有給任何一家來採訪的媒體好臉色。他對希望訪問的記者惡言相向，把人罵回去，一副恨不得吃人的樣子大鬧特鬧。

那種東西不應該是天使的祝福。如果赤城他們善良得獲得了上帝的垂目，那為什麼又非得死於那種恐攻不可呢？如果無法奇蹟似地逃過一劫，什麼祝福根本沒有意義！

青岸抱著疼痛的雙手，每天問自己——

上帝真的存在嗎？天使當時在想什麼？赤城他們為什麼必須捲進那種攻擊？自己為什麼要在那個時間點送他們出門？青岸找不到答案。天使今天也依然在窗外優游自在地飛翔。

接著，發生了決定性的事件。

青岸的雙手沒有任何後遺症，完美地痊癒了。

「不可能有這種事，這是神蹟。」

那是醫生宣判連筆都拿不住的灼傷，然而，青岸的手卻不留一絲疤痕。火焰燒過的肌膚應該會歪七扭八地黏在一塊，但青岸的手就像是不知不覺間換了一雙新的一樣。

這件事曝光後，青岸面臨更多好奇的目光。理應治不好的灼傷痊癒了，而且還是在沒有像樣復健的情況下。自古以來，世間一直不乏這類奇聞軼事。

大家又開始說這是祝福了。

這種東西不可能是祝福，單純只是青岸運氣好，只是他復原能力高。就算是奇蹟，青岸也不曾期望過這種事。

像是在說「當作交換」似的，上帝為青岸的雙手帶來了痊癒，這種興趣實在太惡劣。青岸試圖再次燒傷雙手，把手壓在加熱的平底鍋上卻徒勞無功。他根本忍受不了幾秒鐘。結果只是深刻了解到自己當時有多拚命。

事務所變得空蕩蕩，青岸也只是一直處於茫然自失的狀態，連自己當初為什麼要當偵探都想不起來了。以正義的一方為目標的赤城死了，而且還是被捲進自私的殺人犯所策劃的恐怖攻擊、最差勁的恐怖攻擊而死。

在爛泥般的日子裡，有個疑問漸漸控制了青岸的大腦。

這個世界到底有沒有天堂？

如果有的話，最後被天使包圍的那四個人能上天堂嗎？

當然，青岸對上帝和天使是厭惡和懷疑的。如果他們真的打造了一處專屬於好人的樂園，就不該發生那種不可理喻的事讓那四人慘遭殺害。在青岸眼中，上帝就是個有眼無珠又愚不可及的混蛋。

即使懷抱這份厭惡，青岸仍渴望天堂。明明覺得天堂是個愚蠢的想法，大腦卻越來越放不下這個念頭。

也是因為這樣，青岸才會厚著臉皮接受常木的邀約。如果那四人真的在天堂的話，至少能成為青岸的救贖。因為，他無法容忍現在這種結局。

「對我而言，偵探就是正義的一方。我想成為一名像青岸先生這樣，能幫助某人的偵探。」

赤城的話在腦海裡揮之不去。

如果連說這種話的人都不歡迎的話，那麼天堂到底是為了誰而存在？

7

回過神，青岸發現自己被安置在房間的床上，口乾舌燥。

確認了一下時鐘，自己失去意識的時間似乎並沒有那麼長。

「青岸先生。」

正當青岸想起身時，頭頂傳來乾淨清亮的聲音。

「您沒事吧？」

倉早擔心地低頭望著青岸。賓客突然昏倒，現場的氣氛想必糟透了吧。儘管那是個差勁無比的活動，青岸還是感到抱歉。

「……我沒事。抱歉，我剛剛那麼……失態……」

「您那樣是正常的。真的很抱歉，讓您遇到那種事。」

「不是妳的錯，是我自己的問題。」

「就算這樣，但因為您是在這棟屋子裡遇到不愉快的事，所以是我的責任。」

倉早不由分說道，臉上是真心覺得難受的表情。

「……您或許可能已經想離開常世島了，但……接駁船不會來。很抱歉，要請您按照原先預定住在這裡。」

「……我明白，妳不用這樣。」

青岸沒有責怪倉早的意思。錯的人，是徹底落入常木圈套的青岸。

那個對天使有興趣的有錢人，應該迫不及待想讓「受到祝福的偵探」和「發出呻吟的天使」碰面吧。要是在他說氣場還是祝福云云時青岸有察覺到就好了。常木就是這樣以天堂所在為餌，釣青岸上鉤。明明那麼做也無法知道什麼天堂的所在。

還是說，如果青岸剛才就那樣開口交談的話，真的會聽到天堂的事嗎？他不這麼認為。常木是真心相信祝福這些東西，認為天使會跟青岸說話嗎？

無論如何，天使在說什麼，青岸一個字也聽不懂。到頭來，他還是不知道天堂是否存在。

「妳先前也知道他們說我受到天使的祝福，硬是幫我安上這種愚蠢主張的事嗎？」

「……知道，我是聽老爺說的。因為這樣，老爺對您十分感興趣，無論如何都想邀您來常世島……」

「……這樣啊。」

青岸夾雜著嘆息低語。事到如今，大家知道這些事他還比較輕鬆。

悽慘的意外、死去的工作夥伴、燒傷的雙手、對天堂無止盡的執著。

「我已經完全搞不懂這世界為什麼會這樣。我想問那些混帳天使，為什麼那些傢伙會死？」

雖然青岸當年一口否定赤城，說他的話是蠢話，但那其實是他心中最大的嚮往。

一臉認真，說想成為正義的一方的美大畢業生散發著光芒，傻得令人眩目。

青岸找不到那傢伙必須死的理由。就算難聽，他還是忍不住要說，這世上還有其他更該死的人吧？要死的話，死的是青岸該有多好。因為那四個人比青岸善良太多太多了。

「因為，那天如果有誰遲到的話，不，不用遲到，只要慢個一分鐘出發的話，他們就不會死了。或許，甚至不會有人犧牲。但上帝為什麼視而不見呢？」
從那天起，青岸就一直抱著解不開的謎題，活在地獄裡。
「那隻天使是真的嗎？」
片刻後，青岸靜靜問道。
「好像是真的……那隻……天使是由小間井管家負責照顧，我剛才也是第一次看到。」
「……如果因為那樣就判定他能說話，會出現很多問題……」
常木能對那宛如野獸般的聲音不以為意實在太不可思議。或許，即使是那種東西，常木仍然能覺得很美吧。青岸有點羨慕起常木，如果自己能沉迷天使到那種地步該有多輕鬆。
現下，青岸對這座島的期待已化為烏有，常世島沒有青岸一直在追求的答案。雖然他想立刻逃離這座島，接駁船卻要四天後才會來。露出這種醜態後還要出現在其他賓客面前，光是想像就令人沮喪。
大概是察覺到青岸的心情，倉早說道：
「如果您不舒服的話，之後的餐點會為您送到房裡。常世館裡也備有書籍和電影，接駁船抵達前，您可以在房裡好好休息放鬆。」
「……謝謝，我考慮看看。」

倉早的提議也不錯。起碼，可以不用再看到常木他們。

「那麼，我先離開了，如果有什麼需求，請撥內線通知我們。」

「嗯，謝謝。」

「祝您能夠安穩、自在地度過剩下的時間。」

倉早一鞠躬，離開青岸的房間。

回到一個人後，回憶的畫面再度襲來。

眼前再次浮現那隻令人毛骨悚然的天使。無可救藥的是，青岸發自內心覺得自己剛才要是能和那隻天使對話就好了。如果青岸真的受到天使祝福，真的是天選之人的話……明明就算這麼做也不會改變任何事，青岸卻還是放不下。

——只要待在這座島上，內心似乎就無法安穩。

青岸帶著近乎絕望的心情闔上雙眼。

當他下次睜開眼睛時，常世島已經變成一座地獄。

第三章　於是，樂園破滅

1

「青岸先生，您破過跟船有關的案子嗎？」

在前往常世島漫長的航程中，倉早千壽紗問道。

「跟船有關的案子啊……」

「是的，因為您是名偵探啊。」

航向常世島的船與其說是船，更像是在海上移動的飯店，女僕倉早時刻都在船上大廳待命。

這讓青岸這個小老百姓很不自在，在他拒絕超出自己平常能負擔的香檳與打發時間的電影後，愈發無事可做。雖然在抵達目的地前可以使用手機，但他也沒有玩手機的習慣。

在這種情況下，倉早向青岸攀談或許是種服務的概念。青岸在船上無所事事，望著大海出神，看到纏著船隻不放的天使還嘖了幾聲。只要見到這樣的青岸，大概就會覺得必須和他說點話才行吧。一想到麻煩倉早費心關照自己，青岸便感到有些不好意思，努力挖掘腦海中的記憶。

「……有，而且還是能乘載千人以上的豪華郵輪。」

「好厲害喔！方便的話，可以稍微告訴我是怎樣的案子嗎？」

「我可能沒辦法說得很好。」

「不，您願意的話請務必與我分享。其實，我最喜歡推理故事了……我這樣說可能會讓人覺得我把偵探這個職業當成小說裡的存在，可是……」

「不，本來就是這樣，沒關係。像妳這樣期待破案故事，偵探這份不幸的職業也比較有回報。」

對青岸而言，千紀號殺人案也是椿令他印象深刻的案件。一名企業家邀請青岸搭乘郵輪做為破案的謝禮，想不到郵輪上竟然發生了命案，遭到殺害的還是邀請青岸的那名企業家。那一次，木乃香因為船上的宴會而眼睛難得閃閃發亮，嶋野則是意外展現善於交際的一面，與周遭打成一片，案情在這兩人特別的奔波下得以破解。

「豪華郵輪加偵探團，真的很有fu耶，焦哥！」

「不要叫什麼偵探團，好丟臉。」

像那樣念赤城的時光也好令人懷念。

最後，當青岸無論怎麼思考，結論都指向「參加船上宴會的幾十個人全是共犯」時，實在備受衝擊。原以為不可能發生這種事，但原來那幾十名賓客從一開始就換成了毫不相干的人，連千紀號的船長都被迫協助他們。

青岸之所以會察覺到這件事，是因為郵輪上的旗子變成了求救用的紅色叉叉，那是Victor旗號，意思是「我需要你的援助」。那道只升起一瞬間的旗子是遭受脅迫的船長拚死發出的訊號。在郵輪抵達港口的前一刻揭開凶手的詭計，的確很有fu吧。

順帶一提，青岸偵探事務所眾人之中唯有石神井早早就醉得不省人事，與案件擦身而過。被排擠的她在船上像個孩子般地鬧脾氣，上岸後卻像個沒事人似地說：

「或許我是最單純享受這趟航程的人呢。」石神井是正確的。

聽完一連串故事後，倉早露出微微亢奮的表情說：「好棒喔。」

「想不到現實生活中真的有代入祕密暗號、偵探華麗解開謎團這種事。雖然這麼說不太恰當，但我有點憧憬呢。」

「國際信號旗可能不算是暗號，是船長的臨機應變吧。」

「青岸先生確實接收到那道訊號，幫助了船長，是名偵探呢。」

不只是我——青岸猶疑著是否該說出來。那艘郵輪案也有其他成員四處奔走，是靠大家合力解決。這麼說來，從某個時期開始，所有案子就都是大家合力解決的。

然而，若特別向倉早說明，就不得不談及後續的始末。當時破解的案件歷歷在目，是青岸珍貴的回憶。然而，這一切都連向了那一天的火焰。青岸靜靜接著說：

「……是啊。那時候是名偵探。」

倉早綻開笑容。

「如果您在常世島需要辦案的話，請務必選我當助手，我一定能幫上忙。」

「這樣的話，代表常世島會發生案件啊……」

「啊，對喔……實在太失禮了，不可能有這種事發生。」

倉早站直身體接著說：

「常世島是人間樂園。我保證，這段期間您都能享受自由自在愉快的時光。」

2

「青岸先生！青岸先生！」

因為見到會說話的天使，青岸這頓覺睡得極不舒服，他在大槻的呼喊和震天價響的敲門聲中睜開眼睛，不快的感覺跟睡著時相比有過之而無不及。

青岸確認時鐘，時間正好八點整。是因為自己早餐遲到，外頭的人才這麼慌張嗎？青岸邊想邊打開房門。

大槻身上穿的不是平常那件皺巴巴的廚師服而是件灰色帽T。

「……怎麼了？如果是因為我睡過頭——」

「青岸先生，」

大槻低語，面色蒼白。

「常木先生被殺死了。」

「…………啊？」

「他被殺死了。青岸先生，是殺人案！」

大槻的聲音異常緊繃，令人無法想像是出自他嘴裡。

隨意梳洗整理後，青岸前往現場。常木的房間裡全員到齊，連無法早起的政崎也被叫了起來，青岸似乎是最後一人的樣子，連他自己都覺得偵探怎麼會最慢登場。

心臟撲通撲通狂跳。殺人案。天使降臨前，青岸遇到這個詞的次數是常人的好幾倍。

然而，最近青岸真的很少碰到了。降臨後的殺人案不是凶手明擺在那裡就是大規模殺人，很少有案子會找偵探幫忙，加上青岸自己也一直避免以偵探的立場和命案扯上關係。

結果他才剛來這座常世島就撞上了，實在令人難以置信。

案發現場是常木王凱位於頂樓的房間。

常木王凱的房間大概比客房大五倍，與其說是房間，更像自成一棟的屋子。房裡的窗戶能將島上的景色一覽無遺，也能清楚看到天使在空中飛翔的姿態。

房間中央一張高級尊榮的單人沙發上，是死去的常木王凱。

常木的胸前深深插著一把大刀，幾乎沒流什麼血。

「死因是刺向心臟的這一刀，不確定凶手是否計畫要一刀斃命，如果第一刀沒有致死的話，或許也會刺好幾刀吧。」

負責相驗的宇和島淡淡地報告。

「這把刀是常木董事長的個人物品，平常掛在牆上，本來是打獵時切割獵物的獵刀，保養得很好。」

死因很清楚。遭解剖野獸的尖刃刺殺，不論是誰都會死。

聚集在房裡的人們看著死狀悽慘的屍體，臉上的表情就像是被人押到刑場似的，每個人都顯得惴惴不安。

其中，唯有偵探青岸宛如一種特權階級般的存在，這令他更加無法冷靜。

然而，青岸別無選擇。他按照大家的期望起頭：

「第一個發現常木先生死亡的人是誰？」

「……是我。協助老爺早上盥洗更衣是我的工作。」

回答的人是小間井。小間井說，他每天早上七點半會來喚主人起床。

「我跟平常一樣敲門，進入老爺的房間，發現床上沒有人。我覺得奇怪，便走到客廳，結果看到老爺……」

失去長年侍奉的主人，小間井看起來失魂落魄，宛如一縷幽靈，曾經那麼硬挺的背脊也縮了起來。

「死亡時間推估是？」

青岸向一直盯著自己的宇和島問道。儘管宇和島的態度依舊冰冷，但他公私分明，還是給了答案：

「大約在凌晨十二點到一點之間吧。」

「那，不在場證明……」

「沒有。包含我在內，這間房裡的所有人都沒有不在場證明。」

宇和島斬釘截鐵地說。

據說，案發時間當時所有人都已經回到自己房裡。

畢竟那麼晚了，青岸自己也一樣，無法抱怨什麼。

這間房裡聚集了所有嫌疑犯，之所以寂靜無聲，是因為沒有人保證清白無辜。這個時間點若想非難某人，指責的矛頭便會轉回自己身上。此刻，在場所有人都下意識地在互相牽制。

事情變棘手了。因為太過單純，毫無頭緒可言。

人人都可能犯案，現場也沒有可疑之處，這麼一來就無法鎖定嫌犯。連凶器都是常木王凱房裡的東西，無法得知凶手是臨時起意還是蓄意謀殺。

「跟我沒關係喔！」

大概是再也忍受不了沉默的氣氛，政崎大喊。

「常木兄邀我來他房裡，大家相談甚歡，之後我就直接回房了！不只是我，還有天澤、爭場和報島。我們都是直接回房，跟我們無關。」

政崎大概不是很了解「不在場證明」的意思，得意洋洋地說個沒完。在他身旁的天澤微微皺起眉頭。

這種類型的人很不妙，不但會引起他人多餘的恐慌，隨著時間過去也會越來越無法正常溝通。看來，政崎的抗壓性相當低，必須想辦法安撫才行。就在青岸這麼想的瞬間，一直沉默不語的爭場開口了。

「很遺憾，政崎議員，我覺得這應該說不通。」

大概是很意外爭場會反駁自己吧，政崎驚訝得雙目圓睜，嘴唇顫抖。爭場趁隙緊接著說：

「我們那樣子不能當作不在場證明。雖然我們的確都回房了，但也有可能回頭殺害常木董事長。這樣一來，我們反而會變得比較可疑喔。只要說有東西忘了拿，輕輕鬆鬆就能回到常木董事長的房間。」

爭場一連串的話令政崎漲紅了臉，像是在說「你到底站在誰那邊？」

「……爭場啊，我們都是社會上有頭有臉的人物，這樣的人不可能會說謊吧？」

「是的，當然。所以我們才更該按部就班、循序漸進地證明自己的清白，沒必要在奇怪的地方托大，因為真相一定會水落石出。」

即使面對毫無邏輯的反駁，爭場依舊冷靜回應。或許是發難都遭人堵了回來的關係，政崎滿臉通紅，不再吭聲。見到政崎的反應後爭場輕輕點頭，轉向青岸。

「……我是這麼認為的。青岸的看法呢？我們都一樣有嫌疑對吧？」

「……啊，嗯嗯，沒錯。我們之中沒有人有不在場證明。」

「太好了。還好我沒有班門弄斧，說了多餘的話。」爭場溫和笑道。

爭場的一番話不僅不多餘，甚至很精闢，如果他沒開口，青岸也會說出一樣的話吧。不過，因為率先發言的是爭場這個舊識才能控制住政崎，讓事情變得更好辦。這是爭場自然而然的反應還是察言觀色後的行動呢？

「話雖如此，但我是門外漢。接下來的事就交給真正的偵探，青岸吧。不管是我、政崎議員、報島還是天澤老師——我們這些問心無愧的人都一起幫忙，尋求解決之道，好嗎？」

在爭場穩重的發言下，遭點名的賓客全都不情不願地點了點頭。這一席話，條理分明……雖然有點介意這是爭場準備好的舞臺，但無論如何，青岸當前還是從最令人在意的地方切入。

「你們喝酒時都談了些什麼呢？」

面對青岸的問題，政崎很明顯地支吾其詞。

「……也沒什麼，都是些閒話家常。我們這種人，只有對於公於私都可以信任的對象才能推心置腹地聊天。和常木兄聊天是我少數的樂趣之一。」

「這樣啊。」

看來，政崎並不打算說細節。不只是表現出動搖的政崎，參加這場聚會的天澤和報島也都一臉緊張。他們聊的一定不是什麼好事吧。相反的，表情沒有一絲變化的爭場感覺也很詭異。

「聚會中有什麼可疑的地方嗎？話說回來，負責隨侍的人是……」

「是我。昨晚是我負責服侍。」

倉早舉手道。

「青岸先生回復意識後，老爺命我拿葡萄酒和日本酒等等的酒精飲料過來，老爺和幾位貴賓歡談結束前都是由我隨侍。幾位貴賓應該是在十一點左右時回房，沒有什麼特別奇怪的地方。」

「聚會結束後，妳就離開常木先生身邊了嗎？」

「老爺說要休息，我就回自己房裡了，之後一直休息到凌晨五點。」語畢，倉早行了一禮。

很遺憾，倉早的說明也無法當作不在場證明。

「在場有人半夜聽到什麼聲音，或是看見誰走出房門的嗎？」

眾人沉默不語。大家都明白，只要說出來，反而是自己會遭到懷疑吧。現下這麼一來，就是要互揭瘡疤了，也可以說是揭開獵巫的序幕。

果不其然，才剛辯輸的政崎鎖定了目標。

「要說可疑的話，那個女記者最可疑吧？」

「啊？」

遭點名的伏見毫不掩飾地皺起眉頭。然而，政崎的氣勢卻絲毫不減。

「妳剛進來房間時，不是也到處在找什麼東西的樣子嗎？」

「欸？欸？那、那是……記者的天性！」

「妳都要把家具翻過來了吧？那也是記者的好奇心？」

「呃、不……」

伏見突然語塞。青岸是最後一個進房的人，不曉得這項情報。那種行為的確很可疑。

「這個記者大費周章來到這裡來一定有什麼目的。雖然常木兄饒了她，但她本來就是非法入侵。這個女人殺了常木兄是最合理的推論吧？」

「等一下！他們跟我說不能出房門，我都有乖乖聽話喔。重點是，我的目的是充滿謎團的常世島，怎麼會殺害常木先生……」

「我不覺得妳對天使那麼有興趣，妳的目的是殺死常木兄對吧？」

伏見的臉龐瞬間失去血色。身為記者不該有的老實令人不忍卒睹。

再加上青岸自己也知道伏見很可疑。伏見本來就在跟蹤常木，甚至想方設法來到常世島。若說伏見因為某些原因逼問常木，結果失手殺了他也不是不無可能。應該說，目前這個時間點有明確動機的，只有她一個。

「……相信我，我只是，對常木先生和常世島有興趣而已……」

「那麼，我們這次應該做出應有的處置了吧？在接駁船來之前把她綁起來，確保我們的安全！」

政崎氣勢洶洶，搭配誇張的手勢宣告。事情的走向越來越糟。然而，一直單方面挨打的伏見也開口了：

「……這麼說的話，青岸先生不也很可疑嗎！」

「……啊？」

青岸不自覺發出傻眼的聲音。

「昨天的那場活動，青岸先生打擊大到昏倒了吧？那麼，他因為這個原因而對常木先生懷有殺意也不……奇怪吧……」

太過無言的狀況令青岸遲遲才反應過來。現在要把我推出去嗎？一思及此，青岸反而覺得荒謬。這並不好笑，遭到非難的伏見大概是走投無路了吧。從受到天使祝福的偵探被貶為殺人犯，這個狀況實在太諷刺了！

「那就是你殺的囉？原來如此，如果是偵探的話，大家就不會懷疑你了吧？你有一個很好的偽裝嘛！」

單純的政崎瞪著青岸說。雖說老實是好事，但政崎這樣還真虧他能當議員。事情不可能會這樣發展吧——正當青岸打算反駁的瞬間，一名意外的人插嘴道：

「這個推論是不是有點太過粗暴了呢？」

是先前一直沉默的宇和島。

「青岸先生的確因為常木董事長的舉動受到打擊，但他並不是會因此就憤而殺人的人。」

宇和島的語氣始終冷靜，聽起來卻如法官般堅定。

「就算你維護他的人品，那又有什麼意義？」

「議員您也說過，這裡的賓客都是有頭有臉的人物，不會說謊。同樣的，我認識青岸先生的時間也不短，請您不要過於憑一己之見來評斷。此外，我也不太贊同您用『偽裝』這個說法。青岸先生是帶著驕傲從事偵探這個行業……在還不清楚他是否為凶手時就踐踏這點，我不太能苟同。」

宇和島的發言堵得政崎無話可說。

「……那，果然還是記者殺的嗎？」

「咦、怎、怎麼這樣……」

嫌疑繞了一圈又回到自己身上，伏見瞪圓了眼睛。這樣根本是原地打轉，沒完沒了。青岸對無法收拾的局面嘆了一口氣。

就在此時，情況為之一變。

兩隻天使飛入房裡，發出刺耳的振翅聲。天使在室外時青岸還不太在意，但一飛進室內，青岸便馬上為他們龐大的身型感到震懾。若將細長的手腳算進去的話，天使大概與一名成年男性差不多高，老實說，看起來就像是可怕的野獸。

「呀啊啊啊啊啊啊！」

倉早看著天使在天花板一帶飛舞後蹲了下來。雖然不知道天使為什麼會飛進屋裡，但不快點將他們趕出去的話實在太礙事了。突然，飛舞的天使遭人拍落，滾到地上。他們蜷曲著手腳，痛苦掙扎。

「你們這些傢伙！……不准進來！」

天澤一邊揮舞撥火棒一邊喊道，不斷以撥火棒毆打跌落在地的天使。那副失去理智的狠樣，無人敢出手阻止，挨打的天使就這樣漸漸失去了動靜。不用多久，這隻天使就會化為塵土了吧。

趁著天澤氣喘吁吁，肩膀上下起伏之際，報島讓另一隻天使逃出窗外。那隻天使也不知道有沒有明白狀況，搖搖晃晃地飛走了。

「是誰開窗的！」

天澤丟開撥火棒大吼，聲音透著憤怒。報島顫了一下道：

「對、對不起！不，我只是一時想到……！」

「一時想到？想到什麼！」

「我想說，常木董事長這樣虔誠的天使信徒死了，如果讓天使接觸董事長的話，會不會出現『祝福』……」

報島的表情越來越畏縮，他的辯解讓天澤更加怒不可遏。

「又是你那個無聊的『祝福報導』嗎？用那種東西褻瀆天使、褻瀆上帝……！」

「因為到頭來大眾追求的就是這個啊！人們厭倦了什麼下地獄，想要能得到救贖的祝福。只要有一點可能，就會想嘗試吧！」

聽見報島這麼說後，天澤嫌惡地嘖了一聲，接著才一副終於發現還有其他人在場的表情。此刻，那裡站著的已非青岸所認識的電視名人，只是一個略顯尷尬的男人。

這是怎麼回事？天澤應該是天堂研究權威、國內最親近天使的人。然而，剛才他的樣子卻像是打從心底憎惡，或者說是恐懼天使。現在想想，天澤在地下室看到會說話的天使時，所呈現的反應感覺也像是在抗拒天使這個存在。

見到天堂學者失態的樣子，其他人也都有些驚惶。大概是察覺到現場的氛圍，天澤企圖粉飾太平。

「……抱歉，各位，我不小心情緒太激動了。我認為讓天使接觸死者是很不恰當的行為，想利用這種事引發祝福等於在測試天使，這麼一來，甚至可能觸怒上帝。重點是，常木董事長的靈魂應該已經在前往天堂的路上……如果我們做什麼多此一舉的事……可能會妨礙上帝迎接他。」

「對吧？」天澤露出微妙的笑容徵求大家的同意。然而，無論是對天使還是祝福都不太清楚的眾人，只能尷尬地回看天澤。

天澤的話怎麼聽都像是狡辯。要青岸說的話，他想問什麼才是真正的祝福？跌落在地的天使屍體已經開始從指尖化為沙子。爭場隨之再度開口：

「各位，別吵了，我們再怎麼想也沒用。這樣下去的話，就非得等批鬥倒一個人才可能結束爭論。」

爭場看向伏見。剛才的話題雖然因天使闖入不了了之，但現在接著說的話，又會演變成要把伏見綁起來了吧。為了避免這種情況，爭場強硬地打斷了這股風向。

「說到底，企圖找出凶手沒有意義啊。常木董事長遇害雖然是悲劇，但在場的我們如果想破案的話就錯了。」

「可是，爭場——」

「而且，應該也不會有人再遇害了吧。」

面對不打算善罷甘休的政崎，爭場乾脆地說。接著，他看向青岸。

「對吧，青岸？」

「……啊、嗯。的確。」

青岸在爭場的拋問下回答。他順勢接下說明的任務，緩緩道：

「不會有第二起殺人案。**畢竟，這麼一來凶手就會下地獄了**。常世館不會再有犧牲者。」

爭場點頭表示同意，那彷彿校對答案般的態度令青岸很不爽。

「當然，凶手也有可能不怕地獄，想再殺一個人……但若是這樣的話，他應該會一不做二不休，採取把我們全殺了的方法吧。」

爭場淡淡地說，政崎的臉龐頓時失去血色。

「怎麼會有這種事！我才沒有什麼讓人家殺我的理由！」

「恕我冒昧，在場的大家應該都是一樣的想法。」

宇和島毫不留情地回應政崎。

「所以，我們現在應該做的就是不懷疑、不害怕，接受這個狀況。接駁船三天後就會到了，我們只要別去想這件事就好。」

爭場誇張地高舉雙手，做出結論。

高明。爭場不但漂亮地控制住局面，儘管氣氛仍有些微妙卻也算是讓眾人恢復了冷靜。爭場從事的明明不是居於幕前的職業，卻很神奇地習慣這種場面。

「沒事的，罪人全都會下地獄。」

爭場的這番話避開了一場危機。眾人悠悠回到各自的房間。

離開前，青岸又調查了一次屍體周圍。

沙發旁的圓桌上擺著開封的葡萄酒、空空如也的清酒壺和幾瓶啤酒，另外還有十幾個玻璃杯。喝得這麼凶，常木就算睡在沙發上也不奇怪，將刀子插進他的胸膛應該不是難事。

青岸環顧地板，尋找是否還有其他東西。他四處調查，連家具的縫隙也不放過，就怕有所遺漏。當他彎腰覷向鏡臺下方時，找到了一樣掉落的物品。

一枝紋著金飾的深藍色鋼筆。

3

小間井聯絡了警察。

雖然警方在聽聞大致情況後表示會盡快前來常世島，但也不知道他們的盡快是多快。長久以來，常世島就是常木王凱的小小王國，只有極少數的人知道這裡的正確方位，要找到能立即開往常世島的船也是一大困難。歸根結柢，從常木王凱的名字出現的那一刻起，地方上的警察就表現出不想扯上關係的態度。

「結果，三天後的船好像會是最快的呢。」

小間井苦澀地說。

已經有人死亡的事實也是警方採取這種態度很大的原因之一。據說，接到通知的警察幾乎想表示「你覺得還會再發生什麼事嗎？」

青岸回到房間，一邊轉著剛才撿到的鋼筆一邊思考。

這是誰的筆？留下這枝筆是意外還是故意？

以及——凶手有什麼理由非殺常木王凱不可呢？

缺乏線索的推理不過是妄想。雖然也可以去找鋼筆的主人，但這就跟問昨夜的行蹤一樣，沒有人會承認吧。話說回來，青岸根本不知道這枝筆跟案情是否有關係。

這次案件呈現的氛圍是一種良好的詭異。

平常在這種封閉空間發生命案後，人與人之間的關係必定會出現裂痕，疑心生暗鬼，造成更大的悲劇。

在與凶手同處一室的前提下，人們會開始生疑，擔心自己成為下一個目標。不趕快捉住凶手的話，下一個遇害的人可能就是自己。

然而這棟別墅裡的賓客知道，不會有下一個死者。

在連環殺人幾乎滅絕的這個世界裡，現在的狀況相對令人放心。不顧下地獄的懲罰殺害第二人的人並沒有那麼多，地獄就是如此可怕。

老實說，那些大人物現在一定在想「再死一個人就好了」。如此一來，不但能自然而然知曉凶手是誰，也可以保障自身安全。不需要偵探，倚靠天使的制裁破案。

沒錯，如果這起殺人案真的這麼單純的話。

儘管青岸想再進一步思考，卻苦無頭緒。

思路毫無進展。青岸將鋼筆收進胸前口袋，站起身。

這是天使降臨後很難想像青岸會做出的行為。自從變為孤零零一人後，青岸放棄了成為正義的一方，不曾以偵探的身分積極行動過。然而，他現在卻很自然地展開調查。

青岸原以為大家都關在自己房裡，沒想到餐廳卻十分熱鬧。正確來說，是政崎正咄咄逼人地質問大槻，倉早和小間井則是拚了命地在安撫他。

大槻一臉泰然，彷彿稍早的不知所措都是騙人似的，這種情緒切換的速度很有他的風格。面對這樣的大槻，政崎仍激憤不已。

「你再說一次看看！」

「我說，常木先生已經死了，我不做菜了。」

「在這種時候罷工嗎！你沒有身為廚師的驕傲嗎！」

政崎似乎受到很大的衝擊，聲音透著悲痛。大槻冷冷地看著政崎。

「雇主都死了為什麼還必須工作呢？而且，在這裡做菜的風險又高。」

的確，青岸同意。不過，政崎似乎完全不明白大槻的意思，一個勁地眨眼。

「你是要我們都餓死嗎……！」

「我說啦，這裡不用料理的食材還有葡萄酒要多少有多少，千壽紗好像也打算為大家服務，小間井管家也是吧？」

「對，我是這麼打算……」

小間井低語，一臉傷腦筋的樣子。

「那我把鑰匙還給你們，這個可以開廚房和食材儲藏室的門。啊，給千壽紗比較好吧？」

大槻連珠砲似地說著，將看起來很沉重的鑰匙串塞到倉早手中。

「我和小間井管家都有鑰匙，這串鑰匙你還是先拿著吧。」

倉早露出無奈的笑容。看來，即使雇主過世，她也打算守護這座別墅到底。另一方面，小間井則是視線游移，一副不知所措。兩相比較，都不知道誰才是前輩了。

「政崎議員，真的很抱歉，我會盡全力做到最好，但應該是以加工食品的方式出菜，沒辦法達到大槻廚師料理的等級，請見諒。」

倉早向自己這麼一道歉，政崎也說不出什麼了。就這樣，他踏著誇張的腳步聲，離開了餐廳。小間井和倉早也跟著政崎相繼離開。

「我沒想到事情會變成這樣。」

待廚房只剩下兩人後，大槻喃喃道。

「政崎議員也是，只是沒人做飯而已就那樣哇哇大叫，真難看。而且我只是說我不做飯了，其他隨便他愛怎樣就怎樣啊。」

「你真的不做飯了嗎？」

「我說過，基本上我覺得做菜很麻煩嘛。大家工作都是這種心態吧？都想靠被動收入生活吧？就算我是天才，這點也跟大家沒什麼不同。」

「真可惜。我來這裡以後，每天都很期待吃你做的菜。」

聽到青岸老實這麼說後，大槻的眼睛閃起晶亮的光芒。

「那，我可以只做給你吃，畢竟抽菸的事我還欠你人情。」

「……說到這，既然常木王凱已經死了，常世館的禁菸令應該也解除了吧？」

「啊，或許喔。這樣的話……要不要去那座高級酒窖抽根菸呢？」

大槻咯咯傻笑，很愉快的樣子。與雇主死亡之間的距離就是這種感覺嗎？還是說，大槻本來就是這樣的人？

「所以，你要破這個案子嗎？畢竟你是偵探。」

大槻爽朗地問，青岸一時語塞。雖然青岸再自然不過地展開了調查，但其實並不知道自己為什麼會這樣行動。天使降臨後，他在這類的偵探行為上應該很消極才對。躊躇了一會兒，青岸敷衍地說：

「爭場先生說我們不該做這種事。」

「別人說不准做就不做很不甘心吧？啊，這樣的話，我來當助手吧，助手。助手這種人只要在偵探身邊毛手毛腳的就可以了對吧？」

大槻說出這種與全世界偵探助手為敵的發言後又笑了。從工作中解放似乎讓他十分雀躍。

「青岸先生，我想當偵探助手啦～調查孤島富豪殺人案絕對比做菜好玩。」

「你是喜歡推理小說類型的人嗎？看不太出來。」

「別這麼說，我人生也是有一、兩個契機開啟我對偵探的憧憬喔。」

話雖如此，但青岸怎麼看大槻都覺得他只是認為這樣很好玩。
「對了，你昨晚做了什麼？」
「咦？」
「想當助手的話，必須先確認你的不在場證明吧？你昨天晚上人在哪裡？」
原以為大槻會隨意敷衍帶過，沒想到他的眉頭卻顫了一下，眼底掠過一抹淡淡的動搖。
「咦——就很平常地待在房間裡啊。你昏倒後我就回廚房整理東西，準備隔天的食材，然後大概從九點開始就一直在房間裡耍廢。」
「從九點開始一直待在房裡？一步也沒出來？」
「對啊。這裡只要求我完美地端出三餐，其他都沒我的事。然後我時間差不多就睡了。」
大槻不羈的態度一如往常，看不出剛才那一瞬間他為什麼而動搖。此外，他堅稱自己一步也沒踏出房門這點也很神奇。大槻會抽菸，青岸原以為他會說自己有去抽菸塔或是屋外抽菸。
大槻那雙看起來很睏的眼睛已經平靜無波。青岸緊盯著大槻不放，大槻露出大大的笑容。
「所以？我通過助手測試了嗎？」

「大概……通過了吧。不過，我基本上秉持不帶助手的路線。」

「咦——騙人。那你從這次開始帶嘛，我很熟悉現在流行的東西，關鍵時刻會幫上忙啦。」

大概歪著頭說，分不清楚是開玩笑還是認真的。

不管怎麼看，大槻都在隱瞞某些事，在尚未查明那是什麼前都不能信任。

正當青岸思考著該如何甩開大槻時，餐廳的大門突然打開。

宇和島從門後探出頭。這種預期外的碰面跟昨天早上一樣，只不過，這次換宇和島關上門，一溜煙地逃走了。

「抱歉，這件事以後再說。」

青岸丟下這句話後追了出去。大概是不覺得自己會追上來吧，青岸在走廊中間輕鬆地逮到了宇和島，牢牢抓住他的手腕。宇和島嫌惡地說：

「幹麼？我們已經沒有關係了吧？」

「現在是說這種話的時候嗎？發生命案了喔？醫生跟偵探不分享調查狀況的話是想怎樣？」

「什麼調查狀況？我沒有隱瞞任何事，早上跟大家宣布的就是全部。我勸你不要以為即使在這樣的世界也只有偵探是特例，可以到處走來走去。」

「我沒有覺得自己是特例。」

「那是什麼呢？焦先生。」

聽到宇和島像過去一樣喊自己的名字，青岸一時間有些怯弱。宇和島最後這樣喊自己，已經是好幾年前的事了。

4

宇和島彼方是在青岸偵探事務所附近開業的醫生，雖然不是事務所的成員，卻經常幫助他們。青岸他們調查案件時，有時也需要徵詢醫學上的意見，宇和島在這種時候十分可靠。

宇和島也是受赤城理念打動的一人，想改善這個世界。他也很仰慕青岸，會跟著事務所的大家一起天南地北地聊天。

那件事過後沒多久，青岸迎來了和宇和島的分別。

「焦先生，你沒事吧？」

那陣子，媒體的採訪讓青岸精疲力盡，宇和島的探視對他而言是件令人高興的事。宇和島一進病房便一臉快哭出來的表情。

「……太好了。就算只有你，也還是獲救了，如果連你都不在了……」

宇和島是真心這麼認為的吧。然而，病床上的青岸卻因為這句話全身僵硬。

「很多事……讓你擔心了。」

「不……最辛苦的人應該是你吧？我只是很想負責治療……你的手，已經沒事了嗎？」

「沒事。」

青岸冷冷道。此時，青岸手上的灼傷已大致痊癒，身為醫生的宇和島大概也察覺到了那異常的痊癒速度吧。然而，他們之間沒有心情提什麼天使的祝福這種愚蠢的觀點。宇和島只說了句「太好了」。

兩人就這樣聊了起來，話題大多介於事務聯繫和閒談之間，像是住院情形或是事務所的應對等等。儘管不想聊什麼悼念故人的話題，但即使是無心的對話，也充滿了赤城、木乃香、嶋野和石神井的影子。

青岸和宇和島本來就是透過赤城昴連結，失去赤城昴的他們聊起天來總有種假假的感覺。大概是察覺到這點了吧，宇和島下定決心道：

「焦先生，找出犯人吧。」

宇和島一開始就是為了這件事而來的吧。儘管他的表情因緊張而僵硬，雙眼卻燃著復仇的火焰。

「……犯人已經下地獄了。我看到了。」

「不是這個，是『茴香』，那個延燒力很強的小型炸彈。這件事的凶手或許已經下地獄了，但他應該是跟某人買炸彈的。若是那樣，那個人也該下地獄。請你找出那傢伙，至少讓對方接受法律制裁……拜託你，只要是我能做的，我什麼都願意做。」

宇和島捉住床單懇求。

宇和島是對的。這次爆炸案中犯人使用的，就是那款坊間流行的炸彈——茴香。是青岸偵探事務所憎恨，也是他們一直想方設法阻止流通的炸彈。既然犯人拿到了茴香，就應該有經手的人。引起爆炸案的犯人當然罪無可恕，但有人也要負起其中一部分的責任。

「如果就這麼放任下去，一定還有人會再受到相同的傷害，這樣赤城先生他們也會死不瞑目……青岸偵探事務所的人是正義的一方吧？既然如此，身為一直參與協助的人，我也想盡我所能。」

宇和島似乎已經下定決心了。他本來就是這樣的人，跟赤城昴有點像，一旦決定的事便不會退讓。儘管如此，要隻身抗戰還是很可怕吧，所以才會這樣邀請青岸。

邀請最後一位正義的一員，偵探青岸焦。

其實，青岸很想立刻握住宇和島的手，跟他說一起戰鬥，寬慰因失去友人而顫抖的宇和島。如此一來，也能當作獻給死去夥伴的餞別禮。換做是赤城，他一定會這麼做。

然而，青岸的嘴巴卻默不作聲。

不只默不作聲，甚至脫口說出反對的話語。

「那種事不可能。茴香是那些幕後操作者的搖錢樹，那些人光憑我這種人是抓不到的。如果東西是從國外運進來的話，就更難追蹤源頭了。我無能為力。」

宇和島似乎無法理解青岸說了什麼，瞪著眼睛好一會兒。不讓這樣的宇和島有機會開口，青岸繼續道：

「而且，做這些事又能怎麼樣？就算這樣做，那些傢伙也不會回來了。」

「……什麼？焦先生，你是認真的嗎？」

「我是認真的。」

話說出口後青岸便曉得，這是自己百分之百的真心話。

假設青岸跟宇和島聯手，奇蹟似地抓到茴香的源頭好了，赤城他們也不會死而復生，心愛的青岸偵探事務所不會回來。這無可奈何的事實，奪走了青岸全部的力氣。

「大家都死了，我做這種事還有意義嗎？沒人保證能找到源頭，難道要永遠追著茴香，一輩子為那些傢伙的事痛苦嗎？」

「你說意義……焦先生，你怎麼了？你好奇怪。」

「或許吧。待在這種世界，人也會變得奇怪吧。」

青岸當然知道，身為偵探這麼做是不對的。這裡沒有赤城憧憬的那個青岸，他一定很失望吧。

但是，「正確」這種東西對現在的青岸而言太過沉重。青岸的心比自己感覺到的更加筋疲力盡、支離破碎。追蹤茴香，替赤城他們報仇雪恨、抓住殺死青岸重要夥伴的真凶——

若是從前的青岸，應該會二話不說這麼做吧。即便是現在，青岸的內心也這麼期盼著。

然而，青岸的身體卻一動也不動，只是覺得活著這件事很可怕、很悲傷。青岸這個人，也死在那輛車裡了。

青岸知道，眼前的宇和島就像遭人甩開手的孩子，逐漸被失望淹沒。實際上，青岸也正試圖丟下宇和島。儘管宇和島此時此刻非常需要青岸——身為正義一方的名偵探，青岸仍是棄他於不顧。手上的灼傷突然傳來陣陣刺痛，彷彿在說那可以當作贖罪券。

「焦先生，你是正義的一方吧？不能再讓那種事重演了。」

宇和島幾乎要哭出來。

「正義的一方死了。」

這句話顯然傷害了宇和島。儘管如此，青岸還是不得不說。

「正義的一方已經不在這個世上，全死了。」

若非這裡是病房，宇和島大概會揍青岸一拳吧。宇和島渾身發抖，他站起身，痛苦地低語：

「……我明白了。算了，我不會再期待你這種人做什麼『偵探』了。」

從此以後，宇和島再也沒來找過青岸。

宇和島賣掉自己的診所，消失無蹤了。

知道這件事時，青岸雖然惆悵卻也能理解。背負那樣的傷痛，宇和島應該無法再待在同一個地方吧。或許，他連在青岸偵探事務所附近都難以忍受。宇和島是名優秀的醫生，無論去哪裡都不缺工作機會。這樣想是青岸唯一的救贖。

然而，青岸沒料到宇和島竟然會成為常木王凱的主治醫生。為國內屈指可數的富豪主理醫療工作，或許比宇和島自己開業時還賺錢。只是，青岸很意外。

曾經，宇和島的信念是為眾人服務，後來卻成為專屬於一人的醫生，其中的心路歷程青岸只能發揮想像力。不過，與兩人剛認識時相比，宇和島雙眼的光輝深沉了許多。

「重點是，事到如今你想怎樣？你已經不當偵探了吧？當時沒有站起來的人還能做什麼？」

「那時是我對不起你……你無法原諒我也是當然的。」

「對，沒錯。結果到頭來，你卻為了知道天堂是否存在來到常世島，真的是沒救了。你覺得如果有天堂的話能解決什麼事嗎？」

「……是啊，我原本以為那樣就能解決問題，即便是現在，我也還是無法放棄天堂。」

最後，青岸還是一無所獲，甚至連常木王凱都死了。就宇和島的角度來看，應該厭惡青岸到極點了吧。

「那你就去追尋那個不存在的天堂，不要一直擺一副偵探的樣子。」

宇和島甩開青岸的手準備離去，跟當年在病房時一樣。然而這一次，青岸朝那道背影開口：

「你不也一樣嗎？」

「啊？」

「你自己也還把我當作偵探吧？」

「……我不知道你在說什麼。」

宇和島繃緊嘴角。

當伏見和政崎把懷疑的矛頭轉向青岸時，是宇和島袒護了青岸。比起出聲維護，當時青岸更驚訝的是自己在宇和島心裡還是偵探這件事。或許，那只是說服政崎的權宜藉口，但宇和島還是將那些話明確說了出來，這對青岸而言意義非凡。

所以青岸才會這樣嗎？青岸之所以會這麼自然地離開房間，展開調查，或許是因為有個人認識從前的青岸，並願意稱現在的他為偵探吧。

青岸原以為，赤城他們不在後，身為正義一方的名偵探青岸也一起死了。

然而，在這座島上，在宇和島面前，青岸還是偵探。

「我覺得這件事還沒結束。」

青岸的話令宇和島蹙起眉頭。

「凶手只要再殺第二個人的話就會下地獄喔？還是說你覺得這棟屋子裡不只一個殺人魔，會在一人殺一個的規則下持續犯案？」

「也有這個可能。那麼，有我這種失格偵探總比不調查來得強。你也很在意這件案子，覺得應該捉住凶手吧？」

「我很在意常木王凱為什麼遭人殺害，因為他是我的雇主。」

「另外，這裡每個人都很可疑。那些賓客就不用說了，連大槻這傢伙也在隱瞞些什麼。」

宇和島似乎很意外青岸這麼說，毫不隱藏地露出驚訝的表情。

「大槻？為什麼……」

「至少，他想隱瞞昨晚離開過房間這件事，或許跟常木遇害有關。」

「……是嗎……原來如此……」

「我不會叫你原諒我，我當時就是逃跑了。只是，如果你覺得應該破案的話，至少在這段期間內能不能幫我呢？」

宇和島的眼神在動搖。宇和島自己也想解開常木的這樁命案吧，此外，他或許也認為事情沒有結束。宇和島夾雜著嘆息開口：

「……雖然我早上在現場那樣說，但並沒有排除你是凶手的可能性。」

「這一點我也一樣。」

「這樣的話，我先說自己昨天做了什麼吧。」

雖然沒有明確的答覆，但這是宇和島接受青岸提議的證明。

「基本上，我的任務就是無論何時、不管幾點，只要常木董事長呼叫我就要為他診療，所以沒有固定的下班時間。昨天你昏倒我幫你檢查完後，就一直待在房裡。」

「啊啊，是你幫我檢查的嗎，謝謝。」

「……那也是我分內的工作。我昨天的工作就只有那樣。」

「回房後一直到早上都沒有出來？」

「沒有。需要的東西房裡都有，也沒事要出去，我也沒在抽菸。」

大概是意識到大槻的事吧，宇和島特地提起菸。的確，宇和島應該沒有抽菸的習慣。

「你也是，你昨晚真的一步都沒踏出房門嗎？」

「我昨晚也沒心情抽菸。」

宇和島只是點頭，不曉得是否接受這個答案。

「結果說了這些，我們彼此都沒有任何收穫。先說好，我已經沒有能講的事，也沒什麼能幫到你的地方了。」

「不，我現在有件事就想請你幫忙。我自己去的話，可能會吃閉門羹。」

「閉門羹？我不認為兩個人去，對方就會消除戒心。」

「說是戒心，其實是因為我不知道對方會採取什麼態度。」

就算青岸獨自前往，對方可能也會因為尷尬而不肯開門。那是總讓青岸覺得難以掌握節奏的一個人。

「你到底想去找誰？」

「伏見貳子，那個找上這座島的可疑記者。」

5

青岸第一次知道伏見貳子的名字，是在並木通十字路口爆炸案的報導上，也就是那起造成事務所四人死亡的事件。

伏見貳子撰寫的報導沒有強調慘況的煽情文字，也沒有為天使傾倒的超自然色彩，只是平鋪直述地整理案情，查出事件背景，刪除臆測後寫下正確的內容。報導控訴犯人使用的新型炸彈「茴香」是多麼惡質的武器，結論指出政府應該調查有多少這種炸彈流入國內，犯人又是如何取得，以免相同的悲劇再度上演。這種觀點的報導十分罕見。

青岸當時心想，寫這篇報導的人值得信任。

實際上，伏見貳子本人則是個做事瞻前不顧後的性情中人，有些地方會讓青岸想到赤城昴。因此，青岸才會有些忍不住相信不顧一切來到常世島的她。

『咦？宇和島醫生？有什麼事嗎？』

「伏見小姐，不好意思，我有些事想問妳。」

『好！我開個門……』

語畢，伏見立刻打開房門。怎麼說都才剛出了殺人案，她這麼輕易開門好嗎？伏見對任何事的警戒心都不夠，所以才會落得整個人和青岸面對面的窘境。

「啊，青岸先生!?哇啊！」

果不其然，伏見想直接關門，青岸伸腳硬是擋了下來。伏見露出一步步被逼到懸崖邊的表情，嘴唇顫抖。

「聽好，我只是想和妳談談。」

「對、對不起！我那時候不是……不是真的認為你是凶手！只是如果在那裡被懷疑的話，感覺我是凶手這件事就會定案了……」

「我也不是來找妳算帳的。妳先忘掉那些事，覺得抱歉的話就幫我！」

「……好。」

伏見不情不願，終於讓青岸進入房門。

早上一別後，伏見明顯憔悴許多。被捲入這種事，她大概走投無路，不知所措吧。就某種意義而言，這是最像「被捲入殺人案裡的人」的樣子。

伏見的房間與青岸的房間大同小異，一樣奢華，感覺日常起居都能在這間房裡獲得滿足。

由於伏見坐在床上，青岸便坐到了辦公椅上。宇和島似乎打算就那麼站著。

伏見的書桌上除了平板電腦還有好幾張類似筆記的東西，寫的都不是日文，大概是為了防止讓人一眼就看到內容吧。

「怎麼辦？我真的是白痴。這一切一定都是陷阱。找我來這座島也是，全部的全部都是為了要嫁禍我。」

伏見一坐下立刻垂頭喪氣地說。

「妳不是自己決定要來這裡的嗎？」

「……是因為我收到一封信。」

伏見正色道：
「信上寫著『想不想揭露常木王凱的罪行？』其他還有你搭的那艘船的資訊，以及躲在哪裡不會被發現等等。」
那艘船的確很大。青岸是想過那艘船給自己一個人搭實在太豪華了，卻沒想到船上還混進了另外一個人。
「信上連那位女僕小姐什麼時間巡船也都寫了出來，所以我才有辦法來常世島。」
這麼說的話，常木王凱身邊果然有內應嗎？
常世館中，有人在尋找願意揭露常木王凱罪行並告發他的人。
「所以，常木的嫌疑……常木的罪行是什麼？那傢伙不是只是單純很有錢而已嗎？」
稍微躊躇後，伏見開口道：
「天使降臨後，很流行那種盡可能牽連他人的死法吧？」
「嗯，是啊。」
「在日本，這種類型的案子超過幾十件……我懷疑，常木王凱可能跟這些事有瓜葛。」
「什麼？」
「那些常木王凱的競爭企業裡，有高層幹部很不自然地因為捲入案件而身亡。若是一、兩人或許還可以當作是巧合，但高達八個人的話就實在太多了。」

伏見拿出一張名單，上面記載了對應八名受害者的的八起案件，例如車站亂槍掃射、某間公司的炸彈恐攻，又或是餐廳遭人安裝炸彈等等。其中有好幾件是連青岸也知道的大案子。

「這些案件有個共通點，犯人用的都是機關槍或炸彈。尤其是炸彈，是現在很流行的高殺傷力小型炸彈——『茴香』。」

青岸喉頭一緊。那是跟奪走赤城他們性命一樣的炸彈，殺傷力強，引燃的火焰難以撲滅，容易發展成二次傷害。那種炸彈的狠毒，青岸最清楚。

青岸下意識瞥向宇和島。宇和島看起來也微微動搖，靠在牆上的身體因緊張而僵硬。

「雖說這個世界只要出錢，幾乎沒有什麼東西買不到。但普通人想拿到這些武器非常費力喔。尤其是『茴香』，因為破壞力強大，想入手得有門路或是運氣。」

「難道……」

「你已經知道我在懷疑什麼了吧？我懷疑，是常木誘導這些案件，而調度炸彈和槍械的人是爭場雪杉。實際上，爭場在那種危險行業裡也有門路……我猜，他可能參與開發了那款炸彈。」

青岸回想和他在這座島上交談過的爭場。他是賓客中最理智、沉穩也是最能溝通的對象，無法跟那款凶殘的炸彈連結在一起。

「怎麼會？妳的猜測跳太快了。根本沒有證據顯示開發那個東西的人是爭場。」

不過，青岸自己也對爭場控股公司不自然的成長感到驚訝，也懷疑光靠旗下事業成功有辦法賺那麼多錢嗎？

若真如伏見所說，那麼宇和島在找的那個製作販賣「茴香」的人——他所說的凶手，就是爭場雪杉。

那個青岸放棄追查、宇和島祈求應有懲罰，導致兩人分道揚鑣的元凶。

「媒體幾乎沒有人報導這些不自然的地方，盡是講些天使在案發現場附近出現神奇的舉動，或是看起來像祝福的徵兆。因為寫這些東西一舉成名的，就是報島那個爛記者。」

賓客間的關係在一條又一條線的編織下，逐漸明朗。

「妳是指報島司的祝福報導嗎？據說還有那個天澤齊掛保證。」

宇和島補充。那些線又更牢固了。

「什麼是祝福報導？」

「很無聊的文章。大肆報導一些牽強附會的東西，什麼天使靠近屍體啦，美麗的光線灑落啦，被捲入不幸事件裡的人全都上了天堂等等。因為大家都對天堂和祝福在意得不得了。」

這些話也戳中了青岸。無論是誰，失去重要的人之後都會忍不住尋求天堂，大概也會將報島那些無聊又牽強附會的文章當成福音吧。

「很遺憾，祝福報導大受歡迎，報島越來越有影響力，文章也越來越常曝光，一切都往常木和爭場有利的局面發展，真的是差～～勁透了……這種交易以常木和爭場為中心氾濫開來，在真正的自殺式攻擊裡混入謀殺。這就是我對常木王凱等人的懷疑。」

這些話一時間教人難以置信。若是事實，常木就不是壞人這麼簡單了。他掌握礙事者的行為模式，配合時機，引發攻擊案。

即便殺了人，下地獄的也是實際動手的正犯。花錢雇人替自己下地獄嗎？還是說，常木還有以別的東西逼迫他人呢？

青岸不知道真相是什麼。然而，偵探的第六感——往往被眾人視為不可靠的東西——告訴他，常木是罪人。

「所以我才想靠自己調查常木。沒有證據，但有嫌疑。既然這樣，就只能靠自己的雙手蒐集證據。」

「……面對大企業金字塔頂端的對手，這種蠻幹的方式……」

然而，除此之外伏見還能做什麼呢？區區一名記者就算主張恐攻和謀殺有關，也不可能有人會認真聽她說。這麼一來，青岸也能理解伏見跟蹤常木，伺機大逆轉的心情了。

突然，青岸想到了某種可能。

常木王凱開始對天使信仰異常著迷，為了天使買下一座島，熱情不斷高漲到病態的地步。他甚至因為在意天堂是否存在，豢養會說話的天使，並安排傳聞中受到祝福的偵探跟天使碰面。

如果這是他平日鑽規則漏洞，產生罪惡感的另一種表現的話，一切就都說得通了。

常木之所以想知道天堂存在與否，或許是因為在意自己能不能上天堂吧。身為罪人，免去了下地獄的懲罰，死後又會有什麼樣的待遇呢？或許，常木是因為害怕這個答案才會越陷越深。

「這麼說來，妳怎麼會盯上常木？這也是妳的調查能力嗎？如果是的話，妳很優秀呢。」

宇和島點出疑問。伏見的表情暗了下來。

「……不，這件事本來不是我負責調查，是以前很照顧我的記者前輩一直在追的新聞。我受檜森前輩囑託，必須替他揭開常木的罪行。」

看來，之前進行調查的人都是那位資深記者而非伏見。如此一來，也就能理解眼前這名記者和尋找到常木所展現的優秀之間的落差了。伏見是受人所託，拚命繼承前輩調查的新聞。

「這樣的話，妳的動機就很明確了呢。」

宇和島直白地提出對伏見的懷疑。果然，伏見不悅地皺起眉頭。

「但我沒有殺死常木！殺人無法揭露他的罪行。這次的事對我來說是最糟糕的結果……那傢伙死了，也沒有下地獄。」

因為知道地獄的存在，所以無論如何也不會將死亡視為清算。除非人死後會重新接受審判，否則，常木已經不會下地獄了。

人死後到底會怎麼樣呢？

常木的靈魂現在在何方呢？

「我還沒放棄！我會想辦法揭露常木的惡行。還有，進出這座島的賓客全都很可疑，我也會把他們統統拖到陽光底下。」

伏見豪氣干雲地握緊拳頭，朝看不見的敵人重重出拳。那個動作，青岸也曾經看過。

「對了，妳去常木房間時是不是在找什麼？」

一聽到青岸的問題，伏見馬上露出顯而易見的狼狽。

「那真的是因為我自己也想調查啊！為什麼偵探東翻西找都沒人說什麼，記者調查就要被抱怨？」

這點說到青岸的痛處了。青岸自己也調查了常木的房間，甚至還拿回了一枝不曉得是否跟案情有關的鋼筆。

另一方面，他也有些在意。伏見跟大槻一樣，恐怕都在隱瞞什麼。

「你想問的就是這些嗎？」

伏見戒慎惶恐地問。

「嗯，差不多結束了。妳也小心點。」

「等一下。」青岸交代完正打算撤退時，伏見出聲喚住他。

「……你打算解開這個謎團嗎？」

「現在還有太多不明白的地方，談不上解不解的……」

青岸暫時這樣回答。

「這樣啊。那要不要讓我當助手呢？我好歹一直都是個記者，一定能幫上忙喔。」

伏見表情雖然嚴肅，眼底卻是藏不住的好奇心。

無論大槻也好伏見也罷，只要有別墅、偵探和殺人案，即使處於這種狀態也能燃起想當助手的心情嗎？

「現階段沒有需要助手做的事。」

「這樣啊……嗯，你還沒辦法相信我吧？」

伏見淺笑道。雖然助手的提議應該只是伏見一時興起，但她是否是利用這個問題衡量青岸對自己的懷疑呢？

「青岸先生……」

「什麼事？」

「你真的在解這個案子對吧？」

「……為什麼這麼問？」

「……雖然我懷疑爭場，也絕不可能喜歡這個人……但也覺得他說的話有道理。常木遭殺害這件事確保了我們其他人的安全。有人會帶著下地獄的覺悟殺人嗎？」

原來如此，伏見很不安吧。青岸繼續積極調查的模樣，如同犯行還沒結束的證明。她想聽爭場的話，把這件命案掩埋。為了讓伏見安心，青岸直視她的眼睛道：

「我沒有覺得凶手還會繼續犯案。只是，查明常木王凱遇害的內情或許也會讓妳想知道的真相水落石出。既然如此，我就想以偵探的身分挑戰。」

這句話一半是真一半是假。青岸不認為犯行會就此終止，這麼說是為了安撫伏見。但後面的決心是真的。

不管願不願意，常世島的命案都跟過去連結在一起，與當時青岸逃避的東西息息相關。既然如此，青岸只能迎戰。這雙受到天使祝福的手如今依然靈活得可恨，彷彿就是在等待這一刻。

此時，背後傳來忍俊不住的低笑聲。

「你笑什麼？」
「沒有，只是覺得也有別種可能。」
語畢，宇和島靜靜扳起手指。
「現在常世館裡有十個人，**就算排除下地獄的狀況，也還能殺五個人**。我、妳還有青岸先生，都擁有殺一個人的權利。」

6

「你一句話讓我的好心全白費了。」
青岸一走出房門便立刻抱怨，宇和島卻一臉不以為意。
「不說的話對她不公平吧？」
某種意義上來說，宇和島是對的。如果凶手不只一人，便無法因為已有犧牲者而放心。如宇和島所說，可能還會有五個人死亡。那將是場惡夢，這棟別墅裡的所有人可能其實都是共犯。
上帝為何把殺人下地獄的標準設為兩個人呢？上帝厭惡殺人，甚至以地獄之火焚身為懲罰，卻又為何會寬恕第一次的殺人呢？
眾多神學者至今仍爭辯不休，企圖解釋上帝的這份寬容。將來有一天，青岸前往那個世界時，也能向上帝詢問祂這麼做的理由嗎？

「所以，你真的打算解開這起殺人案嗎，名偵探？」

宇和島問了和伏見一模一樣的問題。之所以特地這麼問，是因為宇和島想要跟伏見不一樣的答案吧。

「我來這裡是為了尋找天堂。」

思考片刻後，青岸靜靜說道：

「就像你說的，我以為知道有天堂的話，死去的他們也就有回報了——不，不對，是我自己就能得救了。」

宇和島緊抿雙脣，直直盯著青岸。

「可是，到頭來我還是不知道有沒有天堂。接著發生了這起命案，死者可能與利用『茴香』殺人的案件有關……既然如此，調查這件事或許能找出殺死那些傢伙的『凶手』，揭穿他的真面目。這麼一來，我就能脫離自己的地獄了。」

有段時期，青岸只要見到路上奔馳的車子就會害怕地垂下視線。

「我的目的沒變，只是希望自己能得救。在這座島上，我是為了自己當偵探。」

這不是赤城他們嚮往的正義的一方該有的偵探作風。然而，青岸已經準備好接納這樣的自己。這一次，青岸必須把自己從那輛熊熊燃燒的車子裡拯救出來。

「……我知道了。反正只剩幾天，你在島上的這段期間我會幫你。」

宇和島說道，表情幾乎沒有變化。

「我就讓你看看逃走過一次的偵探可以做到什麼地步！」

「我會好好看的。」

好不容易吐出這句簡短的回答後，宇和島似乎變得稍微柔和一些了。如果能從病房那天修正過去的話……現在想這些也於事無補。而且，如果能修改過去，青岸想回去的也不是那一天。

兩人間瀰漫著一股奇妙的沉默。大概是因為彼此很難抓出該以怎樣的距離相處吧。三年的時間很漫長，無法馬上回到從前的樣子。

「……伏見說的那些事你怎麼看？」

總之，青岸決定先問問宇和島的看法。宇和島突然恢復嚴肅，稍微思考了一下。

「我覺得有可能。有武器流入這個國家是事實，應該有人在穿針引線，而我們無法否定那個人就是常木的可能。不，這個說法不正確……我跟伏見小姐一樣，覺得常木王凱是我在尋找的凶手。」

「這就是你成為常木主治醫生的理由嗎？」青岸單刀直入地問。

宇和島露出微笑。

「這樣我就不能笑伏見小姐了。」

「也就是說──你一個人在孤軍奮戰嗎？」

「是啊，從那天起。」

青岸的表情大概很難看吧。「我不是在責怪你，」宇和島像是幫青岸解圍似地繼續說道：

「近來，常木周邊的動靜很顯眼，我認為他一定跟什麼東西有牽扯。定期在常世島聚會的政崎、爭場和報島也一樣。政崎接受常木的贊助，扮演常木王凱和政治界聯繫的便利管道，報島的任務則跟伏見小姐說的一樣，爭場的角色不用說也知道。」

從抽菸塔的香菸痕跡可以看出，這種聚會舉辦過好幾次。

假設這些聚會是挑選下一名犧牲者的會議的話，這實在是令人毛骨悚然。宇和島心思縝密，應該對照過常世島聚會的週期和可疑自殺式攻擊發生的時間。

「你在常木身邊工作多久了？」

「大概一年半吧。要走到這一步，很不簡單。」

宇和島是認真的，儘管如此卻還沒將常木的惡行公諸於世，代表他還沒掌握決定性的證據。如果罪證確鑿，宇和島應該會有所行動。

「不過，這次聚會的性質有點不一樣。」

「什麼意思？」

「常木大概打算從這個團體裡抽身。」

「啊？常木是他們的中心吧？他抽身的話是想怎樣？」

「或許是想解散這個團體吧。畢竟，他們的舉動顯眼得連我都看得出來。另外，常木好像也打算把這次常世島的聚會當成最後一次。」

「等一下，如果常木真的想抽身的話……很不妙吧？至少，有牽連的那群人會很焦慮，出手阻止他，常木自己也會有危險。」

常木足以遭殺害的動機一下子冒了出來。這樣一來，那些有牽扯的人誰是凶手都不足為奇了。不過，常木不可能沒有注意到這件事。

「這不是道理說得通的。你跟我來。」

宇和島帶青岸前往的地方，是常木等人房間所在的三樓。因為不想跟大人物撞上，青岸一直避開這層樓。宇和島的目的地是三樓繼常木臥房後第二寬敞的房間。一道朝外開啟的厚重對開門迎接著兩人。

「這門還真誇張。」

「常木買下這棟別墅前，這個房間好像是拿來當作小劇場。」

「小劇場？」

「現在看不出來就是了。」

青岸朝房裡踏入一步後，全身戰慄。

「這樣你應該就能了解常木變心的理由用道理說不通的事了。」

那是間應該稱為天使展覽室的房間。

展覽室中央踞立著一座特地打造的天使石像。石像天使沒有經過一絲美化，連削瘦身軀上的每條肌理都栩栩如生，讓人忍不住懷疑有必要這麼寫實嗎？

要說石像和現實有什麼不同的地方，大概就是天使帶了把巨大的長槍吧。那把點綴著華麗裝飾的長槍，恐怕真的能貫穿罪人的身體，將其碎屍萬段。

此外，展覽室還擺放了大量的天使照片與天使造型物品，其他還有天使相關書籍、繪有神祕圖案的壁毯等等，設置在大門旁的內線電話也刻著天使。惡劣的是，展示櫃中甚至收納了應該是天使殘骸的砂粒。

裱框的照片中也有青岸的照片——燃燒的汽車前，天使以翅膀阻止伸出雙手的青岸。不知是經過修圖還是原本就是這樣，一道很適合「祝福」的美麗光束落在天使和青岸之間。

「……我沒自己來是正確的，你如果不在的話我會吐。」

「常木王凱原本對天使就是愛恨交織，好像是因為一直看著天使的關係，越來越坐立難安，常常問天澤『世界上有天堂嗎？』、『我有可能會下地獄嗎？』。」

「天澤怎麼回答？」

「當然是常木希望聽到的話啦。」

天澤做的事是對常木洗腦嗎？如果常木是為了問這些問題雇用天澤的話，也就能理解乍看之下在那群人之中似乎沒有任何功用的男人，為何能一副悠然自得的樣子了。因為實際掌握這座人間樂園的人，是那個天堂學者。

「……說不定，常木會想離開這群人的關鍵就是天澤齊。」

「為什麼？雖然這樣講不好聽，但常木王凱幾乎是天澤的信徒了吧？」

「不，不是。常木不是天澤的信徒，他信奉的是天使。常木過去一直是透過天澤看天使，所以覺得現在的天澤不值得信任了吧。你也看到了。」

「這麼說的話，難道……天澤討厭天使嗎？」

青岸的腦海裡浮現天澤拚命用撥火棒毆打天使的畫面。

「討厭或是接近恐懼吧。他的本質可能跟常木一樣，因為不停看著天使，人生遭到吞噬。常木是藉由對天使超出常軌的愛來維持精神平衡，天澤則是走向相反的路。」

「討厭天使的天堂學者嗎？感覺很痛苦耶。」

「如果我是天澤，會開始害怕天使也是理所當然的。他擅自為天使代言，不斷製造自己解釋出的『上帝』，這樣的他死後會受到什麼樣的制裁呢……關於這點，我個人也很有興趣。」

「……上帝如果真看天澤那麼不順眼的話，早就降下天譴了。天使不是很擅長帶人去地獄嗎？」

「誰知道呢？我們無從得知天使的想法。雖然天澤為所欲為，但或許他的解釋有天使的擔保吧。」
「不管怎樣，意思是天澤討厭天使，常木喜歡天使，兩人的偏執越來越嚴重，導致彼此出現裂痕嗎？」
「讓常木迷上天使的人是天澤，但那個開啟天使大門的人卻討厭天使，感覺不是很嚴重的背叛嗎？」
「如果常木是受天澤影響開始信仰天使的話，天澤改變的那時候，他應該會清醒過來吧？」
「兩年前，常木王凱因為心臟手術在鬼門關外繞了一圈，這件事對他的影響應該很大吧。一旦開始意識到死亡，不管願不願意都會忍不住思考死後的世界，愈發無法自拔。」
「心臟手術？這麼說來，他說過自己生了場大病。」
聽到這裡，青岸想到了某種可能。宇和島從青岸眼前消失是三年前的事，當主治醫生的時間是一年半。
「難道說，幫他動手術的人……」
宇和島輕輕點頭。
「因為手術成功，我才能像這樣成為主治醫生。」
「……手術能成功，真是難為你了。」

青岸這句話包含許多意義。宇和島主刀時，應該已經在懷疑常木了。

「阿諾迪努斯在旁邊看，我沒辦法殺他。」

宇和島聽出了青岸的弦外之音。

當天使的規則明朗後，醫療前線亂成一片。如果殺害兩個人會下地獄的話，手術失敗該怎麼計算呢？救不了病人的罪需要下地獄嗎？當時，多數醫生拒絕治療，少數醫生則帶著不惜下地獄的覺悟走進手術室，無法論定何者的選擇才正確。

人們原以為這場混亂會持續很久，沒想到很快就控制住了。

因為，一種「特殊天使」降臨在各醫療機構，一動也不動地貼在牆壁或天花板上，無一例外。

僅僅只是這樣，所有醫生便恢復冷靜，回到工作崗位。那一瞬間，全體醫護人員都得到了一種共識——即使救不了哪名患者也無罪。就像人們見到天使的瞬間便明白那是「天使」一樣，這項規則也立刻擴散開來。

天澤將棲息在醫療機構裡的天使命名為「阿諾迪努斯」，這個名字源於拉丁文，意思是從痛苦中解放。

阿諾迪努斯的手腳比一般天使還長，特徵是脖子會不自然地彎曲。他們就那樣貼在病房或手術室的牆壁和天花板上，守望著人類生死交接的關頭。

在那個奇妙的天使面前，宇和島拯救了或許是仇敵的男人性命。

那是什麼樣的心情呢？

「重點是，偽裝成醫療疏失殺害常木無法得到我想知道的真相。我希望得到應有制裁的人，不只常木一人。」

大概是對沉默的青岸感到訝異吧，宇和島補充道。

儘管如此，還是能殺第一個人。

青岸他們每個人都擁有這樣的權利。

「要當上常木的主治醫生，沒有天大的功勞是不可能的，我可是用真本事開刀，真本事。」

「也是。你就是這種人。」

青岸再次環顧滿是天使的展覽室一圈。儘管房裡充斥著許多他無法理解的東西，但所有展示都傳達出唯一一則訊息，那就是對天堂的滿腔憧憬。

不難想像，一直以來在人間手握大權的男人面對死亡時會產生何種心境變化。常木在天澤的馴化下，一點一滴累積對天堂的感情。青岸不打算同情常木，卻也覺得他很悲哀。

「雖然不知道這種洗心革面是不是真的能免受地獄之苦，但我知道常木為什麼不顧他人看法也要金盆洗手的原因了……也就是說事情變得更棘手囉。」

「嗯，必須考量到可能是某個對常木想抽身這件事忿忿不平的人殺了他。動機是滅口。」

案情一轉，跑出一整排有力的嫌疑人。隨著常木王凱的中心思想漸趨明朗，便能明白這次的聚會對常木而言十分危險。伏見的直覺不能說是有錯。

此時，青岸突然想到。

「找伏見來的人是你嗎？」

「怎麼可能？我雖然觀察出常木想從這群人裡脫身，卻也沒認為他開始要懺悔了，沒理由找伏見小姐來。」

也是。青岸默默在心中接受這個答案。而且，雖然這樣講有點那個，但讓伏見這種陌生人擔任協助的工作不是宇和島的作風。

「不過，你和伏見之間沒有任何關聯，卻都盯上了同一個企業家嗎？」

「不，我只是和伏見小姐沒有關聯，我和她的上面有接觸。」

「上面？」

「檜森百生……伏見小姐說從他手中接著調查的那個人。」

「啊啊，她有說是……檜森前輩。」

「檜森記者一開始是懷疑常木，仔細地從外圍一步步逼近，雖然有的只是謠言程度的線索，但終於找到了常木王凱身上。有段時間，我們有一起合作……」

「結果他卻把調查託給了伏見？那傢伙現在在幹麼？」
「死了。他被捲入都內的一間銀行爆炸案，為了保護身邊的小孩，被大火吞噬了。」
青岸不禁啞口無言。雖然在伏見把話說得含糊不清時他就能想像到了，但一旦直接面對這個事實，心頭還是熱熱的。
現在，他也知道伏見為何要奮不顧身、不擇手段追蹤常木，內心泛起一陣苦澀。
看著青岸說不出話的樣子，宇和島搖搖頭，將話題重新導回。
「……結果現在一無所獲，你接下來有什麼打算？」
「也不能說一無所獲……但我要稍微整理一下思緒，不然這樣下去只是單純在瞎猜。」
「是嗎？那接下來是分開行動吧？我有知道什麼再跟你說。」
「可以嗎？」
「離開常世島前我都會幫你。無論哪條路，目標都只有一個。」
語畢，宇和島像是突然想起似地繼續道：
「還有，阿諾迪努斯沒有降臨常世館，所以這裡沒辦法實行太大的醫療措施。就算你被人捅一刀還是遇到攻擊，我也救不了。」
「應該不會到那一步吧？」

「反正我也是嫌疑犯之一，你根本不會讓我治療吧？」
「喂！」
「開玩笑的。」
宇和島連扯都沒扯一下嘴角就離開了。青岸望著他的背影思考。
如果常木是伏見說的那種罪人，宇和島也有殺害常木的動機吧。不只常木，爭場跟「茴香」可能也有關，宇和島便也有理由對他出手。
到時候，青岸該怎麼阻止宇和島呢？
該說什麼才能阻止他呢？

7

青岸在房中整理思緒時，門外傳來輕柔的敲門聲。
「打擾了，青岸先生，您要不要吃點午餐呢？」
走廊上是拿著三明治的倉早。看來，倉早是真心想代替放棄工作的大槻照料賓客的三餐。那副堅強無比的模樣，令青岸忍不住考慮等會兒是否要去遊說大槻。
「……那個，雖然您大概不能對這些三明治的味道有所期待，但我們沒有在食材的品質上妥協，這是老爺的方針。」

「別這麼說，謝謝。這幫了我一個大忙。」青岸急忙道謝。
倉早綻放出高興的笑容。
「您方便的話，能稍微跟我說說現在的情況嗎？邊吃午餐邊談也沒關係。」
「啊，當然可以……不過，我沒什麼大不了的東西能說……」
「沒這回事，您是偵探啊，應該有看出什麼我們沒看見的東西吧？」
進入房內的倉早微微偏著頭問。
「……我開玩笑的。因為當初在船上說的話竟然一語成讖，我的心情有點亂。」
「妳不是很嚮往當偵探助手嗎？」
為了鼓勵看起來有些消沉的倉早，青岸打趣道。
「沒錯。若您不嫌棄的話，要不要讓我當助手呢？我來常世島有一年了，一定能幫上忙喔。」
大概是因為認真接下了青岸的玩笑話，倉早露出淺笑。
「……老實說，調查本身也沒有進展到需要助手的地步。」
「有什麼跟兇手有關的線索了嗎？」
大概是因為能談話的時間有限吧，倉早突然就這樣問道，眼瞳裡透著對偵探無條件的期待。這讓青岸想起了第一次見面的赤城，這種眼神讓他十分畏縮。自己與小說中大顯身手的偵探彷彿雲泥之別。

「……不，一點線索都沒有。不過，我一定會揭開真相。」

「不愧是青岸先生。只要有您在，我們就不用擔心了。」

倉早開朗地說。主人遇害，她應該也很害怕吧，儘管如此卻能表現如常，或許是因為有青岸在的關係也不一定。若是這樣，那自己這種落魄偵探也有存在的價值了。

「對了，妳知道這枝鋼筆的主人是誰嗎？它掉在常木先生遺體附近。」

青岸順手將從常木房裡帶出來的鋼筆拿給倉早看。

「……我不知道，不過應該不是老爺的，老爺平常不用鋼筆。」

「這樣啊……」

可以說前進一步了嗎？反正，就是那場酒會中的誰遺漏的吧。即使只是獲得之後要一一詢問的結果也值得感謝。

「大家都能保持平靜，果然是託天使的福嗎？」

倉早盯著吃著三明治的青岸，輕輕問道。

「不會再有人遇害的這個前提讓大家覺得放心吧。」

「那麼，我們或許還是該感謝天使呢。」

倉早的眼睛望向窗外飛翔的天使。

「……老實跟妳說，我不怎麼喜歡天使，也不喜歡派他們來的上帝。」

倉早壓低聲音說：

「我明白您的心情。我也一直覺得很不可思議，如果上帝真的存在，為什麼這世間會有壞人呢？如果一開始壞人沒有出生的話，也不用讓他們下地獄了。」

「……的確。」

「而且，這世界除了殺人以外還有許多悲劇，像是疾病、貧窮、飢餓……上帝為什麼只懲罰殺人，而不願意伸手拯救我們呢？」

人們在天使降臨前也提出過這個問題。如果上帝真的存在，人類為何生而不完美？一直毫無道理地承受著痛苦？關於這點，人們也有各式各樣的解讀和接納方式，至今尚未有答案。

「所以，這裡一定沒有上帝。老爺雖然稱這裡為樂園，但這個地方只是天使聚集的仿冒品……」

倉早喃喃自語，接著突然看著青岸。

「所以我認為，現在守護這座島的既非天使也非上帝，而是您。青岸先生，謝謝您。」

不是這樣的。青岸想否定，但眼前倉早的眼神卻認真無比，令他連該說什麼都感到猶豫。倉早溫柔地瞇起眼睛道：

「就算不能當助手，但如果您有任何需要都請告訴我，我也會幫忙。」

青岸配合倉早有力的話語，重重點頭。

原本打算一個個詢問鋼筆主人的青岸，突然抽到了正確答案。

青岸拿著鋼筆漫不經心地走上三樓時，突然衝出來的政崎一把搶走了鋼筆。

「你這個小偷！你為什麼拿著我的鋼筆!?你……你果然是凶手吧！」

政崎將藍色鋼筆壓在胸前，惡狠狠地瞪著青岸。

老實說，這是青岸最不想扯上關係的人——感覺無法溝通，因此也抓不準接下來會如何發展。

明明鋼筆是被丟在房裡，眼前的政崎表現得卻像是孩子遭人奪走的動物。青岸不由得愣愣回答：

「小偷……」

「是小偷吧！你，是從哪偷來這枝筆的！」

「我對天發誓，我只是在常木先生房裡撿到而已，不會有人偷這種東西吧？」

「撿到的？……真的嗎？」

「我不會在這種事情上說謊啦。」

政崎似乎還想說什麼，最後卻只是悻悻然地說了句「是嗎」。青岸無法釋懷，自己撿到東西，本來應該獲得一聲感謝的。

「你怎麼會找到這枝筆？你是在常木兄房裡趁火打劫嗎？」
「硬要說的話，講盜墓比較貼切……我是調查途中撿到的，因為這基本上是謀殺案，就我的立場不可能不調查。」
「這樣啊……你原來是偵探喔。」
「即使在這種世道，我也還沒關門大吉就是了。」
「所以才會鬼鬼祟祟，東查西查嗎……原來如此。」
政崎毫不客氣地上下打量著青岸。
他下一句該不會要說「那我來當你的助手吧」，思及此，青岸瞬間繃緊了身體。不過，政崎只是嫌惡地用鼻子哼了一聲。
「你如果忙著收拾局面的話，也給我想想辦法處理『那個』。」
「那個？」
「就是那個常木兄花了五千萬的可怕怪物，會說話的天使啊。」
「啊啊……」
青岸不自覺逸出嘆息。一想到常木竟然用五千萬買下那種東西，青岸的心情便有些慘澹。
「常木兄都過世了，那東西應該也要處理一下。這一類的事你很熟吧？獲得祝福的人應該認識很多對天使有興趣的人吧？」

「我並沒有到處宣揚自己獲得祝福。」

「可是，常木是因為那種事才會找你來常世島吧？你賺到了呢。」

政崎語帶嘲諷，對青岸充滿不屑。

青岸根本沒有想和常木王凱培養交情也不想來常世島，更沒有被迫看到那種怪物還很開心的興趣。

——不要把我跟你們混為一談。

青岸差點就要撂出狠話，然而，才剛發生殺人案，他想盡可能息事寧人。

「能體驗到人生難得的經驗，很不錯吧？畢竟常木兄都那樣了，常世島未來也不曉得會如何。」

大概是因為青岸乖乖聽話沒有回嘴讓政崎的心情好轉，他不可一世地說。

此時，報島從樓梯口走了上來。他看到青岸後一臉驚嚇，露骨地撇開眼神，與在抽菸塔時的態度截然不同。

「喔喔，報島，我在等你。」

「啊，啊，不好意思。咦，青岸先生怎麼了嗎？」

「不……沒什麼，只是把政崎議員掉的東西拿給他而已。」

「沒錯。來，進去吧。」

政崎邀報島入房，一句招呼也沒打就關上了房門。常木王凱才剛死，這兩人有什麼好暢聊的嗎？

還是說，或許正是身為核心人物的常木死了，他們才必須談某些話。

8

青岸前往抽菸塔想在晚餐前抽一根，結果，這次是在塔旁遇見了大槻。

「真巧，你不是嫌來這裡很麻煩嗎？」

「是很麻煩，但今天不一樣。」

「不一樣？」

這麼說來，大槻剛才沒有直接進塔而是在附近閒晃，又像是在找什麼東西。大槻露出親人的笑容說：

「我在想，來這裡會不會遇見你。」

「什麼啊？」

「我這不就遇到了嗎？光是遇見青岸先生，我這趟就來得有價值了。」

大槻一邊抽著菸一邊說道。然而，這些話缺乏可信度，應該沒有人能接受這種理由。

不過，面對難以捉摸的大槻，青岸已經有點懶得去深究他行為的意義。或許他只是單純因為沒工作很閒罷了。

「你晚餐也還是罷工嗎？」

「因為小間井管家好像會幫忙想辦法搞定晚餐嘛，而且千壽紗也很會做菜喔。」

「但還是跟你做的不一樣吧？」

「你跟小間井管家說一樣的話。他一直叫我做飯做飯的，煩死了。說什麼晚餐我下廚的話大家會很高興啦，是很棒的招待之類的。這不是廢話嗎？我都很清楚。」

「你的確有實力可以說這些話，這點我心服口服。」

「哇……我好高興喔，但我還是不會做就是了。」

大槻開心地笑著。這樣看著褪下廚師服的他，就像是哪裡的大學生一樣。在青岸心中，大槻穿著帽T的形象已經蓋過廚師服了。

吸了幾口後，大槻將還很長的菸壓入塔內設置的菸灰缸。

「那我先回去囉。」

「已經夠了嗎？你才抽一根吧？」

就連那根菸看起來也沒抽幾口，就像是陪青岸抽個意思而已。

「青岸先生，你是老菸槍吧？我基本上都抽一根。」

「我也沒抽那麼多。」

「那就更彼此彼此啦。我們都必須善待舌頭才行對吧？」

語畢，大槻便回常世館了。青岸打開塔門，目送大槻離開，直到看不到他的身影為止。待常世館微微響起大門闔上聲音的瞬間，青岸立刻衝出塔外。

青岸開始搜索自己來之前大槻待的地方。大槻當時的樣子怎麼看都很不自然，這個地方有什麼。

就這樣找了幾分鐘後，青岸發現了他要找的東西。

樹根旁掉落著菸蒂，而且是大槻抽的牌子。因為，那不是青岸也不是報島抽的牌子，不會有錯。

青岸思考大槻特地來找菸蒂的理由。大槻不會是需要菸蒂，所以目的應該是毀屍滅跡。因為抽過的菸蒂掉在這裡會令他很傷腦筋。

這樣一來青岸便能肯定，大槻昨晚不但有出房門，還來了抽菸塔附近，以及他想隱瞞這一切。

若非心虛，不會特地來找什麼菸蒂吧？雖然大槻那不習慣說謊的樣子還算讓人可以鬆一口氣，但可疑的地方還是很可疑。

常世島充滿了謎團，每個人都在隱藏些什麼。然而，最重要的殺人案卻很單純，因此容不下任何推理。

遠方傳來天使的振翅聲。天使只是自由自在地在屋頂上飛上飛下，不見他們有為剛死去的常木王凱哀悼的樣子。

看著那幅景象，青岸不禁覺得，世上果然沒有什麼天堂吧。

結果，儘管下午四處奔波，這一天卻沒什麼耀眼的收穫。

相反的，上帝彷彿在懲罰青岸的無能，常世館發生了第二起命案。

第四章　終於，審判一一降臨

1

隔天早上，青岸一樣在微弱的敲門聲中醒來。

他揉揉眼睛確認了下時間，大約剛過七點半。青岸朦朦朧朧地心想，現在是早餐時間，那或許是早晨的 morning call 吧。隨即他又想到，自己昨天才剛因為有相同的想法而遭到背叛。

「青岸先生。」

倉早站在房門前，樣子不太對勁。清爽的早晨卻僵著一張臉，雙手微微顫抖。

「一大早打擾您，很抱歉。能請您稍微移步嗎？」

「怎麼了？發生什麼事了？」

青岸嘴上雖然這樣問，卻也察覺到了接下來的發展。倉早會有這種表情的原因只有一個。

「……政崎議員，被殺害了。」

倉早臉色蒼白地說。

跟昨天早上一模一樣的發展，只是演員陣容不一樣。

與常木的狀況相同，政崎來久也是在自己房裡遭到殺害。案發房間的大小、擺設與青岸他們住的房間沒有兩樣，比一般的飯店更為寬敞。

政崎仰倒在地，黏稠的鮮血染紅了高級的灰色地毯。

政崎的喉嚨遭一把一公尺左右的長槍貫穿，那是一把精心打造、細緻優美的長槍。喉嚨遭貫穿的政崎身側積了一大灘血泊，看起來就像天使的翅膀。青岸止不住怪奇的聯想。

儘管眼前的景象慘不忍睹，青岸腦海裡卻先冒出一個疑問——

為什麼會發生連環殺人案？

天使存在的這個世界裡，**可以允許殺害第二個人嗎**？

「為什麼……為什麼會這樣……」

大概是因為被血嚇到，倉早一副快暈倒的樣子。伏見垂下腦袋，不敢直視屍體，就連爭場也皺著一張臉。至於天澤，彷彿昨天早上的態度都是騙人似的，嘴巴一開一闔，說不出話。

「這是怎麼回事？為什麼政崎議員會……」

爭吵好不容易擠出聲音，沒有人回答他的問題。遭長槍貫穿的政崎臉上的表情痛苦扭曲，那是打從心底憎恨這種命運的臉孔。

青岸環顧房間一周，桌上有兩瓶年份古老的紅酒——一瓶開封一瓶尚未開封——玻璃杯以及政崎必喝的瓶裝啤酒，碟子裡裝著配酒的迷你起司塊和綜合堅果。一旁的垃圾桶內丟了揉成一團的綠色包裝和攤開的紅色包裝。

桌子角落擺了個插著軟木塞的東西，貌似銀色的螺絲。不懂葡萄酒的青岸雖不熟悉，但那應該是開瓶器吧。

政崎是昨晚在這裡跟誰小酌時遇襲的。他昨天的精神狀態那麼不穩定，或許沒有酒便無法入眠。

青岸試著尋找是否還有其他奇怪的東西，卻驚人的什麼都沒發現。要說這間房裡異常的東西，就只有殺害政崎的凶器。

那是制裁人類、讓人類墮入地獄的天使之槍。

「……太殘忍了，凶手怎麼有辦法做出這種事？」

伏見喃喃自語。耳尖的天澤發出指責：

「因為是外來者就把自己當客人了嗎？妳是頭號嫌疑犯吧？」

「真不敢相信！原來不只政崎議員，連老師你都懷疑我嗎？首先，如果懷疑我殺了常木王凱的話，反過來說我這次就是無辜的吧？因為我沒有下地獄啊！」

伏見半是得意地說。一旁的小間井傻眼地回應：

「這樣妳就變成殺害老爺的凶手了。」

「不，不是那樣，咦？我有點亂掉了……」

「不過，這樣一來，這次是真的破案了。」

宇和島瞟了一眼陷入為難的伏見，低聲道。

「什麼意思？」

天澤銳利的目光瞪向宇和島。宇和島沒有絲毫畏懼地回答：

「剛才，我們分頭去找常世館裡所有的人過來，唯獨報島先生的人影到處都找不到。也確認過抽菸塔了，他不在那裡。」

直到聽見宇和島這番話，青岸才發現報島不在場。所有人都到齊了，只有報島不見身影。

「您知道報島先生為什麼不在吧？」

天澤還沒會意過來，以微妙的表情打量宇和島。大概是放棄了天澤的回答，宇和島道：

「他下地獄了。因為報島司就是**殺害常木董事長和政崎議員的凶手**。」

宇和島的話令在場所有人一驚，露出恍然大悟的神情。兩個人死亡，一個人消失——這是個簡單的方程式，天使的規則沒有例外。

「這麼說來，殺死老爺的人是報島先生嗎？」

「很有可能吧。」

宇和島冷冷地回覆不安的小間井。

「如果說，連現在不見蹤影的報島先生也遭某人殺害了的話，人數就對不上了。因為，凶手殺害常木董事長後只能再殺一個人，然後自己也會死掉……雖然我不知道下地獄能不能用死掉來形容就是了。」

的確，若是這樣就說得通了。既符合天使的規則，也沒有矛盾。雖然不清楚報島為什麼要殺害這兩個人，但考量到常木想獨自抽身的狀況，可以推測報島的殺人動機應該跟這件事有關。

「青岸先生覺得我的推理怎麼樣？」

此時，宇和島突然把話鋒帶到青岸身上。陳述自己主張的宇和島挑釁地瞪著青岸。青岸之前在宇和島面前宣布要重拾偵探的工作，他現在這個樣子，簡直是在下挑戰書又像是在試探自己。

「的確說得通。在出現連環殺人案的情況下，沒有一個人下地獄的話就奇怪了。」

「你似乎也不是完全接受我的看法呢，名偵探。」

宇和島諷刺地說。青岸點頭，指向依然插在政崎身上的長槍。

「……我最在意的是凶器。凶手為什麼要用長槍這麼費事的東西殺人？應該還有其他選擇吧？」

「這是起一出手就會下地獄的謀殺，凶手或許是想為這個行為賦予一些宗教上的意義吧。說到天使的武器，好像就會聯想到長槍。報島是個天使狂記者，因撰寫天使祝福的報導而成名。可能在他的邏輯裡，是想藉由這種方式洗清下地獄的罪名吧。」

「真的嗎？報島看起來不像是會依賴那種宗教信仰的人，感覺天使對他而言就只是吃飯的工具。」

「我們無法揣度人們下地獄前的心情，所以，報島消失就代表了一切。」

宇和島感覺對凶器的事沒有太大興趣，在他心裡，整件案子已經結束了吧。或許是因為宇和島知道賓客們之間有內訌，所以更加無法動搖這個想法。

然而，令人無法釋懷的還有殺人動機。常木打算脫離眾人，青岸明白他被殺害的理由。那麼，報島殺害政崎的理由是什麼？至少，報島和政崎看起來並無對立。

「怎麼會……這樣的話，真的是報島……」

大概是徹底信了宇和島的推理吧，天澤的語氣透露著悲痛。

看到天澤的樣子，爭場忍不住笑了出來。

「怎麼了，爭場？有什麼好笑的？」

天澤不悅地問。

「不，只是覺得有點荒謬。雖然我也是聽宇和島解釋後才恍然大悟，沒資格說大話，但天堂是天澤老師的專長領域吧？要是早點得出這個結論就好了，不是嗎？還是說，天澤老師最近和天使保持距離，所以感覺不到能量什麼的呢？」

爭場語帶明顯的嘲諷。看來，他和天澤之間不知道什麼時候開始出現了深刻的裂縫。

青岸想起宇和島曾懷疑常木王凱心寒的理由出在天澤身上。如果天澤是他們這群人解散的推手的話，也就能理解爭場為什麼會冷嘲熱諷了。因為要是天澤有控制好常木，就不會有任何問題了。

「爭場，你別太過分！……我們兩個不能在這裡鬧翻吧？」

「你不要這麼生氣，我只是覺得有點有趣。還是說，這是那麼不想讓人戳的痛處？會指責你討厭天使的常木董事長已經不在了，天澤老師只要做自己就好了呀。」

青岸幾乎沒聽清楚爭場後面說了什麼，因為爭場還沒說完，天澤便狠狠揪住他的衣領。

「你……！你再說一句看看……重點是，連你……！」

「兩位都別吵了！」

小間井介入兩人之間制止，硬是將天澤拉開。

「我們不只失去了老爺，還失去了政崎議員、報島先生，兩位現在再吵架的話要怎麼辦！……請冷靜冷靜。」

在小間井苦苦哀求下，天澤開始緩緩調整呼吸。然而，即使這樣也消除不了兩人間劍拔弩張的氣氛。爭場也是死瞪著天澤不放。房間再度瀰漫尷尬的沉默。

「那個……我們要不要把長槍拔出來？」

大概是為了打破沉默吧，倉早怯生生地提議。

「政崎議員這樣實在太可憐了。」

倉早小心翼翼地握住長槍，但在她纖細的手臂下，長槍文風不動。

「千壽紗，妳拔太危險了，我來。青岸先生，可以幫我壓住政崎議員嗎？」

「為什麼是我去壓……」

青岸一面抱怨一面聽話地壓住屍體。大槪從口袋中取出手帕，確認不會在長槍上留下指紋後開始使勁，結果意外乾脆地拔起了長槍。沾滿鮮血的長槍被放到政崎身邊。

拔出來一看才發現，這把槍相當鋒利，應該能輕易穿破人類的咽喉吧，意外的是把實用的凶器。青岸剛才雖然說長槍很費事，現在看來卻似乎比殺害常木王凱的短劍更具殺傷力。

槍尖旁繁複的裝飾連沒有任何美學素養的青岸都覺得美麗，不知為何，他總覺得這把槍有些熟悉。

「……可惡，想不起來。我在哪裡看過這個。」

「那是天使米迦勒的長槍吧……是展覽室裡的裝飾。」

天澤回答，似乎恢復了冷靜。這麼一說青岸想起來了，這把槍是那尊大石像手裡拿的東西。由於石像給人的衝擊過於震撼，青岸把長槍忘得一乾二淨。

也就是說，原來那個天使是米迦勒嗎？為降臨所累，變得醜陋不堪的米迦勒天使像。

「常木董事長把降臨後的天使與降臨前聖經裡為人所知的天使結合在一起詮釋，請人依那些有名的天使打造屬於他自己的天使像。其中，他最喜歡的是美麗又威武的米迦勒。對於將降臨人間的天使和原先既有的天使劃上等號這件事，我是持謹慎的態度。」

不知道是不是剛才遭爭場刺激，天澤拿出天堂學者的樣子，滔滔不絕。然而，這些情報卻不是那麼重要。

「本來在展覽室的話，要拿來這間房間就不難了呢。」

爭場的話聽起來頗有道理。

「就算這樣，但用那把槍實在太奇怪了。米迦勒的長槍，感覺不是在諷刺我嗎？

還是凶手想說這是天使的制裁呢？應該還有其他更適合的東西才對。難道，是想表達凶手是米迦勒？為什麼是長槍……」

天澤雙眼迷茫，一反常態地陷入自己的思緒。

是因為本來是夥伴的三人死去的關係嗎？還是跟爭場之間明顯的針鋒相對帶來更大的影響？無論是何者，天澤手足無措的樣子都不尋常，平常如神職人員般的姿態已蕩然無存，現在看起來甚至讓人覺得可悲。

「天澤老師，請冷靜，我們都了解天使的規則吧？已經不會再有人被殺害了。」

宇和島再次說明。但如今天的天澤似乎連這些話都聽不進去，他用力搖頭，聲音僵硬地大喊：

「不，這果然很奇怪！報島不可能殺了他們兩個人！你們還不懂嗎？有某件事正在進行。有人想殺了欺騙天使、褻瀆上帝的我們！這棟別墅裡有什麼。完了，我們也會被殺死。」

「……你是不是太慌張了啊？不用這麼鑽牛角尖吧？」

大概是覺得這下不妙，爭場也加入安撫天澤的行列。

「你真的覺得案子這樣就破了嗎？我受不了了，這是對上帝的褻瀆！聽好了，如果有人想對我做什麼的話就試試看！就算是你們我照樣會殺！我，我會親手讓你們下地獄！」

糟糕，青岸心裡嘖了一聲。天澤陷入恐慌了，這下子真的不知道他會做出什麼事，也有可能脫序打算殺個一個人。

「你相信嗎！常木董事長被殺死了，政崎議員被殺死了……然後兇手是報島？這有可能嗎！無論如何我都要逃出這座瘋狂的島！」

說到最後，天澤迅速離開了現場。過了段時間，走廊傳來一道粗暴的關門聲。看來，他是回自己房裡了。

「……我代他向大家道歉。我可能不該說那些奇怪的話吧，因為情況發展成這樣，我也有些焦慮。」

儘管爭場道歉值得稱許，但已經被破壞的氣氛不會再回來。在一陣扎人的沉默後，小間井開口：

「……各位，我們停止互相猜疑吧……有兩個人去世、一個人消失。宇和島醫生說得對，兇手下地獄了。我們就以這個為結論吧。」

跟昨天一樣，暫時的解決與安心感。但遭遇一次背叛後，大家還有辦法再依賴那份安心感嗎？

儘管如此，也只有這句話能收拾這個局面。

2

青岸在客廳喝著咖啡，思考在這個情況下，身為一名偵探的本分是什麼。

剛才眾人歸納出的，是最安全又有建設性的結論，再猜想下去，就會像天澤那樣失去冷靜。

反正接駁船後天就會來了，大家已經認定不會再有人遇害，靜靜待著一定比較好。攪和案件的偵探只會令人心惶惶，比起查明真相，現在這樣更為大家好。

可是，如果審判制裁是天使的任務，那麼偵探的任務不就是追求真相嗎？

報島殺害兩人的動機以及使用長槍的理由都尚未解開。重點是，報島真的是凶手嗎？的確，如果不把報島當作凶手的話，連環殺人便無法成立，但一切實在疑點重重。

或許只有青岸能給這些問題一個答案。

如果赤城昴在的話，他會說什麼呢？靜觀其變，還是繼續調查？

他所憧憬的名偵探、正義的一方會選擇哪條路呢？

如果有答案，青岸也不會來這種島了。

就在青岸陷入沮喪時，眼前遞來了一只盤子，盤子裡盛著熱壓三明治。

「青岸先生，你什麼東西都沒吃吧？千壽紗很擔心你喔。」

大槻說著，把盤子塞到青岸手中。這麼說來，倉早說她今天也會提供餐點，青岸卻忘得一乾二淨。

「所以我替她送慰勞品來了，而且還是親手製作。」

「親手製作？」

青岸直覺發出怪聲問道。大槻勾起嘴角笑著說：

「啊，不用擔心，我沒下毒。」

「如果你做好下地獄的覺悟的話，反而很值得欽佩。」

青岸抓起熱壓三明治，一口咬下。吐司酥脆的口感與肉醬濃郁的滋味在嘴裡擴散開來。

「這是什麼三明治……」

「說穿了就只是放了波隆那肉醬的熱壓三明治，但由我來做的話，即使是這麼簡單的東西也好吃得不可思議吧？」

好一句目中無人、桀驁不馴的話，但到了大槻身上卻無比貼切。

「……這真的是你做的耶，吃得出來。」

「是我做的沒錯，怎麼了嗎？」

「你不是說你不做菜了嗎？」

「我也說過可以做給青岸先生吃吧？」

大槻立刻笑著回答。

「都做一人份了，再做其他幾份不也一樣嗎？」

「嗯……我不喜歡在大庭廣眾下做菜，加上做菜這件事本身……果然還是很麻煩。但我就算偷懶，你應該也不會說什麼，所以沒關係。」

大槻今天也跟昨天一樣穿著帽T加牛仔褲，一身休閒的裝扮。他大概是穿著這身衣服做三明治的吧，灰色帽T上到處都是噴濺的肉醬汁。

因為大槻好像希望別人這麼做，所以青岸刻意什麼也沒說。結果大槻跟抽菸時一樣瞇起了眼睛，似乎很高興的樣子。青岸漸漸懂大槻的點在哪裡了。

「啊，但我原本也想做個什麼給千壽紗吃，但她說她空檔的時候有吃東西，拒絕了我。」

「倉早小姐真了不起，這種狀況下還是忙進忙出的。」

「所以才會是我來你這裡啊。青岸先生，你接下來也會繼續調查吧？我來幫忙。」

「你應該有聽到宇和島說什麼了吧？」

「他是醫生，所以會說最合適的話吧。可是，你不是偵探嗎？」

「醫生跟說合適的話無關吧？」

「偵探跟搗亂現場有關，對吧？」

青岸望著大槻的眼睛幾秒後嘆了一口氣。

「……有件事想請你幫忙。」
「喔，什麼忙都可以喔。」
「告訴我政崎房裡那個像螺絲的銀色東西怎麼用。」

3

一踏入鎖得滴水不漏的酒窖，迎面而來是獨特的溫度與空氣，令人產生一種「認認真真生活後終於能踏入這種地方」的成就感。成排的葡萄酒如標本般排列，感覺只要打破幾瓶，未來幾年的收入就都飛了。
大概不客氣地進入酒窖，拉開酒架下的抽屜。
「這裡有你要找的東西。」
抽屜裡有一整排青岸在政崎房裡看到的那種開瓶器，彼此以等間隔排列著。青岸對照開瓶器的外觀和雕飾，取出其中一個。
「政崎房裡的螺絲應該跟這個一樣。」
「螺絲螺絲的……青岸先生，你是真的不懂葡萄酒耶。」
「隨便啦，你可以用這個開個什麼東西嗎？我想看它是怎麼用的。」
「這裡只有用『什麼東西』來稱呼很不敬的高級葡萄酒耶，這邊。」

大槻稍微環顧酒架一圈，從中選出一瓶酒。他將開瓶器的前端刺進軟木塞，試著拔出來。

然而，應該很好用的開瓶器卻完全刺不下去，不停在軟木塞上半部空轉。

「怎麼了，好像沒什麼往下移動？」

「……啊，我犯了初階錯誤。這是左撇子用的開瓶器，我是右撇子。」

「開瓶器有分慣用手嗎？」

「轉的方向會不一樣，這很重要喔。這種開瓶器的賣點是一口氣貫穿軟木塞，輕鬆省力，方向錯的話阻力就會很大。」

大槻拿出另一件形狀相似的開瓶器，握住類似把手的地方旋轉，軟木塞立即遭開瓶器上的針貫穿，紛紛落下碎屑。「啵！」一聲清響，大槻拔起了瓶栓。

「你看，很快吧？如果是有年份的葡萄酒，開瓶要費很大的力氣，但用這個兩三下就搞定了。」

「酒裡掉了很多軟木塞碎片，沒關係嗎？」

「碎片會浮在表面上，拿掉再喝。侍酒師也說，介意的話就掛濾茶器再喝。」

「這樣啊……」

「葡萄酒的味道不會因為那一點碎屑就受損。」

接著，大槻從架上取出兩只玻璃杯，倒了自己的份後，將酒瓶遞給青岸。

「機會難得，喝喝看吧。雖然我不知道青岸先生的收入有多少，但這應該是你買不起的酒吧。」

「主人死了就隨心所欲嗎？」

「他可能在那個世界罵我吧，但我聽不到。」

青岸斜倚酒瓶，深紅色的液體和剛才的軟木塞碎片一起注入杯內。即使在昏暗的酒窖裡，紅酒的顏色依然格外鮮明。青岸不在意漂浮的軟木塞屑，飲下一口紅酒。

「怎麼樣？」

「……老實說，不知道。就是酒的味道，啤酒好像比較好喝。」

「哈哈哈，政崎議員也是這樣說。常木先生聽到會生氣喔。話說回來，那群賓客裡面只有報島先生是葡萄酒派。」

「那在政崎房裡的人，果然是報島嗎？」

「應該是吧。爭場先生喜歡日本酒，天澤老師好像討厭酒精飲料。」

這樣一來，意外補強了報島是凶手的假設。政崎信賴到會邀請進房又會喝葡萄酒的人，只有報島。

「我知道了。報島先生因為喝醉不小心拿長槍刺了政崎議員，怎麼樣？」

「以推理小說而言是最爛的答案吧，跟用特殊性癖好交代故事沒什麼兩樣。」

「可是，如果不是因為酒勁上來不會特地拿長槍吧？那太難用了。」

大槻的話令青岸想到某件事。

「沒錯，很難用。明明應該很難用，卻大費周章用那把長槍將政崎固定在地上殺了他，為什麼？要製造出房裡那種狀況，政崎必須躺在地上吧？報島刺人後會下地獄，也不可能把政崎拖到地上後再補一槍。」

「會不會單純是政崎議員醉倒在地上呢？」

「喝醉還真好用呢。」

「所以你講清楚一點嘛，為什麼會那樣？」

「……用長槍刺政崎的人或許不是報島。」

「咦？」

「報島在以某種方法殺害政崎的瞬間墜入地獄，房間留下了政崎的屍體，拿長槍刺那具屍體應該比較輕鬆。應該說，除了這個也沒有別的假設能否定喝醉論了。」

其實，青岸現階段並不想說這些。因為他可以想像說了之後自己會聽到什麼回應。不出所料，大槻非常乖巧地開口問道：

「咦？就算有其他人在場，那個人又為什麼要拿長槍刺政崎議員？理由是什麼？」

「……唉——是啊，會有這樣的疑問吧？啊啊，就是因為這樣我才不想說。我只是提出一點點可能性，你們就會想馬——上得到結論吧。就算我是偵探，也不可能直達真相啊。」
「咦？你都提出可能性了，如果沒有連理由一起推理的話，很讓人傷腦筋吧？因為只是說可能有其他人在場也沒什麼了不起的。」
「所以啊，偵探沒有什麼神通廣大喔，我能做的，頂多就是清清水溝。崇拜艾勒里．昆恩的話，就給我去看書！一把長槍哪能推測出凶手啊？」
「艾勒里．昆恩是誰啊？」
「……好，這裡是我的問題。」
眼前的人是大槻而非赤城。青岸必須重新否定他對偵探天真無邪的憧憬。
「唉呀，反正我們沒有人在思考長槍的事，與其說報島先生是凶手，其實也只是希望他是凶手罷了。所以你比我們優秀多了。」
「是嗎？如果是這樣的話，不推理應該比較優秀吧？幹麼沒事找事。」
如果報島不是凶手的話，大家又會像昨天那樣開始疑神疑鬼了吧？在這座充滿天堂色彩的島上，認為天使已經對凶手降下制裁是更加穩妥的想法。雖然這不是人都已經來到酒窖後該想的事，但青岸這樣做真的正確嗎？
見青岸那麼說後，大槻難得擺出認真的表情說：
「我懂。我也常常在想，反正都會消化，我做好吃的菜有意義嗎？內心每分每秒都在糾葛。」

「……好，這不是我的問題。你這傢伙，根本什麼都不懂吧！」

青岸很懊悔自己還稍微思考了一下大槻說的話。大槻為什麼會當廚師呢？大概是因為這是他最適合而且收入又很好的工作吧。青岸忍不住想為這世上眾多的廚師們掬一把同情淚。

「別那樣看我啦。說這麼多，我做菜的時候也都遵循廚師的正義，很認真喔。」

「廚師的正義？」

大槻沒有回答，自顧自地繼續道：

「就像不做菜的廚師不再是廚師一樣，偵探不破案的話就不是偵探了。青岸先生，你如果知道那把長槍的謎底就告訴我嘛，畢竟我是你的助手。不要吊人胃口，說答案就好。」

一回神，大槻已將高級紅酒喝得連一半都不剩，大概是喝得太快了，一張臉紅通通的。

「喂，你喝了多少啊？」

「畢竟這裡平常不歸我管嘛。我雖然有鑰匙，但擅自開喝不但會被痛罵一頓，還要賠錢。要不是這次機會哪能喝到……你看，一想到這一杯要幾十萬，我的手就在發抖。」

大槻口齒不清地傻笑著。大槻在常世島的薪水應該相當不錯，卻意外的小家子氣。

「不過，我差不多該停了……我有點，想吐。」

「你如果吐在這裡，我真的會生氣喔。你這傢伙，什麼助手啊？」

「是現在這樣我才說的，我只有這件便服。如果真的吐了，青岸先生，請借我衣服。」

「啊？你住在這座島上吧？」

「我平常都穿廚師服……」

這麼說來，大槻連抽菸的時候都是穿廚師服。他是個超級大懶鬼，這樣似乎很合理。雖然不是完全接受，但也說得過去。

「那你就給我穿廚師服。我自己也沒帶多少衣服，一點都不想借你。」

「廚師服是小間井管家負責在管，打死我也不想開口跟他拿衣服，那樣喝酒的事就露餡了。」

「不想挨罵就不要做壞事！」

「哇，這句話現在好有說服力喔。」

喝完杯裡的酒後，大槻終於癱坐下來。

「青岸先生，我好像不行了。沒辦法，你先走，讓我留在這裡吧，之後我會看著辦。」

雖然不知道大槻是要看著辦什麼，怎麼看著辦，但看他那副精疲力盡的樣子，問了也不能怎麼樣。無論如何，青岸已經知道開瓶器的用法，再待下去也無濟於事。

「青岸先生。」

離開酒窖前，大槻喊道。青岸回過頭，心想大槻該不會要自己照顧他吧？然而，紅著一張臉的大槻卻用認真的眼神盯著青岸。

「我是因為會做菜所以做菜，你也一樣。如果有能力解開案件的話就去解吧。偵探是正義的一方，對吧？」

以醉漢而言，這句隔了一段時間才丟回來的回答實在太過真摯。

「如果我是凶手的話，會希望你罵我喔。」

「那可不是罵完就沒事了，會下地獄。」

「那個真的不行，一定很熱……」

大槻的話尾漸漸消失，或許是直接睡著了吧。這樣就好。

不用青岸，大槻只要由小間井來罵就夠了。

4

「青岸先生你好過分！為什麼助手面臨危機卻沒有出手幫忙！」

青岸一離開酒窖便遇到了伏見。伏見一臉忿忿不平地瞪著自己。

「要不是今天的命案，我就會被當成凶手耶！啊，那個，我不是在高興發生了命案……」

伏見鄭重地補上解釋。她的本性大概很認真吧。

「我從來沒說要讓妳當助手喔。」

「為什麼！我們有共同的敵人，跟其他人比起來，我是最適合的助手人選吧？身為社會正義聯盟，我們應該一起行動！」

伏見慷慨激昂，眼底閃耀著熱情的火花。

那雙眼睛的光彩，在青岸眼中也跟之前大不相同了。畢竟，青岸已經知道伏見背後有位名叫檜森百生的記者，伏見是繼承他的遺志站在這裡。就這層意義而言，伏見和青岸很相似。不，跟一蹶不振的青岸相比，伏見積極多了。

「那個，你還是不願意嗎？還在生氣？或是，跟其他人一樣還在懷疑我……」

或許是對青岸的沉默感到不安，伏見小心翼翼地問道。

連環殺人的出現真的能洗清伏見的嫌疑嗎？從動機來看，繼常木之後，政崎也被殺害實在是大豐收。此外，報島也消失了蹤影。伏見的目標是將大人物一網打盡，應該會很滿意這樣的結果吧。

問題是地獄的規則。伏見還活著代表她沒有連續殺人。但可能有殺一個人就是了。

青岸想像伏見與某人同謀、行使殺人權利的樣子，隱隱約約地心想，或許也有這種古典推理的犯案模式。

「……妳真的不是凶手吧？」

「我是記者。我的確無法原諒常木，但不會想用刀殺他。我有文字這項武器。」多麼夢幻的發言。天使的制裁比用文字改變世界有力多了。即使處於這個世界也想用報導文字改變什麼簡直是不知天高地厚。然而，伏見的這份直率卻耀眼得令人眩目……勾起了青岸的感傷。

「所以，我是來幫你的。青岸先生，我們接下來要做一件事吧？」

「什麼事？回去案發現場嗎？」

「這或許也可行，不過我著眼的地方不在那裡。我說的是，我們應該去繞常世島一圈，尋找可能躲在某處的報島！出發吧，名偵探！果然，說到偵探助手就是記者啊！華生也是記者，對吧？」

說著，伏見強行拉住了青岸的手臂。伏見的力氣意外的大，青岸好不容易才補上一句：

「華生是醫生，笨蛋。」

今天的常世島也是萬里無雲的好天氣。天使不怎麼喜歡這樣的天氣，藍天中飛翔的身影比昨天少了許多。

不過，天使本身的數量並沒有減少。走出常世館，處處都能看到在地面上四處爬行的天使，那不是什麼令人愉悅的光景。天使的舉止有如公園裡的鴿子，看著這樣的天使，不禁覺得他們的數量可以再少一點。

「來，青岸先生，這是最適合當白羅的好天氣吧？請用名偵探之眼找出潛藏起來的報島。」

「妳的表情一副連白羅叫什麼都不知道的樣子。」

伏見雖然露出一張苦瓜臉，卻也沒有任何回應青岸的意思。青岸總覺得自己和這個女生的頻率不太合。

儘管如此，青岸依然跟伏見同行的理由，是因為她的著眼點並不壞。

如果政崎遇害時有第三人在場，順便又是那個第三人殺了政崎的話……

報島或許就潛藏在島上的某處。在那個狀況下，報島只要隱藏蹤跡，就能營造出自己墜入地獄的假象。之後，他便可隱形，暗中活躍。

只要找到活著的報島，之前的那些前提和案件的樣貌將會全盤改變。如果是這樣，就必須徹底搜一遍這座島嶼，任何角落都不放過。

「你在島上散步過嗎？」

「沒有，頂多是在別墅和抽菸塔之間來回。」

「常世島是座平緩的山丘，常世館位於山頂的位置，從港口到常世館之間雖然有鋪道路，其他地方卻幾乎維持原始的地貌。島上有些地方有留下前任島主半途而廢的開發痕跡……」

伏見拿出地圖向青岸說明。

「從島上的一端走到另一端需要多久時間？」

「大概二十分鐘吧。這裡很小吧？」

「以私人島嶼來說，算數一數二了吧？不過，不太妙……」

就算要搜索，常世島上能藏身的地方實在太多了，加上島嶼外圍似乎還有海灣和洞窟，只要有心，便能待在一個地方據守不出。當然，食物和水或許是個問題，但只要有人協助，島上能藏身的地方要多少有多少。若是真心想抓人，只能趁對方睡覺或是鬆懈的時候吧。

此外，青岸他們也不是百分之百肯定報島是真的藏起來了，某種意義上來說，這就像要證明惡魔不存在一樣。報島或許潛藏起來了，又或許，如眾人所料下了地獄。

「就算他被人殺害丟到海裡，我們也不知道。」

青岸喃喃自語，輕輕搖頭。再這樣反覆推測也無濟於事。

伏見不理會青岸，朗聲繼續說明：

「島上有三口井，但似乎都乾枯了。如果還能用的話，我也不會那麼輕易跑去常世館。」

「放棄掙扎，早點過來後很舒服吧？」

「是很舒服啦……這一點該說是令人生氣嗎……不過，在常世館裡工作的人都對我很好耶。就連抓住我的小間井管家也是，談過話之後才發現他是個好人。」

伏見雖然滿腔正義，卻似乎很容易受這種人情左右。不過，闖入敵人大本營卻獲得款待，會受影響也是無可厚非。

「總之，有個目標應該比漫無目的亂走好吧？我們要不要把這座最遠的井設為目的地呢？」

伏見敲敲地圖徵詢青岸。過了一會兒，青岸頷首表示同意後，伏見立刻露出燦爛的笑容。

「不愧是青岸先生。我們走吧，這樣一定能朝破案邁進一大步！」

青岸和伏見一路走到井邊大約花了十五分鐘。看來，伏見的預估頗為正確，從島上一端走到另一端需要二十分鐘。

「這就是我說的那口井，大概是因為緊鄰懸崖的關係，非常深……」

那是座利用水桶汲水的水井，雖然年代老舊卻十分堅固，無論是石頭堆砌的井體本身還是聯繫水桶和井繩的滑輪看起來都不太有缺損。青岸碰了碰井繩，繩子出乎意料的結實，最特別的，是那不可小覷的長度。

因為，這口井相當深。

井口上方的小屋篷遮蔽了陽光，使人難以看清井底，若非沉滯的空氣和些微反光顯示井裡不是單純的虛無，青岸或許會以為這是一處將黑暗本體關起來的深淵。

這口井過去應該有相當程度的水量吧，只是當井水不再冒出後，水井的深度便帶上凶器的色彩。一想到摔下去必死無疑，青岸便有些膽怯。

「怎樣，是沒用的井對吧？我看了之後好失望。」

伏見滿不在乎地說，一點都不明白青岸隱約感受到的那股恐懼。

「只是失望嗎？這摔下去會死人喔。」

「身體不要探出去就沒關係了吧？我覺得想像從懸崖這裡掉下去會怎樣更恐怖。」

伏見一步步走近懸崖。嘴上說恐怖卻大剌剌地不停靠近是為什麼呢？正當青岸提著一顆心，害怕伏見會就此摔落時，伏見突然開朗地「啊！」了一聲。

「青岸先生！這裡好像有個凹洞，類似藍洞那種感覺。」

「這裡不可能有那麼漂亮的地方吧？」

「別管漂不漂亮，先下去——啊！」

早一步爬下斜坡的伏見訝異地倒抽了一口氣。不會吧？報島不會真的藏起來了吧？

青岸留意著腳步爬下斜坡後，一樣出乎意料的東西映入他的眼簾。

「青岸先生，那是……！那是船！他們明明說島上沒有船！」

眼前，是艘看起來要價不菲的汽艇。不同於古老的水井，汽艇有著相當新穎的外型且性能十足的樣子，用來讓有錢人海釣，綽綽有餘。不過，大概是長時間沒有使用的關係，駕駛座上積了一層灰。

這艘汽艇與水井的直線距離不到幾公尺，剛才之所以沒發現，是因為不會有人特地窺探這塊地方。

「太棒了，青岸先生！這下大家不就能逃離常世島了嗎？這是我們的功勞！」

伏見興奮不已，眼裡閃爍著期待的光芒。

「青岸先生，我等不及了，快回去告訴大家吧！這樣一來──」

「喂，等一下。」

「為什麼？我們有機會離開這裡了，怎麼你看起來一點也不高興的樣子！」

「看這個座位，這是艘雙人汽艇，再勉強也載不下更多人。這樣一來，妳覺得會發生什麼事？」

青岸的話令伏見瞪大了眼睛。接著，大概是自己想到了答案，伏見微微點頭。

此外，這種汽艇應該開不回本島吧，頂多只能出個海或是前往附近的觀光島嶼。不過，倒是可以和周圍保持距離。

疑神疑鬼的人可能會想一個人霸占這裡，最後搞得大家為了這條船互相殘殺。在見識過天澤失去理智的狠樣後，難保不會發生這種事。

「重點是，小間井管家和倉早小姐不可能不知道這艘汽艇的存在吧？儘管如此他們卻閉口不提，就是預測賓客會起爭執。」

從駕駛座上累積的灰塵來看，這艘船顯然平常沒人使用。當常木著迷天使的程度惡化後，這艘船也跟著除役了吧。如此，船有沒有在保養都令人值得懷疑。

「話說回來，妳有遊艇駕照嗎？」

「咦？我沒有……但別看我這樣，我也出海釣過魚。檜森前輩喜歡釣魚，我看過他開船……」

「這不是看過開船就能搞定的東西喔，這種大小是會翻船的。」

「就算你這樣說……那，那我可以請其他人載我。」

「我記得，那群人裡面有遊艇駕照的只有爭場，他早餐時說過類似的話。妳覺得那傢伙會願意載妳嗎？不管怎麼樣，感覺妳都搭不了這艘船。」

「……那就沒用了呢。話說回來，油箱裡好像也沒油，也不可能偷偷開出去了嗎……」

前一刻還活蹦亂跳的伏見漸漸陷入沮喪。

「妳本來想出島嗎？」

「其實……唉，有一點吧。因為很可怕不是嗎？」

伏見意外坦率地承認了。那聲「可怕」和記憶中坐在事務所沙發上的木乃香重疊在一起。

「有人在這種狀況下遭到殺害，現在已經少了三個人……明明是我自己主動來這座島的，結果卻這麼軟弱。我來這裡是為了揭露卑鄙的殺人手法，但看到眼前真的有人被殺害時，卻害怕得無法動彈。」

「這是殺人案，有這種反應很正常。」

「說到底，大家過去都是因為有天使在所以覺得很安全吧？我採訪自殺式攻擊，自認為接觸到了殺人與制裁，結果對於自己可能會被殺害的念頭，竟然有『久違』的感覺。這種習慣也很可怕呢。」

天使降臨後，在「殺人」與人類之間隔了一層薄膜。儘管沒有自覺，但應該有許多人在這層薄膜裡感受到些許的安心。

此時，一隻飛向海岸的天使一個迴旋，朝青岸他們飛來。天使逐漸逼近、發出刺耳振翅聲的模樣不管什麼時候看都有股壓迫感。靠在汽艇上的伏見驚叫一聲，誇張地跳閃開來。

「哇，突然飛過來。是因為我們在談論天使嗎……唔！他在看我。」

「天使沒有眼睛吧。」

「那張平平的臉有點恐怖對吧？如果能像這樣，再更有表情一點的話……也還是很恐怖……」

雖然陰森森的，但比起有表情或聲音，還是現在的設計比較好。

「天澤來這裡的話，又要出動撥火棒了吧。」

「他那個氣勢真的很不得了。」

「對啊，我當時嚇了一跳。雖然他上電視時也絕對不會靠近活生生的天使，不然就是撇開視線，所以我也懷疑過，但沒想到他真的討厭天使。」

「怎麼說呢，感覺就像哈密瓜農夫討厭哈密瓜一樣。」

「可是，我也能理解他討厭天使的理由。畢竟這個世界的天使感覺比起天堂，更接近地獄。」

沒有人看過天使引導人類前往天堂的姿態，眾人看到的，總是將人類拖向地獄的纖細手臂。人類從這件事上尋找各式各樣的意義。

無論是常木還是天澤，都被名為天使的東西吞噬了。

長時間不斷面對天使，不可能不受影響。青岸也一樣，若再這樣繼續困在天堂的執念裡，也有可能會變成他們其中一方。對於天使，無論是愛還是恨，結局都是地獄。

「這是什麼？這邊的岩石上有類似樁的東西。」

如伏見所示，汽艇旁的岩灘上打了好幾根地樁，有點像搭帳篷用的營釘，彼此隔著相同的間距。

「只是用來綁船的吧。不過這艘船沒那麼大，需要這麼多繫船樁嗎？」

單單只是一眼望去，青岸看到的樁釘就超過十根，以小型汽艇而言，怎麼想都太多了。

「這艘船明明自己也有錨啊。這個起錨裝置是自動的吧，還真是下重本……」

伏見輕撫汽艇低喃，眼裡清楚流露出對汽艇的留戀。望著汽艇一會兒後，伏見把手從船上移開。

「好吧。青岸先生，汽艇的事就當作只有我們知道的祕密吧……至少在常世館的人提起前應該裝做不知道，對吧？」

「很懂事嘛。」

「因為是我自己決定要來常世島的，不可以逃跑。我必須有清楚的自覺才行。」

儘管臉上的表情像個迷路的孩子，伏見還是毅然說道。

之後，青岸和伏見繼續探索，也看了其他水井。其中一口井只要探出身體就能碰到底，另一口井的深度則是和靠近遊艇的水井差不多，但無論哪口井，都已經枯涸。值得慶幸的，大概就是所有井裡都沒有報島的屍體吧。

「對了，妳是跟我搭同一艘船來的吧？」

回到常世館後，青岸送伏見回房。由於伏見一副說完「謝謝」就想關門的樣子，青岸於是像昨天一樣伸出腳卡位。遭到阻攔的伏見半瞇著眼，埋怨地看著青岸，不情不願地回答：

「沒錯。所以我看到你的時候嚇了一跳，因為我們已經遇過一次了。謝謝你那時沒有跟常木報告我的事……」

伏見似乎有些尷尬地說。看來，本人也認為那樣的舉動應該反省。雖然事到如今，青岸並不確定自己當初放過伏見的判斷是否正確。

「那種蹩腳的跟蹤沒必要報告。」

「怎麼會！不，沒報告很好，很值得感謝啦……不過，你明明是偵探卻沒發現我在船上吧！意思就是我也稍微成長了不是嗎！」

「閉嘴。我私底下和工作時的注意力不一樣。」

話雖這麼說，伏見卻偏著頭露出意有所指的笑容。

的確，青岸沒有察覺到伏見是事實。就算撇除渡輪本身十分寬敞以及實際工作人員只有倉早一人這兩點，伏見仍然可說藏得十分巧妙。

「我想說的不是這個。妳身上有沒有那封把妳叫來常世島的信？我想看看。」

「啊，有！我有帶來。請稍等。」

伏見微微擺出握拳振臂的姿勢後，從房裡拿出一只樸素的信封。從這只毫無特色的信封，應該很難鎖定寄信者是誰吧。信封上的地址也細心地使用電腦打字，無懈可擊。

「信封裡放的是這兩張信紙和郵輪的內部地圖。」

一張信紙以電腦打字，冷冰冰地印著「想不想揭露常木王凱的罪行？」另一張寫的則是倉早在郵輪上的工作時間表。當然，有這張表不等於絕對不會被人發現，但卻也是一層保障。

「還有其他東西嗎？可以當作線索的一些東西。」

「請講點道理好嗎？不過，寄信的人一定在來這棟別墅的十個人之中對吧？只有這十個人知道常世島有活動。」

「應該吧……」

然而，青岸卻完全想不出誰把伏見找來島上可以獲得益處。對那群人來說，記者只會礙事……不過，要說伏見來島上做了什麼事，頂多就是披上殺害常木的嫌疑……

突然，青岸得出某個想法。

如果，這就是她的任務呢？

青岸想起最先遭人懷疑的伏見。

如果說挑選伏見的原因就是方便在殺害常木後打造一個凶手，讓她當代罪羔羊的話——

「總之，這封信交給你，請繼續努力解開真相！就這樣。」

「喂，助手工作結束了嗎？」

看到伏見打算就這樣關回房裡的模樣，青岸下意識出聲挽留。

「我要在房裡整理思緒。沒問題的，即使沒有我，青岸先生一定也能圓滿達成偵探的任務吧……我很期待。」

「妳是用什麼立場在說話啊？」

「唉呀——嗯……什麼立場呢……」

此時，伏見突然想說什麼的樣子。至少，在青岸眼裡看起來是那樣。

不過，伏見沒有說出口，以模稜兩可的笑容帶過。

最後，伏見毫不留情地關上了房門。青岸並不是那麼想要助手，伏見不一起行動就不一起行動。只是，有些東西他無法釋懷。從過去的經驗中青岸非常清楚，硬是自己找上門的人都不是省油的燈。

5

報島擁有很強的防盜意識，房門上了鎖。

此次事件中，這裡應該是情報含量僅次於案發現場的地方。然而就算想開鎖，由於常世島的門鎖跟飯店一樣採磁卡感應，青岸也無從下手。

正當青岸想著乾脆踢壞房門時，身旁傳來一道清亮的聲音：「怎麼了嗎？」

「那裡是報島先生的房間……不，您應該不會弄錯……您是想調查報島先生的房間嗎？」

倉早露出為難的表情。以倉早的立場而言，就算報島生死未卜，也還是很抗拒未經同意讓他人進入賓客房裡這件事吧。

「可以的話我想進去……根據報島房裡的東西，或許可以知道他為什麼會做那樣的事。」

「意思是，或許也能知道為什麼報島先生非得用那種方式殺害老爺和政崎議員吧……」

「嗯嗯，至少應該能揭開殺人動機。」

青岸沒有任何根據，但此時不虛張聲勢便無法開門。

「我知道妳很猶豫，但能幫我開門嗎？妳可以在旁邊監視，以防我有什麼可疑的舉動。」

「拜託。」青岸強調。煩惱再三後，倉早妥協了。

「……好吧，我去拿萬用鑰匙。」

「真的嗎？」雖說是自己提出的要求，青岸仍然感到訝異。

「我能理解這是調查必須的……而且，為了確認報島先生的安危，我和小間井管家已經進去過了……毫無見識的我們已經先侵犯了客人的隱私。」

倉早略微停頓一下，笑著補上一句：

「再加上，我是您的助手啊。」

以這個頭銜自居的人，倉早是第三個。

老實說，這是目前為止最值得信任的助手。

報島的房間基本上也與其他客房無異。只是，或許是很習慣住在這裡的關係，從使用方式上看得出報島的隨便。他將換下的衣服丟得到處都是，大肆移動房裡的家具，地上甚至還有喝完的葡萄酒瓶，簡直把這裡當自己的領地了。

「報島先生說他的東西放著就好，不用整理，所以我們幾乎不太會進來。報島先生多次蒞臨常世館，似乎住得很自在。」

「很自在啊……亂七八糟成這樣，難得的好房間都在哭了喔。」

房裡有太多殘留痕跡，青岸猶豫著不知該從何處下手。面對這樣的青岸，不知為何顯得精神奕奕的倉早轉身說：

「來吧，青岸先生，如果您有想調查的地方請交給我吧。別看我這樣，我在打掃房間上有屬於自己獨到的見解，或許也很擅長找出線索呢。」

「……啊……這樣啊？」

「青岸先生，儘管對我這個助手下令吧。」

倉早笑著說完後，突然換上認真的表情。

「館裡發生的這些事，事態嚴重。我想，最好的方法或許就是在各位留宿期間提供幫助，並以助手的身分跟隨您吧。如果我一個人的力量不夠，小間井管家也會一起協助您。」

「小間井管家嗎……」

在常世館工作的三人中，小間井就某種意義而言是青岸最不了解的人。小間井和倉早一樣，既無殺人動機也無可疑之處，和青岸太沒有交集了，令青岸忍不住擔心自己是否遺漏了什麼重要之處。

大概是看青岸陷入長思，以為他在懷疑小間井，倉早神色堅定地說：

「請放心。我、大槻還有小間井管家都不是凶手。」

「妳有證據嗎？」

「有，范達因的推理小說二十則。二十則裡似乎有說，傭人是凶手是禁忌。我從來沒有像這次這麼感激自己的立場過。」

「妳是在開玩笑吧？」

「或許是願望吧。」

倉早完美的假笑實在太不適合開玩笑了。不過，她是真心想讓青岸放鬆。

「……那，如果發現什麼奇怪的東西請跟我說。比起工作，這次請用調查的心情來看房間。」

「遵命！我會全力以赴。」

倉早行了一禮，前往浴室。青岸一面為倉早馬上就朝那裡進攻的手腕感到欽佩，一面走向床鋪。

亂糟糟的床邊原封不動地遺留著報島的行李。皺巴巴的背包中塞了香菸盒、筆記型電腦、筆記本和換洗衣物。

總之，青岸先打開筆記本，裡頭只記錄了鉅細靡遺的採訪時程，沒有什麼重要情報。青岸迅速翻過筆記本，有個東西從封套裡掉了出來。

是枝鋼筆。藍色系筆身搭配金色線條，與政崎的筆十分相似，但細節的質感卻有著天壤之別，最重要的是，這枝筆還有個不需要的功能。

青岸檢視筆蓋，往左一撥，馬上感受到一種類似轉盤的觸感。他繼續撥轉，拉開筆蓋。

鋼筆傳出了報島的聲音。

『這東西就交給我處理……我們回到正事上吧。』

果然，這不是鋼筆，而是仿造鋼筆外型的數位錄音機。由於常被拿來做不好的用途，老實說不是什麼有品味的東西。青岸細聽錄音的內容。

『所以，議員你是認真要離開「同盟」吧？』

『嗯，回去後我一定要退出……還有常木的事業。反正常木死了，他旗下的事業也會亂成一片吧。我就趁這個機會斷絕關係。』

同盟。雖然有點在意這個沒聽過的詞，不過順著兩人的對話聽下去，這可能是政崎他們對自己那夥人的稱呼。

『我一個一個確認喔，和你聯手的人有丹代、津木還有……』

政崎接著報出一連串的名字，政崎時而肯定，時而會說「這個不是」，予以否定。兩人持續著這樣的對話。

這是什麼啊？青岸才感到納悶，報島便突然說道：

『你不需要後悔吧？不殺常木的話，不只是我們，連爭場先生都會有危險。你別忘了，那傢伙因為天使真的變得很奇怪。』

『是啊……常木他……甚至還為了那種莫名其妙的怪物撒大錢……』

『不只這樣，他搞不好還會說自己已經洗心革面，想把過去的事全招了。要是那樣的話，一切就都完了吧？』

『……是啊。真是的……事情怎麼會變成這樣？那傢伙真的有可能會這麼做……』

『如果那樣的話，我一定會最先被切割，最壞的情況還有可能被當成替死鬼。我們是在被殺死前先下手為強，他活該。』

政崎回了一句什麼，報島語氣諂媚地說了些沒意義的客套話。

『那我們今晚再來決定細節吧。別擔心，我站在議員這一邊。』

錄音到此結束。青岸查了下是否還有其他檔案，但錄音筆只留下這段紀錄。

不過，竟然說「我站在議員這一邊」嗎？知道報島接下來會做什麼的話，這句話只讓人覺得背脊發涼。因為，在這段談話後，報島用米迦勒的長槍殺了政崎。

青岸不是很了解這兩人錄下來的談話內容。不過，他知道一開始的「這東西就交給我處理……」是什麼意思。「這東西」指的就是這臺數位錄音機吧。報島以此為名目，順利從政崎手中拿到了錄音機。

政崎這個人，感覺光是聽到鋼筆被掉包成錄音機就會失去冷靜，要矇騙這樣的他應該很簡單。報島於是在收下錄音機後偷偷按下開關。

他這麼做的原因，恐怕是為了將後半段的談話當作威脅的籌碼吧。這段錄音有滿滿的名字，都是與政崎聯手的重要人物。只要拿出這個檔案，即使離開常世島，政崎也無法違抗報島。

「倉早小姐。」

「什麼事？」

「我離開一下。這裡可以交給妳嗎？」

「好，沒問題。」

「謝謝。」

青岸借走了鋼筆和筆記本，來到走廊。

他的目標是樓下，剛才離開的伏見房間。

6

大概是察覺到不好的氣氛吧，即使青岸按了門鈴，伏見也閉門不見。青岸沒有時間跟先前一樣以宇和島為誘餌，不得已，只好像個討債似地用力拍打伏見的房門。

「喂，助手！妳自己說妳是助手的，給我出來！幫幫我！」

「不要敲，不要敲啦！其他人看見了會把你當成凶手喔……！」

伏見邊抱怨邊打開房門。青岸將錄音筆擺到她眼前。

「我開門見山說了，這是妳的東西吧？」
「咦……你在哪裡找到的？」
「夾在報島的筆記本裡。」
「難怪我找不到……！那個臭記者……！」
伏見嘖了一聲咕噥道。
「妳之前鬼鬼祟祟的該不會就是在找這個吧？」
「……沒錯。前天，我在屋子裡被抓到的那天，吃過午餐後常木找我去他房裡詢問……還是該說審問？要我舉出有合作關係的媒體。」
如同倉早說的那樣，這一定是為了「制裁」伏見吧。
「我當時因為緊張弄翻了包包裡的東西，應該是那時候掉的……要是讓人知道我帶著這種東西，不就會被發現我是準備好來刺探常木的嗎？所以我才想把它找回來。」
「妳這個樣子真的有辦法做好記者嗎？」
「弄翻包包和記者的資質無關。所以，是報島吞了我的錄音機嗎？真的是不能大意耶。」
「不，拿的人應該是政崎。他有枝類似的筆，大概是搞錯了。」
「是嗎？反正都一樣。」

都一樣嗎？青岸瞬間懷疑。不過，他現在最想問的不是這個。

「問題在錄音的內容。我給妳聽，注意後面出現的名字。」

青岸重播錄音到報島接二連三舉出名字的地方。結果，伏見瞪大了眼睛。

「這些都是企業高層的名字，一直被懷疑向政崎提供不法政治獻金，還有些是因為自殺式攻擊間接得利的人。」

「感覺常木和同盟的其他人已經不是合不來的問題了……」

「原來那是真的……」

「什麼真的？」

「據說，常木打算中止對政崎的贊助。實際上，常木王凱也連續對政崎經營的公司中止了金援。我原本以為常木王凱雖然中止贊助卻還是邀政崎到島上來，是打算繼續維持彼此的關係……」

應該說，這次的邀請是常木王凱下的最後通牒吧。如果政崎不順著常木的意——讓常木從同盟安穩脫身的話，常木將給予更強烈的經濟制裁。

「報島也說自己會被切割……什麼嘛，除了我以外，這些傢伙也有動機嘛，更深厚的動機……」

「從這段錄音聽起來，他們似乎也被逼得很緊。」

除了中止贊助外，報島他們有一部分更擔心的是常木對天使日益加劇的迷戀。

如果常木對天使的信仰繼續加深，可能會對自己一行人做過的事感到後悔，向世人坦承一切。報島他們會這樣擔心也不是沒有道理。擔心常木為了能面對天使，認為必須面對自己的罪行。

「……然後可能就演變成，如果殺常木一個人能解決問題的話就這麼辦，對吧？」

「現在的人類，每個人都有一次殺人的權利……反正，那些傢伙一直在非法利用這項權利……」

「真是爛透了。雖然我本來就這樣覺得了，但這群傢伙真的不是人。」

伏見苦澀地說。突然，她露出想到什麼的表情。

「也就是說，這是項大功勞吧？要不是我把錄音機忘在常木房裡就聽不到這段對話了吧？然後也不會知道他們對常木不滿了喔。這是我的功勞吧！」

青岸不禁語塞。這麼說或許沒錯，但要青岸就這麼承認總覺得有些不甘心。伏見的數位錄音機雖然填補了失落的環節，但她本人什麼事都沒做。

「如果沒有我，我們就會一直不明白報島的動機！這樣一想，不是很厲害嗎！對吧，青岸先生！是這樣吧！」

「可是，報島殺害政崎的理由卻越來越讓人想不通了。以這段錄音來說，他們利害關係一致，沒必要分裂吧？是發生了什麼事才會讓報島拿長槍刺政崎的喉嚨？」

「……結果又回到這裡了嗎？」

「我們知道有錢人殺人同盟之間起了內訌……」

儘管線索逐步增加，青岸卻絲毫沒有接近真相的感覺。在希望常木死掉這點上，政崎和報島應該是一致的。那天，政崎的房裡究竟發生了什麼事呢？

青岸最後沒有結論。唯一敢說的，就是存活下來的爭場和天澤，應該都為常木王凱的死感到高興吧。

回房前，青岸再次前往天使展覽室。

被設立在最醒目之處的天使像，手中已沒了長槍。

失去長槍的天使像十分難看。天使像本來的外型就像隻駝背的猴子了，不自然彎曲的手臂現在看起來很呆。長槍原本似乎是靠在天使的手臂裡，也就是說，任何人都能將它取出來。

失去長槍的天使像沒有一絲神聖莊嚴，搶走長槍的人類看著這樣的天使有什麼反應呢？

7

青岸離開天使展覽室時已近日暮時分。

大概是太陽西下便會變得活躍吧，窗外的天使顯得格外醒目。儘管發生命案，天使依舊只是在空中飛舞，不向世人展示真相。

同盟的存在讓常木的犯罪輪廓變得清晰起來。這座島上的賓客以常木為中心，濫用天使的規則，讓許多人陷入不幸的深淵。

伏見仰慕的前輩也是。事到如今，檜森百生的死亡怎麼想都是常木等人搞的鬼。面對逼近自己罪行的檜森，常木他們便按老規矩，**讓他捲入意外**吧。

殺死赤城他們的也是「同盟」嗎？因為四處奔走阻止自殺式攻擊，成為同盟的眼中釘，所以才殺了他們嗎？赤城他們一直奉行的正義之舉，兜兜轉轉後卻成了自己死亡的原因嗎？

不，應該不是這樣。如果赤城他們是同盟的殺害目標，常木應該不會邀請青岸來常世島。那場車禍是真正的自殺式攻擊。

——慷慨赴義與被捲入沒有道理的不幸中死亡，哪一種才能獲得救贖呢？

此時，青岸察覺心中浮現一股奇妙的想法。

青岸希望赤城他們的死是單純的偶然，而非常木等人的陰謀。

這種心情的原因很好回推，理由只有一個——因為常木已經死了。因為青岸再也無法讓常木接受制裁也無法找常木報仇。

察覺到自己的這種心態後，青岸衝動地揺向一旁的牆壁。到頭來，青岸的救贖也還是走到了那個方向嗎？如果青岸是在常木活著時知道同盟的存在——刺下那把刀的人，或許是自己也不一定。這樣的想法瞬間掠過腦海，青岸連忙甩頭。那應該不是赤城所期許的正義。偵探青岸應該正正當當，想辦法讓對方接受法律的制裁。

然而，與那把短劍有著相同形狀的想法如今仍在青岸心中沸騰翻滾。青岸明明是以偵探的身分調查案件，卻忍不住覺得常木王凱死有餘辜。如果報島是和政崎起內訌而死、墜入地獄的話，青岸甚至想為此鼓掌喝采。有這種想法的自己算什麼呢？這樣還是偵探嗎？

如果青岸只是為此煩悶倒還好。

但他卻忍不住進一步思考，同盟裡還能讓其接受制裁的存在。

所謂的因緣巧合真的很可怕。青岸為了冷靜來到別墅客廳，在這裡遇到了此刻最不想見的人。

「……爭場先生。」

爭場雪杉靠在單人沙發裡無所事事地望著窗外，他身旁有杯滿滿的咖啡卻不見熱氣，大概是放了很長一段時間，一口也沒喝吧。

「唉呀，是青岸啊。」

「你怎麼會在這裡？」

「我不想碰到在三樓晃來晃去的天澤老師。他看起來很虛弱，除了以前就認識的小間井管家和倉早小姐，把所有人都當成敵人，尤其特別討厭我。再這樣下去，他可能會殺了我，所以我才逃來客廳。在這裡，還能喝到美味的咖啡，對吧？」

爭場雖然語帶戲謔，卻不見得完全是在說笑。現在只能祈禱小間井和倉早能順利安撫天澤了。

看著冷靜的爭場，青岸心想：

他們沒有明確的證據。

然而，從至今出現的旁證來看，爭場有很大的嫌疑。畢竟，他也是同盟的一員。調度自殺式攻擊的武器，最後開發「茴香」的人是爭場吧。他在同盟裡擔任這樣的角色，所以他的事業在天使降臨後依然蒸蒸日上，爭場控股公司根本不是什麼走一步算一步，反而是因為這樣的世界才得以興隆。

爭場就是青岸他們在找的「凶手」。

問題在以後。離開常世島後，青岸有辦法證明爭場的罪行嗎？常木王凱已死，爭場的惡行會曝光嗎？青岸能讓爭場接受法律制裁，為赤城他們報仇雪恨嗎？

青岸必須這麼做，同時，卻也覺得這些事或許無法實現。

能夠走到今天這一步，爭場想必是個深謀遠慮的人，一定可以輕鬆避開法律的追究。常世島發生的這些事或許也會讓他提高戒備。還好除了天澤，同盟裡的主要關係人都死了，爭場怎麼做都行。也許，他會藏起狐狸尾巴，徹底脫罪。

如果是這樣的話，青岸一定會後悔莫及。

然而，青岸現在有別的選擇。

沙發裡的爭場毫無防備，青岸可以在這裡殺了他。

如果打起來，青岸能贏爭場。因為，自己是帶著殺意攻擊。若是就這樣離開常世島，恐怕就再也沒有能殺爭場的機會了。爭場位於企業的金字塔頂端，連像這樣單獨一人的情況都很難得。

心臟在胸腔間劇烈跳動，青岸開始耳鳴。他厭惡自然而然得出「殺人」這個選項的自己，卻止不住這樣的念頭。

「青岸，你怎麼了？」

「……你……」

青岸脫口而出。

「你說過，天使是不合常理的象徵……你覺得天堂存在嗎？」

「我不知道。」

爭場乾脆地回答。青岸繼續說道：

「你不怕天堂或是地獄嗎？我……我知道你們幹的好事。你難道不會有罪惡感嗎？」

即使沒有說出具體內容，爭場應該也聽得懂吧。

證據就是，爭場臉上柔和的微笑消失了八成。爭場的長相本就嚴肅，散發著壓迫感。儘管如此，爭場的語調依舊溫和。

「我們幹的好事嗎……」

「沒錯。」

他會後悔過去的所作所為，坦承自己的過錯嗎？青岸期望著。若是這樣……若是這樣的話會如何呢？青岸能原諒爭場嗎？如今，連「原諒」的意思，青岸也越來越不明白了。

然而，爭場卻與青岸的期望背道而馳，吟唱似地繼續說道：

「以前，我曾去過某個外國城市，那裡治安敗壞，街頭幫派橫行。敵對勢力只要一碰面就會爆發爭執，場面驚險刺激。」

青岸不知道爭場說這些話的意圖，靜靜聽著。

「因為真的是每次碰面都會惹出麻煩，所以兩個幫派的代表就在城市裡畫了一條線，像是『越過這條線是你們的領地，這條線之內是我們的勢力範圍』這樣，簡直就像是小孩子在玩搶地盤遊戲一樣，卻意外起了卓越的效果。」

「爭執消失了嗎？」

「爭執減少是減少了。幫派分子都非常注意那條界線，遵守規矩度日。過去是因為沒有標準才會那麼常發生無意義的爭執，兩幫人馬不會碰面的話，紛爭也就減少了。但相對的，也增加了一些東西。」

「……什麼東西？」

「虐殺事件，手段殘忍得令人不忍卒睹。有了地盤界線後，幫派爭執因為井水不犯河水減少了，但卻也形成了一條消極的暴力規則——越過界線的罪人怎麼處罰都可以。如果聽到那些不可思議的行為，你絕對不會明白怎麼有人能做出那種事。但是，界線讓這些事化為可能。因為人們覺得在自己的領土內可以為所欲為。他們的猶豫和罪惡感都在這條規則下消失了。」

爭場以授課般的語氣繼續道：

「對我而言，天使就是那條界線。」

「……簡直莫名其妙，你在說什麼？」

「你不是問我嗎？問我難道不怕天堂或地獄嗎？你那個樣子簡直就像常木董事長上身。或者，更像變得過度恐懼天使的天澤老師吧。不過，無論哪一邊對我都不管用。就算天使出現也不會讓我下地獄，我現在也還在這裡。所以，沒必要去在意那些事。」

「你知道自己在說什麼嗎？」

「以前的我啊，反而是感觸比較多的人喔。雖說我是繼承父母的事業，但經手的是那些東西嘛，我很怕會為世界的某個地方製造不幸，擔心再繼續做這種生意會遭天譴。」

爭場的眼睛平靜無波得令人訝異。

「如果沒有天使，或許也會有其他什麼東西影響我吧。然而，我現在在界線裡，我堅守自己的位置，所以不需要有罪惡感也不用擔心死後的制裁。當我察覺這點後，就徹底解放了。」

聽到這句話的瞬間，青岸的身體自己有了動作。他衝向爭場用力抓住他的肩膀，手指幾乎陷進他的肉裡。爭場的表情雖然因疼痛而扭曲，眼底卻依然維持餘裕。

「製作『茴香』的人是你嗎？」

「你不覺得這個名字取得很好嗎？普羅米修斯以茴香當搖籃運送火種，改變了世界。那東西的火焰不會消失，跟神話一樣。」

青岸抓著爭場的肩膀，使出全力將他壓到牆邊。青岸可以就這樣輕而易舉地掐住爭場的脖子，這麼一來，他的復仇便完成了。

「你要殺我嗎？每個人都可以殺一個人，你要把這個權利用在我身上嗎？」

儘管處於可能被殺害的情況，爭場的口氣卻滿不在乎，背後是對青岸的嘲諷，篤定他做不出這種事。爭場的那句話像是在說「有本事殺得了我的話，你就殺啊」。

或許，青岸應該殺了爭場。即使在這裡殺了爭場，也是「界線內的行為」，是爭場說的「上帝容許的領域」。青岸還沒殺過人，天使不會處罰他。思及此，青岸不禁開始覺得殺了爭場才是正確的行為。只是不會受到制裁，便有種獲得寬恕的心情。沒想到自己這麼快就能理解爭場剛才說的那些話了。

然而，青岸卻漸漸放鬆力道。現在殺得了爭場，殺了他比較好。雖然這樣想，雙手卻沒有動作。

爭場看著預料中的發展笑了。他彷彿撥開蟲子似地推開青岸。全身失去力氣的青岸就這樣跌坐在地。

「我會用正確的方法讓你贖罪，不管花幾年、幾十年，一定會讓你接受正當的制裁。」

青岸擠出聲音道。

「好可怕喔。不過，應該會比你像這樣撲上來好吧。」

「就算沒有那樣，總有一天，你也一定會遭到天譴。」

「無力的人類永遠都會依賴上帝或天使。結果你也是這樣嗎？真遺憾。」

爭場嘴上雖這麼說，看起來卻很高興，似乎對走投無路的人轉向祈禱這件事感到樂不可支。

「反正常木董事長已經不在，我們『或許有做』的那些事也結束了。我賺夠本啦，這次就會退下來了。」

爭場拿起客廳的內線電話，聯絡小間井。由於不想撞上天澤，爭場表示希望有人來接自己。

「啊——天澤老師能不能就那樣自殺呢？但千萬別波及我就是了，我還不想死，也不想去天堂。我想活著離開這座島喔。」

青岸依舊無法起身，背對著爭場，他已經連看往爭場的方向都辦不到。最糟糕的是，虛弱與無力感令青岸的眼淚幾乎要奪眶而出。

看著那樣的青岸，爭場無趣地哼了一聲。沒多久，倉早來接爭場上樓。看見頹坐在地的青岸，倉早雖然面露擔心卻沒說一句話，和爭場離開了客廳。

客廳只剩下青岸一人，他的手上還清楚殘留抓住爭場時的觸感。不過，即使時間能倒退，他果然還是無法對爭場下手吧。

是因為青岸膽小懦弱，還是因為他仍然無法放棄當正義的偵探呢？無論如何，青岸都很無力。

如果要用一句話來形容那天晚上的話，就是「消化大賽」。

爭場和天澤關在房裡不出來，餘下眾人在一種難以形容的氣氛下聚集在餐廳裡，吃著小間井端出的即食食品，彼此幾乎沒有交談。不知為何，連大槻都趁機坐在餐桌旁。不過，小間井大概是相當疲憊了吧，並沒有出聲責怪。

爭場和天澤如果一直這樣閉門不出的話反倒令人感激。那兩個人無論如何都會把場面搞得很緊張。

「明天開始，天氣似乎會好轉。」

整間餐廳裡唯一明亮的，是倉早的話語。

「應該會是不適合天使出沒的好天氣吧。」

隔天早上，天澤齊從常世館消失了。

第五章　樂園天使不歌唱

1

「上帝到底是怎樣啊，丟這麼多天使出來，自己卻不讓人看一眼。」

天使降臨後，青岸曾不自覺地在事務所裡犯嘀咕。當時嶋野也在場，青岸有種說不出的尷尬。因為嶋野在成員中屬理性派，即使面對降臨也依然冷靜。不過嶋野並沒有笑青岸。他發出沉吟，思考了一會兒後說道：

「我可以說一件事嗎？」

「嗯。」

「我以前看過一本小說，應該算是短篇啦。某個地方有個男人，擁有一種拍照不會顯現在照片上的體質。男人下定決心，不和任何人合照。但跟他變親近的同伴不能接受，不聽男人的勸告，和男人一起拍了許多照片。因為，同伴察覺到男人其實很想拍照。不過，當他們分開後，同伴才發現男人當初勸告的真正含意。」

「真正含意？」

「原來，男人的勸告是為了同伴著想。因為，同伴變得每次拍照都會感受到男人的不存在。正因為照片不會顯現，所以被迫面對男人的不存在，為此而懊惱。不存在是最占空間的存在，這世界的神大概也是如此吧。明知有某樣事物但那樣事物卻絕不會現身，或許正是這樣才最能達到無所不在吧。」

「也就是說，」嶋野開了個頭繼續：

「上帝的自我表現欲強到不行。」

「噗嗤！」

這樣毫不避諱的說法令青岸不由得爆笑出聲。嶋野的表情像個惡作劇成功的孩子，圓眼鏡下的眼睛彎了起來。

「真想見見上帝。上帝長什麼樣子呢？如果跟我一樣是個平凡大叔的話，感覺好像能稍微愛祂一點。」

「一定不怎麼樣啦。啊啊，不過照你的說法，感覺祂應該是個非常注重形象策略的傢伙。」

「否則，祂也不會把世界和人類打造成這樣吧。啊……我原本想在赤城回來前寫完這些文件的，但現在沒心情做了。」

「已經可以了啦，我們來喝一杯吧。今天收工。」
「石神井小姐會罵人喔，然後你都會滿沮喪的不是嗎？」
「哪有！」
「沒辦法，我陪你一起挨罵吧。剛好，我才買了瓶好酒，如果是這支酒，你也會變成葡萄酒派喔。」

嶋野高興地取出一瓶白酒。那天喝的葡萄酒，的確很順口。

2

青岸吃完早餐在吸菸塔抽菸時，一道影子欺了下來。他抬頭，在天窗看到了天使的翅膀，天使似乎貼在塔上的樣子。雖然天使沒事不會撲過來，但在他們的俯視下，菸變得莫名難抽。

煙氣冉冉上升，天使不為所動，在高塔周圍打轉。

青岸無奈地從口袋拿出方糖，從窗口丟了幾顆出去。天使登時離開高塔，圍向砂糖。大概是聞到了味道，其他幾隻天使也聚了過來。這麼一看，天使就跟大型鴿子沒有兩樣。

青岸雖然沒有餵天使的興趣，但撒糖可以將天使引到自己喜歡的地方。不想在視線內看到天使時，這是最輕鬆的做法。只要準備幾顆方糖，就能轉移天使三十分鐘的注意力。

青岸瞥了眼拚命把臉放在砂糖上磨蹭的天使，再度回到抽菸塔內。他循著報島留下的香菸痕，將自己的菸也壓了上去，菸蒂發出「滋——」的聲響。此時，有人推開吸菸塔的大門。

來者是小間井。不抽菸的小間井是這裡的稀客，端整的表情因菸味稍微皺了一下。就某種意義而言，青岸已經很習慣這個模式了。果不其然，小間井開口道：

「抱歉打擾您休息。青岸先生，能請您立刻移步過來嗎？」

又是屍體嗎？青岸忍住差點溜出口的這句話。他將菸蒂丟進菸灰缸，改問：「怎麼了？」

「我們敲天澤老師的房門……房裡沒有回應。」

「是不是還在睡覺？」

「如果是這樣就好了，但因為平常這個時間天澤老師已經起床了……」

這麼說來，青岸剛來島上時曾在客廳遇過天澤。想起天澤一大早便神采奕奕的模樣，現在這樣或許的確有點異常。

青岸想起昨天爭場說的那些廢話，說他希望被逼得走投無路的天澤可以自殺。如果天澤身上那些過剩的壓力在不知不覺間爆發的話……

「我們想檢查天澤老師的房間，方便的話，希望您可以一起在場。」

那個小間井這麼明確地拜託偵探，代表事態比想像中緊急。青岸快步前往天澤的房間，倉早、伏見和宇和島已經站在門口。

「青岸先生，早安。」

「青岸先生！不得了了，這下子該不會……」

「妳不用來吧？回去。」

一聽到青岸冷淡的話語，伏見露出明顯受傷的神情。

「好過分！你都不會跟倉早小姐還有宇和島醫生說這種話！我昨天不是已經躍升為正式助手了嗎？」

「雖然是自稱，但應該是比人不在這裡的大槪有用……」

「好了，事不宜遲，快點檢查裡面吧。」宇和島道。

宇和島身上帶著診療包，看來是已經預想最壞的情況了。青岸屏住氣息。

當萬用鑰匙插入，房門開啟的瞬間，青岸感受到一種虛無。無人房間的蕭然。像是在驗證這些感覺似的，天澤的房間空蕩蕩的，不見主人的身影。這是間大小跟其他客房一樣的房間。

不同於報島，天澤的房裡幾乎沒有個人物品。桌上只孤零零地留了一本書，是那天他在客廳看的外文書，就連床鋪也鋪得整整齊齊，怎麼看都像是天澤自己離開了房間。

「意思是，他自己回去了嗎？感覺他是會做出這種事的人啦。」

伏見傻眼地說。小間井反駁：

「不，船是明天下午來，在這之前不可能離開常世島。」

「就算這樣說，但這間房間已經清得一乾二淨了吧？我不覺得天澤老師會回常世館了。」

伏見回嘴，一張臉繃得緊緊的。

「總之，先仔細找找看房間吧。」

在宇和島的催促下，其他人開始搜索房間。伏見仍是那張緊繃的表情，她走近青岸，彷彿兩人之間有心電感應似的，沒頭沒尾地說出自己的看法。

「船啦，船。」

伏見自信滿滿地說。

「我保證，汽艇一定不見了，天澤搭汽艇逃了。」

「……如果那是逃出這座島唯一的方法的話吧。不過，天澤有遊艇駕照嗎？」

「誰知道。人不見的話就代表有駕照吧。一定是這樣。」

「話不要說那麼滿。」

「我們偷溜出去看看吧，必須確認才行。」

伏見拉著青岸，青岸也就順著她離開房間。反正天澤應該也不在這間房裡，既然如此，去確認汽艇的情況也不是壞事。

青岸跟著打頭陣的伏見，一起前往西南邊的水井。他小心翼翼注意腳邊的狀況，爬下懸崖。

然而，與伏見的預期相反，汽艇跟昨天一樣完好如初地在那裡。

正確來說，汽艇雖然看起來稍微挪動了一下位置，但並沒有不見。

「……奇怪？」

伏見啞口無言，仔細地檢查汽艇。然而，狹小的駕駛座沒有能藏人的空間。

汽艇內的樣子與昨天顯然不同。除了方向盤，連儀表板上的灰塵都被擦得乾乾淨淨，很不自然。該說青岸竟然還有餘裕注意這種事，還是無法不注意呢？無論如何可以確定的是，有人來過這裡。

「油箱裡有油，有人加油了。」

伏見一邊進入駕駛座一邊低喃。

「某個人打算逃走卻在最後一刻放棄了嗎？為什麼……」

「與其說是放棄，應該是辦不到吧。」

回答這個問題的人是小間井。看他氣喘吁吁的樣子，大概是急急忙忙追上來的吧。遠方還有宇和島和倉早的身影。還偷溜咧？青岸內心嘖了一聲。

「青岸先生和伏見小姐突然從房裡衝出去，我還想是怎麼回事……兩位怎麼會在這裡……不，這也是當然的吧。沒想到你們竟然能找到這艘船。」

小間井果然知道汽艇的存在。

「你說辨不到是什麼意思……」

「這艘汽艇開不遠。老爺買下常世島後為了有個機動性高的移動工具，立刻買了這艘汽艇。可是……因為天使果然還是會跟著汽艇離開，自從確認這點後，老爺便破壞起錨機，讓誰都無法用這艘船。」

「破壞？為什麼要做到這個地步……」

「為了確保汽艇在任何情況下都無法發動。」

這實在讓人笑不出來。若是常木王凱，會做到這個地步也不奇怪。直到常木王凱死後，青岸對他的認識才逐漸清晰。如果花五千萬買會說話的天使，眼睛都不眨一下的話，讓一艘汽艇變成擺設也不是什麼大不了的事。

「本來，汽艇按下這個按鈕就會起錨，但現在只會空轉。就算發動，頂多也只能開幾十公尺吧。」

小間井和青岸他們交換，進入駕駛座，仔細地補充說明。

幾十公尺的話完全無法逃脫。從常世島到最近的觀光島嶼也要十幾公里的航程。幫汽艇加油的人大概不知道起錨機壞了，結果直到船突然不能動才察覺這件事嗎？

「不管怎樣，意思是如果起錨機沒壞，天澤就打算頭也不回地離開嗎？差勁死了。」

「……天澤老師那個樣子實在讓人不忍苛責。昨天，他哭著求我們說願意做任何事，請我們讓他出島，說自己再下去就要瘋了。我個人也很希望能為天澤老師做點什麼……但真的無能為力……」

「那他就瘋啊。」

伏見不屑地說。

「抱歉在鬥志旺盛的時候打擾妳……但現在不是做這些事的時候吧？」

追上來的宇和島受不了地說。

「青岸先生你也是，待在這裡也沒意義吧？」

「別那麼說，這個駕駛座——啊！」

青岸察覺宇和島焦慮的原因了。宇和島現在依然拿著那只應該頗具重量的診療包。

汽艇在這裡。天澤並不是開船逃走。

那麼，他去哪了？

「如果汽艇不能動，裝做什麼事都沒發生回別墅就好，但天澤老師卻沒這麼做，或是沒辦法這麼做。」
宇和島神情嚴峻地說。他一定無法再忍受有人遇害了吧。然而，這附近沒有什麼痕跡，想要大致搜索的話，這座島又太大了。就在這時——
青岸看見在枯井四周飛翔的天使。
天使基本上是種隨心所欲的生物，對糖以外的東西一概沒興趣。會在那口井邊飛很可能也只是一時興起。
然而，青岸內心卻騷動不安。
他想起昨天看向那口井時，那彷彿凝固後被丟入的黑暗。水井雖沒有火焰，卻令青岸聯想到地獄。
水井上方，昨天還在的水桶和井繩消失了。長繩兩端斷得乾乾淨淨，徒留轆轤上的繩圈。與汽艇的駕駛座一樣，水井也跟昨天不同。不同令人害怕。
「……要不要確認一下那裡？」
宇和島明白地指著水井。
即使在走向水井的途中，青岸也隨時都想逃跑，他衷心期盼預感不會成真。然而，宇和島毫不留情地覷向井內，以手電筒照亮井底，接著啞聲說道：
「……好慘。」
聽宇和島這麼說後，青岸也探頭望向井內。一股陰溼的惡臭撲了上來，腥甜交雜，聞起來十分詭異。

「——啊啊。」

青岸不禁出聲。

井底有具燒焦的屍體。

儘管屍體的臉部表面已被燒爛，但還是能辨別得出五官——那是，天澤齊的屍體。

一起往井內看的倉早搖搖晃晃，眼看就要摔下去，青岸急忙抓住她的身體，將倉早拉回來。倉早以幾不可聞的音量說了聲「謝謝」。

「……不可能吧？為什麼會有第四個？」

伏見環抱自己顫抖的身體道。

「宇和島，那是——」

「……應該是天澤老師不會錯。雖然衣服和體表都燒焦了，但體型一樣。」

宇和島說得沒錯。眾人之中，天澤有著僅次於爭場的高䠷身型，屍體再怎麼焦黑也還是辨別得出來。

「我先說，這應該不是被燒死的屍體。那種程度的燒傷不會死人，燒傷顯然不是關鍵死因。」

「那死因是？」

「這個距離沒辦法知道詳情啦。這口井的深度大概十五公尺，光是掉下去就會死人喔。天澤老師有上帝庇佑的話，或許只會雙腿骨折吧。」

宇和島雖然語帶譏諷，表情卻不見一絲銳利，被丟在地上的診療包顯得蒼白而空虛。

那就近一點看——青岸正想這麼說時，卻猛然想到：

他們該怎麼把天澤的屍體拉上來呢？

這不是伸手就能碰到的距離。身上綁繩子垂降下去的話可能會回不來，為井底多添一具屍體。青岸應該抱著這樣的覺悟下去嗎？腦海掠過「既然是偵探，就應該做到這個程度」的想法。青岸往水井靠近一步，探出身體，那似乎不該出現在這裡的甜臭味變得更加鮮明強烈，令青岸一陣眼花。

如果是赤城，他可能會自己下去，木乃香則是會在一旁助陣加油吧。嶋野感覺會反對，但最後會讓青岸照自己的想法行動。此時，石神井會想出一個絕妙的解決之道，但她不在這裡。

青岸稍微將重心再傾向水井。那裡像極了地獄，天澤沒有燃燒完全的屍體也充滿這樣的隱喻。下去吧——赤城的幻影說。焦哥，你是偵探啊，都已經出現四個受害者了不是嗎？

「青岸先生，不行。」

此時，有人從青岸身後抱住他，將他的身體拉回來。

「青岸先生，不必連您都要涉險。偵探在事件過程中死亡的話怎麼辦？」

倉早的語氣雖然溫和，眼神卻不若平常，帶著緊張，緊抿的雙脣彷彿下一秒就要發出責難。

「啊啊，抱歉……我只是有點恍神。我們角色互換了呢。」

「我或許沒有立場這樣說，但請您小心一點，不然實在對心臟不好。」

「啊，是啊，其實……」

「天澤老師過世並不是您的錯。」

倉早一字一句說得懇切又仔細。剎那間，青岸大腦裡的幻聽消失了。

「請不要為了線索以身犯險，這不是您的責任。」

青岸移開貼在井口的雙手，讓自己能夠直視倉早的雙眼。

「……當然，前提是如果您不是凶手的話。」

倉早的臉上漾開一抹微笑。這次，青岸馬上知道她是在開玩笑了。

「是啊……我不是凶手，也沒有責任。」

「對吧？」

青岸轉身重新看向水井，只見學不乖的伏見將身子大大探了出去。有那麼一瞬間，青岸不禁覺得或許可以讓伏見維持那個姿勢垂降下去。然而即使伏見再大膽，要扛起天澤的屍體回到地面上，就物理條件而言極為困難吧。

「……可是，他為什麼會在這種地方？汽艇在懸崖下面吧？怎麼會掉到這種井裡……」

伏見像在對屍體說話似地喃喃低語。

「會不會是也有其他人想搭汽艇，雙方為了汽艇發生口角，兇手一時失手將天澤老師推到水井裡呢？」

小間井推測道。

「意思是說，這次的兇手一開始並不打算殺人嗎？只是意外殺了天澤老師……」

「我是這麼想的……」

「這樣有點不自然。如果是為了汽艇起爭執，好歹也是在懸崖下面吵，不會在這種陰森森的水井邊吵架吧？」

青岸這麼一說後，伏見和小間井都沉默了。

「也不用這麼糾結在汽艇上吧？」

宇和島插嘴。

「或許，不是汽艇引發了爭執，只是有人以汽艇為餌，引誘天澤老師到水井旁。」

「為什麼要做這種事……？」倉早一臉疑惑。

宇和島表情嚴肅地說：

「對方一開始的目的可能就是要殺害天澤老師，但因為體型處於劣勢才選擇推他入井。我不是想把嫌疑帶到女性身上，只是單純的論述。」

「一開始就企圖殺人嗎……」

「如果是這樣的話，這第四起命案的凶手和之前的案子就沒有任何關係了。你們今天早上有確認爭場先生在房裡吧？」

「是的，沒錯。爭場先生在房裡用早餐……大槻就沒有確認了……」

「如果大槻平安無事的話，這次的凶手就是初犯，還在上帝慈悲的範疇裡。」

面對倉早的證詞，宇和島果決地說。看來，從有人遇害的衝擊裡重新站起來後，宇和島開始對發生命案的事實感到憤怒。

「你真的覺得凶手只是為了殺害體型有差距的目標，才把人叫到水井旁嗎？」青岸問。

「我知道你想說什麼，這麼做的確很沒效率。可是，除此之外沒有其他理由需要特地利用水井殺人了吧？」

宇和島說得也有道理。不過，青岸無論如何就是不太能接受。在常世館裡，真的沒有辦法殺害體型上有差距的人嗎？

回答這個疑問的人是小間井。

「常世館裡有專門用在家畜身上的電擊棒，也有十字弓和獵槍。很遺憾，如果只是想克服體型上的差距，這種凶器要多少有多少。」
「這些東西放在哪？凶手有沒有可能不知道它們的存在呢？」
「汽艇裡的油原本放在外面的倉庫裡。如果能找到機油，我想，應該不難拿到那些凶器。」
小間井冷靜地向青岸說明，接著進一步道：
「……另外，有人破壞了倉庫的掛鎖。」
「……倉庫裡面呢!?應該把凶器什麼的全都丟掉比較好吧？」
伏見歇斯底里地說。
「幸好，倉庫內沒有東西遺失。如果您想把會成為凶器的物品全都丟掉的話，我不會阻止。」
「沒錯！我覺得應該要那樣做，青岸先生也同意我的看法吧？」
「說到底，妳是覺得還會再發生命案嗎？」
「你不是也這樣想嗎？」
伏見的話令青岸一時語塞。這裡還可能會再出現命案嗎？
「不管怎樣，我們暫時先回去比較好吧？畢竟爭場先生和大槻應該都還留在屋子裡。」
眾人都同意了宇和島的提議。

「……關於天澤老師落井身亡的事，就由我去向爭場先生說吧。」
倉早面色憂鬱地說。
「不跟他說這是命案好嗎？」
「那樣說的話，爭場先生會更加不肯踏出房門吧？」
宇和島嘆了口氣道。
爭場打算就這樣閉門不出嗎？明天下午船就會來了，這是最聰明的做法。爭場最不放心的天澤也死了，不如說，這個發展反而稱了他的意。
「那麼，回去前我先說件事讓大家安心。」
「安心？」
「這次的遺體遭到焚燒，不是意外也不是自殺。不過，這樣或許比較能安心。至少，凶手下次再殺人的話，就要下地獄了。」
宇和島一如往常地說。然而，卻沒有一個人放心。
島上已經有四個人死亡。眾人切身了解到，這個世界也存在著連環殺人。

3

去向成為眾人擔心目標的大槻，又在玄關大廳前抽菸了。

「大槻！我不是跟你說不准在這裡抽菸嗎！為什麼就是不能遵守這個規定呢！」

「哇，大家都在。小間井管家，你不是說不要穿廚師服抽菸嗎？我今天是穿自己的衣服喔。」

「這不是選一邊遵守就好的問題！要抽菸就去塔裡抽，而且穿自己的衣服抽！」

「因為我很緊張啊，一回神大家就都不見了，想說你們該不會都死掉了吧？那樣的話我也要抽個菸什麼的。」

大槻愁眉苦臉，百無禁忌地說。雖然是些沒營養的話，但應該是真的在擔心大家。

「……天澤老師過世了，你也拿出點身為常世館一員的自覺吧。」

「咦，連天澤老師都？真的假的……」

「如果你也覺得難過的話，就去換身衣服，幫大家做點什麼東西吃。你當初在老爺面前展露那樣的才華，現在正是發揮的時候吧？」

「……我明白你的意思、啦……」

說著，大槻一溜煙地逃走了。挨了小間井一頓罵後，他大概暫時不會離開房間了。

回到屋裡後，倉早按先前所說前往爭場的房間。爭場究竟會有什麼反應呢？

「青岸先生，那我們就回去自己的工作崗位了。雖然不知道伏見小姐和宇和島醫生接下來要怎麼做，但有任何事情的話請再吩咐。」

小間井鞠躬，準備離開。青岸喚住他的背影。

「小間井管家，常世島之後會怎麼樣？」

「……這是個很難回答的問題。」

身上總是帶著緊繃氣息的小間井，似乎在這整件事的過程中急速老化。

「我沒問過老爺他仙去後這座島要怎麼辦……以前他可能考慮過送給交情好的朋友——就是政崎議員或天澤老師，但是……」

但是這兩人也死了。而且，常木和他們的關係也變差了，即便兩人還活著，也不知道會不會這樣發展。

「或許，常世島會出售吧，但這座島有這麼多天使，能不能找到買家又是一回事……」

「對天使有興趣的人應該多得數不清吧？」

「如果能找到對天使有興趣並且有能力買下一座島的人就好了。而且塔裡都是菸味……我說笑的。」

小間井露出不適合他的微笑，吐露脆弱。

「雖然老爺似乎過於害怕天使離開島嶼這件事，但是天使真的會從這座島消失嗎？我總覺得，這座島會永遠受到天使禁錮。哪怕老爺不在了……不，正因為老爺不在了，天使是不是才更不會放過這座島呢？誰會想擁有這樣的島呢？」

「你對常世島沒有感情嗎？」

「怎麼說呢……我只是侍奉老爺而已。」

小間井難過地低語。

「……老爺會開始迷戀天使是有原因的。」

「原因？」

青岸雖然反問，但內心明白。小間井一直在這座常世島上跟隨常木。

「老爺從以前就是個不擇手段的人，正因如此，才能在一代之內將事業版圖擴大到這種程度。然而，他也知道自己因此踐踏了一些東西。事到如今，老爺對此感到恐懼，竟然在天使身上尋求救贖。」

小間井說的，恐怕就是「茴香」的事吧。聚集在這座島上的五個人不可饒恕的罪行。

「我的立場雖然能阻止老爺卻沒有那麼做，老爺就在做這些事的情況下遭到殺害……而我再也無法彌補。」

「沒這回事，你已經悔悟，還能……」

「不，已經結束了。老爺不在了，他丟下了常世島，丟下了天使。所以，我也……」

小間井輕輕搖頭，露出陷入某種莫名思緒的神情，彷彿在說這座島的終結就是他人生的終點。

「你還在照顧那隻說話的天使嗎？」

「說是照顧，但其實天使不需要看顧，我們沒有什麼可以做的。」

小間井對天使的評論公事公辦，沒有一點熱情。

4

客廳裡空無一人。曾經優雅地在這裡休息的天澤彷彿是好久以前的事了。青岸雖然不想回到那個早晨，卻也沒有期望這樣的結局。

青岸泡了杯高級咖啡，故意丟了好幾顆糖破壞咖啡原本的風味。杯中湧上的甘甜香氣令青岸想起那口水井，心情變得惡劣起來，他越想越覺得黑色的咖啡跟水井內的樣子很相似。青岸只喝一口便後悔了，這種東西只有天使會喜歡。

青岸抽了菸，也喝了咖啡，然而，他的眼皮卻越來越沉重。青岸什麼都還沒解開，眼睜睜地看著四個人死去卻沒有幫上任何忙。

青岸的身體越來越沉重，陷入了沙發。他懷疑自己是不是被下了安眠藥，但這股睡意十分自然。

所以，這只是自己在逃避現實。自己真的沒資格當偵探——青岸自嘲地心想。

青岸作了個很適合逃避現實、一切如願的夢。

事務所裡的赤城在看著什麼書，木乃香在沙發上睡覺。雖然沒看到嶋野和石神井的身影，但他們應該馬上就會回來了，因為這就是那種夢。

「焦哥，我知道了。」

赤城突然說道。

「知道什麼？」

「就算有天使，這個世界還是需要偵探。」

明明是一切如願的夢境，卻似乎還是有天使。不，是連帶這點都如願的夢嗎？

赤城的話令青岸期待雀躍，他忘了先酸個幾句直接問道：「為什麼？」

「這個世界不再有連環殺人案，殺人變成一種比以前更單純的行為，壞人自有天使制裁——這樣一來，偵探的確好像變得沒有用處了呢。」

「就是這樣啊。」

「可是仔細想想，所謂的偵探，任務就是讓捲入案件裡的人幸福。也就是說，就算有天使，偵探也不是無事可做。」

赤城闔上手中的書本，看向青岸。

「如果問天使為誰帶來幸福，大家也說不出個所以然吧？所以我覺得，即使有天使，這個世界也還是要有偵探比較好。」

這句話實在太過理想了，青岸因此醒了過來。

偵探本來就沒有審判制裁的權利，哪怕指出犯人，審判制裁也是司法的工作。就算天使取代了這點，偵探的本質也沒有改變。畢竟偵探這種人就是要破解案件，引導某人走向幸福。

不，這個前提已經是理想了吧？若是這麼說的話也沒什麼好談的了。重點是，赤城非常偏袒偵探，完全不公平。

青岸深深嘆了一口氣，看向手邊的手機確認時間。他大約睡了一小時左右，滿久的。

「在命案中打瞌睡的偵探，真是聞所未聞。」

青岸將視線瞥向一旁，宇和島一臉受不了的表情。青岸被最不想被發現的對象看到了。

「……為什麼沒有偵探在命案中打瞌睡呢？發生命案時，偵探比平時還拚命努力，應該要會打瞌睡才對啊。」

「一，偵探都兢兢業業所以不會打瞌睡。二，偵探是完美無缺的超人所以不會打瞌睡。三，在客廳裡睡著會有遭凶手殺害的疑慮。所以呢，你也是託天使的福才能打瞌睡吧。」
「我是覺得不會發生連環殺人的這個前提已經沒了啦……」
「是啊。而且或許有人不惜下地獄也想殺了你喔。」
「你開玩笑的吧？」
「我是認真的。」
宇和島的聲音中滲著憤怒，他是在責備青岸的大意吧。眼前死了那麼多人卻這麼不小心，換做是青岸應該也會生氣。青岸深切感受到自己為宇和島添了麻煩。
「……我作了個一切都很遂心如意的夢。」
「是嗎？像是靈光乍現，能夠毫不猶豫指出凶手之類的嗎？」
「那才不是遂心如意的夢咧。」
「那你的遂心如意是什麼？」
「是有人說『偵探在這種世界沒有存在意義』是不對的夢……還說偵探是讓人幸福的人，天使辦不到這種事……」
講這種自己單方面遂心如意的夢恐怕會讓宇和島更生氣吧。然而，青岸卻還是忍不住說了出來。
結果，宇和島不知為何輕笑了一下。

「幹麼突然笑？」

「不，只是覺得很懷念。那是赤城說的吧？」

「什麼意思？」

「赤城也說過一樣的話啊。你不是因為記在心裡才夢到的嗎？」

青岸的思緒一時有些紊亂。宇和島到底在說什麼？赤城曾經說過跟夢裡一樣的話？不可能。青岸沒聽他說過。

「那是天使降臨後隔了多久的事啊……赤城在調查可疑死亡案件時說過一樣的話喔。他沒跟你說過嗎？」

「……不知道，我沒聽他說過。」

那時青岸忙得一塌胡塗，沒有和赤城好好聊天的印象，不可能從赤城那裡聽過這些話。

宇和島一臉訝異，過了一會兒點點頭。

「也是會有這種事吧，因為這世界有天使。」

夢只是人們的願望，死去的人不會用托夢傳達什麼訊息。至少，青岸是這麼想的。

青岸應該不曉得的話透過夢境傳了過來。他不認為那是天堂的證明，只不過是巧合或是自己真的在哪裡聽過吧。根本不可能真的有死後的世界，然後赤城還告訴青岸自己最後對偵探的一些想法。

這個世界沒那麼溫柔。

儘管如此，青岸依然站起身，無言地離開客廳，準備去做天使做不到的工作。

5

小間井說的倉庫位於常世館外、高塔的對側。

倉庫是棟細長的小屋舍，大概是為了預防海風侵蝕，外牆塗了層均勻細緻的亮光漆。倉庫的門鎖如小間井所言遭到破壞，任誰都能進去。

倉庫裡有幾綑繩子、鐵鏟和水桶，另外還有一把獵槍與一支專門用在家畜身上的電擊棒。

如果用這支電擊棒，即使體型上有差距，也能將天澤推到井裡吧。

老舊的倉庫內牆已經褪色，只有一部分保留了原來的奶油色。那是個A4大小的長方形，之前似乎貼了什麼在上面。

即使倉庫裡少了什麼東西，身為外人的青岸也無從得知。而且，倉庫裡根本沒有任何東西標示倉儲的內容，或許就連小間井他們都沒有正確掌握倉庫裡原本有哪些東西。

所以，青岸現在該做的，就是從這裡借用需要的物品。

青岸帶上一整綑倉庫裡最長最結實的繩子，前往汽艇所在的位置。天邊的夕陽將汽艇白色的船身染成橘紅色，駕駛座並無異常。

青岸的目標是汽艇附近的椿釘。他放下肩上的繩圈，實際將繩子穿過一根根椿釘。

以繫船而言，椿釘之間的間隔顯然太近，繩子通過這些椿釘張成漂亮的直線，穿過總數共十個椿釘後，大約有十二公尺長吧。但就算實際穿了繩，青岸仍然不明白它們的用途。

最後一根椿釘的方向幾乎和懸崖垂直，青岸抬頭，勉強看到水井的小屋棚。也是在這個時候，青岸發現懸崖上方有一樣的椿釘。

懸崖上只有兩根椿釘，尺寸比岩灘上的椿釘更大。青岸將繩子也穿過那兩根釘子，繩子沿懸崖斜攀而上。

看著這個畫面，青岸靈光一閃。他拿著剛穿過椿釘的繩子一端爬上懸崖，結果發現遠方也有散落的椿釘，青岸像在玩小朋友的連連看，長度十足的繩子輕輕鬆鬆將椿釘連在一起。

青岸的直覺沒錯，水井附近也有六根椿釘，興許是為了避人耳目，以稍微迂迴繞路的方式安置。青岸小心翼翼地將繩子穿過這些椿釘後，水井和汽艇之間連成一條半圓形的軌道。

這是怎麼回事？青岸搖搖頭，甩開腦中浮現的問號，修正思考方向。他該想的不是怎麼回事，而是這條繩子能做什麼。

青岸想到掉落至井底破破爛爛的汲水桶和井繩。假設，讓繩子沿著這些椿釘攀爬後能夠連結水桶井繩和汽艇的話，操作汽艇的人就能拉動井繩。有了這個機關，到底會發生什麼事呢？

青岸看向汽艇。公開說自己有遊艇駕照的人是爭場，昨天發動汽艇的人會不會其實是爭場呢？開始失去冷靜的天澤令爭場感到不安，他也說會想盡辦法讓自己活著逃離常世島。如果爭場這個時候知道汽艇的存在，會採取什麼行動呢？

今天天氣如此晴朗，昨晚的月光應該也很皎潔吧。在那樣的夜裡，爭場為了避開所有人的耳目離開這座島，悄無聲息地前行。

然而，爭場應該沒有發現小心翼翼沿著椿釘爬行的繩子，發動了汽艇。如果，把水桶那端的繩子做成一條絞刑繩，套在遭電擊棒電暈的天澤脖子上的話——

凶手就能讓爭場殺了天澤。

不對。如果是這樣的話，天澤的身體應該是放在水井外才對。爭場就算沒有發現繩子連著汲水桶，但天澤那麼大一個人倒在井邊的話總會發現吧？這麼做的風險太高，無法成功。

難道，這就是水井的作用嗎？如果將脖子套著繩索的天澤吊在水井裡的話，爭場就不會發現。這樣就釐清水井的功用了。

「可惡，不行。這樣沒有意義。」

青岸故意將懊惱說出口，否定自己的推測。

這口井的深度有十五公尺，**脖子上套著繩索的天澤在被丟入水井的瞬間就會死了吧**？這是當然的。要是水井深度是雙腳勾得到的程度，這個計畫應該可行……

青岸知道自己只差一步了。即使不覺得自己有盡好偵探的職責，卻有種能解開謎團的感覺。然而，他卻到不了那一步後的所在。

當年，青岸完全沒猜出赤城的背景。即便是現在，青岸依然覺得偵探不可能像變魔術般只靠些微的線索便揭露一切真相。那種東西只是童話故事。然而，青岸現在很想要那種靈感，什麼都好，他想知道答案。

青岸帶著祈禱的心情再次覷向井內。不同於早上，井中緩緩冒出腐臭味。看來，被放在這種地方，天澤的屍體似乎正漸漸腐敗。

儘管天澤曾經對天使表現得那麼抗拒、那麼害怕，但無人弔祭、待在黑暗中的他就像是被打入那樣的地獄。一想到他在天堂研究領域裡為所欲為的樣子，不免覺得這樣的結局是因果報應。

過深的水井、被丟下的屍體，無法收屍的地點與其中的天澤齊。

此時，青岸的大腦浮現一幅奇妙的景象。

雙手漸漸泛出熱度，青岸知道自己現在亢奮異常。如果是這個方法，或許可行。

一隻天使忽地停在水井屋棚上，面向夕陽，頻頻側著纖細的脖子。沒有任何倒影的平板臉孔上也有落下的夕陽。

一陣沉默後，一聲清脆的鳴叫劃破空氣，竄入青岸耳裡，感覺跟那日在地下室聽到的聲音一樣。大概是幻聽吧，又或者只是海鳴的聲響。

然而，正是這樣的情況讓青岸感受到了祝福。

6

「你好像這裡的守衛。」

「是鮑。不過，因為不是廚師了，找個代替的工作也很合理吧？」

一回到常世館，大槻又在玄關前抽菸了。這樣子的話，比起影響舌頭怎樣怎樣的，正常要擔心的應該是健康。話說回來，大槻當初明明說自己是為了遇到青岸才會在抽菸塔抽菸，實際行為和發言間的落差令青岸有點不服氣。

不過，算了。青岸明白那些都是場面話。

「算了，我有事找你。」
「什麼事？你想吃什麼東西嗎？」
「我原本以為，你會拒絕做菜是因為常木王凱過世了。在有殺人犯潛伏的狀態下做菜背負著風險。」
「沒錯沒錯。那是叫……牧師製藥殺人案？那個在廚師之間傳得都要爛了。也是因為那件事，大家才會想把食材儲藏室鎖起來，真是超級無敵麻煩。」
「你最後把鑰匙還給倉早小姐他們了嗎？」
「還在我這，千壽紗叫我先拿著。我不是做了三明治給你嗎？」
「是啊。三明治很好吃。」
即使帽T到處沾了髒汙，大槻還是拿三明治來給自己，這令青岸十分高興，也因此印象深刻。
「常木王凱遇害後，你突然不在公開場合做菜了吧？因為你說過工作很麻煩不喜歡工作，所以這麼做也不會讓人感到突兀。可是實際上並非如此，你是即使想做菜也沒辦法做。」
大槻將香菸丟到腳邊，皺皺的運動鞋踩住菸蒂，發出細微的聲音。
「……咦——好意外喔，我不是沒辦法做菜啊。青岸先生你剛剛說很好吃的是什麼？」

「正確來說，你是**無法在小間井管家面前做菜**吧。你做菜的話，小間井管家和倉早小姐便會負責桌邊服務，屆時你若是沒穿廚師服就會挨罵。」

大槻的視線極自然地看向身上的帽T。那是件簡單的帽T，沒有任何花俏的設計，常木死後，大槻從第二天就一直穿著。衣服大致上還是有洗吧，上面的肉醬痕跡變淡了。

「我開門見山說了，常木死的那晚，你弄髒廚師服了吧？而且還是無法簡單去除的髒汙。」

「無法簡單去除的髒汙？」

「是啊，比如說，血。」

大槻的圓眼睛瞬間瞇了起來，喉頭輕輕震動。這些，都沒有逃過青岸的法眼。

「你若是穿著沾血的廚師服，怎麼看都會是殺害常木的凶手吧？因此，你只好脫下那始終沒有換過的唯一一件廚師服。」

「好過分喔──我基本上每天都還是有洗衣服，晚上晾乾再睡覺。」

「你是哪來的窮學生嗎！」

「話說回來，常世館有很多廚師服喔，我只要拿新的出來不就好了嗎？」

「不，不行。你之前一直穿著那件皺巴巴的廚師服，如果在命案隔天早上穿新衣的話，大家會覺得**你一定是做了什麼會弄髒衣服的事**，因而蒙上不白之冤吧。」

若是那樣的話，應該連青岸都會懷疑大槻。
然而，那麼堅持不穿之前一直穿著的廚師服感覺也很不自然，在酒窖時打算跟青岸借衣服這件事也很怪。因為就算沒有便服，大槻應該還有那件廚師服。
「我在抽菸塔附近找到了你那個牌子的菸蒂。常木死後第二天，你在找的就是那些菸蒂吧？你為什麼要找那些東西？」
「那是因為，把垃圾丟在庭院裡會有罪惡感啦。」
「胡說八道。是因為如果有人發現那些菸蒂，你說自己那天沒去外面的謊言就會被拆穿了吧？給我老實說。」
「啊——什麼嘛。菸蒂被發現的那瞬間就ＧＧ了嗎？我那時候沒找到，還以為被風吹到海邊了呢。」
大槻嘖了一聲咕噥道。大槻那時果然是在找菸蒂，說什麼想遇到青岸，蠢死了。大槻吐了一口氣讓自己冷靜下來，接著終於承認：
「嗯，你說對了。我的確弄髒了廚師服，也的確是因為這樣不能做菜。公然穿便服站在廚房裡的話，小間井管家一定會問我理由。」
「啊，可是我說做菜麻煩到爆所以討厭的事也是真的。」大槻又仔細地補上一句。
「然後，弄不太掉的髒汙是血，這部分你也說對了，我沒想到會被揭穿到這一步。」

「所以你真的——」

「不是，不是那樣！就、就是因為不想產生這種誤會，我才死都不想說啊。我沒有殺常木先生，身上也沒有噴到他的血。我只是……想幫你的忙。」

「啊？」

出乎意料的答案令青岸不自覺發出錯愕的聲音。

「剛好，我現在口袋裡也有方糖，就重新表演一次我那天晚上做了什麼事吧。」

「等等，你想幹麼？」

說時遲那時快，大槻將方糖撒了出去。天使立刻嗅到氣味，飛到大槻身邊。

「青岸先生，看好囉。」

語畢，大槻抓住降落在附近的天使肩膀，用力將天使壓向地面。天使的翅膀擁有奇妙的彈性，回推著大槻，但受到這樣的壓制其實也無可奈何。

天使似乎還沒有放棄砂糖，拚命伸長了手。不過，天使並沒有擺脫束縛的企圖，只是任人擺布。大槻將天使翻過來按住喉嚨，取出野外求生刀插了進去。

「哇！」

「沒事。只要有注意，天使不太會出血。」

我在意的不是那個——大槻迅速進行手中的作業，青岸根本沒時間抗議。過了一會兒，大槻放開天使。

瞬間，倒在地上的天使發出低鳴。

「嗚嗚嗚嗚嗚嗚嗚——」

那聲音幾乎跟之前地下室聽到的一樣。

「……人類也會這樣喔，屍體的喉嚨會因為空氣發出聲音。我們在地下室見到的那傢伙，喉嚨上有奇怪的傷痕，我就想是不是那回事，結果猜對了。不知道是哪來的詐欺師拿刀劃破天使的喉嚨，讓天使發出聲音。」

天使一邊以臉磨蹭散落在地的方糖，一邊讓喉嚨發出嗚響也不厭倦。儘管每次發出聲音時喉嚨的傷口都會滲血，天使卻毫不在意的樣子。天使大概沒有痛覺，也沒有聲音。不久，這隻天使朝往某處飛走了。他一飛到空中，低鳴聲更是響徹四周。

「……該死，徹頭徹尾被騙了。」

「被騙得最慘的人是常木先生。我是聽小間井管家說的，你猜他花了多少錢買那隻天使？五千萬喔，五千萬。只是在天使身上劃一痕就有五千萬，該說誇張到爆還是什麼……」

大槻哈哈大笑，聳了聳肩膀。帽T上沾了幾滴很小的血珠。

「我那天不知道下刀的輕重沾了一身血。我試了五隻左右，有三隻發出聲音，超有成就感的，抽的菸也特別香。」

「你是白痴嗎？竟然因為這種事弄髒吃飯的工具。」

「是沒錯啦，但換衣服很麻煩啊，而且常世館有一堆廚師服……如果隔天早上沒發生那樣的事，我應該會很平常地穿著新的廚師服吧。」

「這個實驗是為了我做的嗎？」

大槻無言地點頭。

「……為什麼？」

「我覺得你不該為了那種冒牌貨耿耿於懷。」

大槻一反常態，直接坦承地說道：

「你在地下室的時候不是很無措嗎？什麼祝福，根本莫名其妙。那些傢伙把你受過的傷害當什麼啊？我擔心那樣下去，你會一直在意那種東西。」

即使只是看著大槻的側臉，也能看出他受傷了。當青岸因為會說話的天使遭受衝擊時，看著這一幕的大槻也默默受到了打擊。

「你為什麼要做到這個地步？我們在島上是第一次見面吧？」

「是啊，我們之前沒有交流，當時，我因為危險去避難了。雖然那是很久以前的事了，但我一直很感激你們。」

這些話勾起了青岸的回憶。

那是真矢木乃香第一次參與的案件。

那一次，三星餐廳的主廚不停收到死亡威脅，餐廳被迫停業。犯人也是名駭客高手，若不是木乃香發揮本領，他們也無法鎖定發出威脅的源頭。

那間餐廳的招牌是一名天才廚師，年紀輕輕卻廚藝精湛，獨具巧思，受到各大媒體的關注和報導。犯人心生嫉妒，因此犯案。

「我當時不太會做人，也會被人家罵得意忘形什麼的。我那時候覺得啊，無論我再怎麼認真努力，只要有一點點疏漏就會被找碴。我原本以為自己內心很強壯，但餐廳被迫停業的時候真的很痛苦，甚至想放棄這條路了。」

「……這是當然的，沒有人面對他人的惡意還能若無其事。」

「可是，委託你們後抓到了犯人，成功破案了吧？我既安心又高興，因為當時根本不知道那種情況會持續多久。破案後我收到一封mail，是你們事務所一位姓真矢的小姐寄來的。」

「木乃香？」

青岸想起了那個桀驁不馴的白帽駭客。

「沒錯。但內容很短就是了。」

「她寫了什麼？」

「她說『正義必勝』。」

「哈……」

「『所以不要輸』。」

青岸想起破案後，木乃香在事務所一臉高興的樣子。

當時，青岸還不相信木乃香是為了正義而來到青岸偵探事務所。他以為木乃香無處可去，有一半是赤城磨著她來的。其實，木乃香一開始就對正義滿腔熱血了嗎？破壞血汗企業的徵人廣告，總是冷冰冰的態度，原來，她從最初就和赤城昴是同類嗎？

「最後，我沒了自己開店的心情，從原本的餐廳又換了好幾個地方。不過，我沒有放棄做菜都是託青岸先生你們的福，因為我知道，哪怕這個世界又爛又不正確，還是有正義存在。我怎麼忍心拋棄我那好不容易獲救的才能呢？」

「獲救嗎？我們，救了你嗎？」

「是啊……我不敢隨便說自己知道你們……知道真矢小姐發生了什麼事，一直保持沉默。」

大槻尷尬地瞥開了眼神。

「所以，我覺得這次的事──踐踏你的心──應該不是正義。我想說揭開那個手法後，大家應該會覺得很好笑，想跟大家講說其實是這麼無聊的東西喔──」

「嗯，大致上是有好笑啦……」

「早知道常木先生會被人殺死，我也不會做那種事，我真的很衰對吧？」

的確如此。如果常木沒有遇害，大槻一定會若無其事地晒著那件沾血的廚師服，再要求一件新衣服。大槻只是單純運氣差罷了。
而他那些行為的源頭又牽扯到青岸偵探事務所。這個因果與大槻口中的正義十分沉重。
「……你老實跟我說就好了吧？」
「說這是我割天使時噴到的血你會信嗎？一想到可能會被冤枉，我就怕得說不出口。加上那些剴了割痕的天使我都放走了……」
青岸想起剛才在水井邊聽到的鳴叫。看來，那不是幻聽也不是其他什麼東西，而是現實中聽到的聲音。
「……你那是跟偵探說的話嗎？我可是一直都相信你喔。」
「是啊。所以是我錯了，嗯？」
大槻笑了。笑容有種說不出的苦澀。
這麼一來，就解決了一個疑惑。水井的謎團大致上也解開了，接著只要把適當的碎片正確地組合起來，應該就能拼出一個完整的故事。
此時，青岸突然察覺一件事。
「大槻，你那天是出去做實驗的話，有沒有碰到誰？」
「咦？沒有耶……因為我也是偷偷摸摸地移動，沒有見到可疑的人，而且我的房間跟案發現場根本不同層。」

沒有那麼好的事嗎？不過，大槻那晚有出門是重要的線索，青岸無論如何都想從這裡找到案情的突破口，他以巴著最後一絲希望的心情繼續問：

「那外面呢？你有沒有從外面發現到什麼？」

「就算你這樣問我，我那天也是在做很心虛的事，所以……啊！」

大槻露出想到什麼的表情，過了一會兒後說：

「這麼說來，常木先生遭到殺害這件事……有個地方好像怪怪的。」

大槻小跑步向抽菸塔，接著，剛好停在青岸撿到菸蒂的那一帶。

「我是在這裡做天使實驗的。這個位置，是三樓客房的旁邊對吧？」

「嗯，是啊。那面是每間客房的窗戶，從左到右是報島、政崎、爭場、天澤吧。」

「那四個客人說，喝完酒大家都回房了對吧？可是，這裡是暗的。」

大槻指向左邊數來第二間房。

「其他房間燈都有亮。也就是說，這間房的人沒回來……應該說，至少比其他客人晚回房。可是，這間房不是報島先生而是政崎議員的房間吧？你不覺得很奇怪嗎？」

「的確很奇怪。」

如果大槻的證詞無誤，那麼那天晚上回到常木房裡——**殺害常木的人，就會變成政崎來久**。

不過不行，這樣一來，第二起命案就會出現嚴重的矛盾。因為，下一個遭人以長槍殺害的人是政崎，如果報島沒有因為這樣下地獄的話，人數就兜不起來。

「啊啊，搞屁啊，全都要重想了啊。」

青岸下意識吐出髒話。儘管他們揭露了決定性的事實，謎團卻因此增加了。

大槻不理會青岸的焦躁，一臉莫名開心的樣子。

「我這擊很精采吧？雖然在你問我之前我都忘了，也根本搞不清楚那是怎麼回事。」

「嗯，是啦……算很精采吧……如果你當時沒有和天使嘻嘻鬧鬧的話，我們就會遺漏重要線索了……」

「耶！那我就算被常世館開除，也能在你那裡當助手了吧？」

「你那個設定還在喔！」

「還在啊！青岸先生，你現在已經沒有懷疑我，覺得我沒問題了，所以可以讓我當助手了吧？」

大槻露出燦爛的笑容。助手——這半開玩笑的詞總令人覺得好懷念。

「讓我當助手的話，好處應該多到炸喔。因為我是天才廚師，所以無論去哪裡你都可以吃到一樣美味的大餐。每去一個地方，就能嘗到以當地食材料理的佳餚，很棒吧？」

「說得很不錯耶。」

「對吧？那樣一定很開心喔。」

現在想起來，伏見也好倉早也罷，還有大槻，他們應該都很清楚青岸偵探事務所發生的事，所以才會特地說要當青岸的助手候補。或許，他們是想拯救如今仍然困在空蕩蕩事務所裡的青岸吧。

不過，青岸應該不會雇用大槻。自己並不是能回應大槻心意的優秀偵探，而且，如果再發生一次失去助手的事，青岸將無力再承受。

與青岸的心情相反，大槻仍繼續開朗地說：

「青岸先生你就做偵探，我做廚師，我們分工合作。」

這確實是劃時代的合作吧，雖然對方是天才廚師，好像會變得搞不清楚誰才是助手。就這樣，只要交付他應該交付的任務就好。青岸偵探事務所過去其實就是這種感覺，所有人負責各自擅長的角色——

「角色……」

青岸不自覺複誦。這兩個字與大槻的證詞和早上的事連在一起後，青岸的大腦開始發熱。

大槻不明所以，訝異地看著青岸。青岸則是抓著他的肩膀大喊：

「我知道了！我知道了！從那天晚上到現在為止一連串的事，我全都知道了！」

「咦？啊？真的假的!?真的嗎!?」

「嗯嗯──快回屋裡！不管接下來會發生什麼事，不阻止的話就糟了！」

大槻雖然一頭霧水卻仍是配合青岸猛點頭。青岸的視野因激動和焦慮而扭曲，他朝常世館大步狂奔。

就在青岸踏進入口大廳的那瞬間──

「啊……啊啊啊啊啊啊啊啊啊啊……」

爭場搖搖晃晃、步履蹣跚地從走廊走向他們。他的眼睛失去焦點，雙手在空中揮舞，彷彿想抓住什麼。

「等一下，怎麼了？那個，爭場先生──」

大槻高聲喊道。一陣陣不輸給大槻驚呼的慘叫──爭場垂死的叫喚，響徹大廳。

爭場雙腳遭焦黑色的火焰包覆，周圍瀰漫一股焦肉味。爭場半瘋狂地試圖拍掉火焰，烈火卻毫不留情地也纏上了那隻手，燃燒吞噬一切。

火焰中湧出一隻又一隻的天使，他們纖瘦的手臂抓住爭場，一根根指節分明的手指刺了進去，不讓持續燃燒的他逃脫。這段期間裡，爭場淒厲的慘叫聲不絕於耳。

「討厭，怎麼──」

聽到騷動從客廳出來的伏見因眼前的慘狀跌坐在地。事情至此已無力回天，地獄不是人類能夠干涉的領域。

火焰中，天使緩緩捉住爭場的身體將他拖入地獄。爭場的哀號難以名狀卻依然在求救。然而在短短數秒內，爭場的身體已完全沉入虛無的深淵。

刺人的沉默重新回到入口大廳。明明剛經歷那樣的慘況卻不留任何痕跡，大廳一整片地毯看不到一處焦黑。

「爭場，下地獄了。」

青岸一臉茫然地低語。

那個說著界線的故事，不可一世地宣告自己已經從罪惡感裡解脫的爭場，那個自信滿滿不會被青岸抓到把柄，未來也能繼續逍遙法外的爭場，受到地獄之火焚身。天使的規則沒有例外，殺了兩個人就要下地獄。爭場只是遵循這個規則受到制裁。

昨天青岸沒有動手殺死的男人，接受了天使的制裁。

青岸終於發現一件重要的事。爭場下地獄的意思，代表**應該還有一個從常世館退場的人**。

爭場是從入口大廳後面的走廊過來的，那裡大概有著讓爭場下地獄的犧牲者。

青岸踏上走廊，走向盡頭的地下室大門，大門敞開，彷彿在稱讚青岸的敏銳。

青岸下樓，不到一半階梯便發現了犧牲者。

「……小間井管家。」

小間井倒在地上，脖子插了一把刀，身邊一大片血泊，只消一眼便明白他已經死了。追在青岸身後的伏見和宇和島看到這幅景象也說不出話來。

沒趕上——青岸沒有趕上。

在一切水落石出時，青岸便已經預想到這樣的結局。然而，他應該能阻止的。

青岸腳步踉蹌地走近小間井的屍體，確認他身上的物品。如果青岸的推理正確，小間井身上的物品或許會留下什麼痕跡。

然後，青岸在小間井的制服胸前口袋發現了那樣東西。

小間井應該是瞬間把東西放入口袋內，沒時間動手腳。青岸小心翼翼地取出那件東西以免弄破。

一張皺巴巴的紙因為長時間久放已經泛黃脆化，上面記載著青岸目標的情報——那間倉庫的清單。倉庫牆上被撕下來的東西，就是這張清單。

「小間井……管家……」

身後傳來微弱的聲音，聲音裡是無法從平常的她身上想像的虛弱。彷彿暗號般，大家聽見聲音後全都讓了開來。

「怎麼會……小間井管家……為什麼……」

倉早一下階梯便撲倒在小間井身旁，緊捉著他不放。地下室裡只聽得見她微弱的哭泣聲。

「明天早上九點。」

此時，青岸靜靜說道。所有人的視線都集中在位於此處的偵探身上。

「明天早上九點，大家在客廳集合。接駁船是下午一點來吧？把那之前的時間借給我。」

「你要做什麼？」宇和島語帶緊張地問。

青岸直截了當地回答：

「我要揭開這件案子的真相。」

7

青岸那幾乎沒在用的筆記本上寫了六個人的名字。

●常木（心臟遭刺身亡）

●政崎（喉嚨遭貫穿身亡）

●報島（下落不明、下地獄？）

●天澤（落井身亡？）

●小間井（脖子遭刺身亡）

●爭場（受天使制裁下地獄）

前四個是在推理定論前寫的，事到如今已經沒有任何意義。後面兩個是青岸下定決心公開推理後剛剛寫下的名字。

六名死者，倖存者五人。

照常理思考，人數已經兜不上了。

去除掉青岸的話還有四個人嗎？即使一人負責一起命案也造就不出這個局面。

儘管如此，凶手還是以可怕的執念達成了。

青岸的手指劃過一個個名字，闔起筆記本。他還有該做的事。

此時，受青岸請託的大槻按了房外的門鈴，臉上浮現藏不住的笑容。

「怎麼樣？」

「搞定。我費了九牛二虎之力，查好內線電話的通話紀錄了。唉——我剛來常世館時他們的確跟我說過要怎麼查啦，但我忘了。反正館裡有什麼不知道的事，基本上問小間井管家就知道了。」

語畢，大槻尷尬地垂下雙眸。為了平撫那份尷尬，青岸問：

「這真是件大功勞呢。怎樣，有嗎？」

「跟你說的一樣，小間井管家死前沒多久，爭場房裡接到內線，撥出的地點是——」

「天使展覽室嗎？」

青岸在大槻說出口前搶先一步確認。

「答對了。你真清楚。」

「是啊……不然就對不上了。」

青岸剛剛去了一趟天使展覽室，已在那裡確認自己的推理是否成立。加上內線電話的結果，他大概能推測出剛才發生了什麼事以及原本應該會發生什麼事。還有這些事所蘊含的意義，他全都知道了

「宇和島醫生他們移動了小間井管家喔。」

大槻突然低語。

「說是移動，其實也只是把小間井管家放到他房間而已，但總比就那樣留在地下室好吧？」

「……是啊。」

「千壽紗嘴上雖然說沒事了，但看起來精神狀態很差，我甚至覺得是不是連她都跟著死了。聽宇和島醫生說，伏見小姐的心理好像也受到很大的打擊，他們剛才會在客廳，也是在做心理諮商之類的東西，結果出客廳第一眼見到的就是爭場下地獄的樣子，心裡很難受吧。」大槻露出僵硬的笑容。

看著那樣的大槻，青岸很肯定，不只是伏見，大槻也受傷了。青岸自己也是，看到人類下地獄的景象不可能不衝擊。

爭場臨死前的哀號如今依然在青岸的耳畔徘徊，不肯離去。雖說爭場下地獄是罪有應得，但實際上遭火焰焚身的模樣還是令人不忍卒睹。

「青岸先生……你真的已經知道事情為什麼會變這樣了嗎？」

「嗯，你跟我說的事把一切都連在一起了。」

「這樣啊……」

大槻的眼裡交織著期待與恐懼——對解開神祕殺人案的期待。以及解開真相後不知道事情會如何發展的恐懼。

「凶手……在我們之中嗎？」

「是啊，在我們之中。」

「就算爭場下地獄了還是有凶手？說到底，所謂的凶手到底指的是什麼？那傢伙沒下地獄對吧？這樣的話，那些事算有罪嗎？凶手——」

大概是察覺到了什麼吧，大槻的話聲幾乎變成了懇求。然而，青岸無法回應。

「我是偵探，審判制裁不是我的角色。我的工作是解開謎團，我唯一能做的，只有這件事。」

如今，青岸心目中的「偵探」不是正義的一方。青岸或許曾想過要成為那樣的偵探，但如今那件事對他而言不過是憧憬，已經被丟在那團大火中了。

青岸不認為解開這個謎團能讓誰幸福，夢中赤城說的話根本是天方夜譚。青岸焦一輩子都無法成為天使降臨後，這個世界所需要的偵探。

「你如果不想聽的話可以不用聽。你明天也會離開這座島吧？這種事情還是忘了比較好。」

「不，我要聽。我想知道一切，知道究竟發生了什麼事。」

大槻堅定地說：

「就是這樣才需要偵探。」

8

小間井說過照顧這隻天使的人是他，所以已經不會再有人理這隻天使了吧。青岸也想過是不是乾脆把這隻天使放到外面，但天使會因此而開心嗎？天使看起來沒有自己的情感與意志。所謂天使，只是透過把人類拖向地獄顯示神諭的東西，待在這個地下室和外面有多少差別呢？

「嗚嗚嗚嗚嗚嗚嗚嗚嗚嗚嗚──」

天使的聲音跟大槻給青岸聽的聲音一樣，天使甚至不知道自己發出了這種聲音吧。這整件東西唯有銀籠是美麗的，其餘都透露著詭異。青岸坐到了籠子前。

「這世界有天堂嗎？」

青岸向籠中的天使問道。

天使一反幾天前活動上的樣子，沒有看向青岸。他一邊在籠中蠕動，一邊左右搖晃那沒有臉龐的腦袋。

「這世界有天堂嗎？」

青岸再問一次。此時，天使剛好發出「嗚嗚嗚嗚嗚嗚嗚嗚」的回應，然而這只是毫無意義的殘響。儘管青岸抓住銀籠搖晃，天使也無動於衷。青岸仍繼續問：

「赤城上天堂了嗎？木乃香呢？嶋野怎麼樣了？石神井過得好嗎？天堂裡有車嗎？那傢伙的夢想是買車喔，她的哩程數還開不到幾十公里。」

青岸每搖晃一次，天使的身體便跟著搖擺，喉嚨發出嗚響。然而，青岸冀求的話語天使卻一個字也沒說。人死後只是歸於塵土嗎？即使向上帝獻上祈禱，發誓要在天堂重逢也沒有任何意義嗎？

「告訴我，人類有救贖嗎？上帝為什麼要創造人類？是為了嘲笑我們愚蠢的樣子嗎？」

沒有一個地方有答案。如果赤城昴是上帝的話，他會去除世上所有的不幸嗎？或許，他會創造一個沒有任何人會受苦的樂園吧。

這世界明明應該有上帝存在卻過於不完美。人類必須生活在這種地方——這個笑話有點難笑。如果是這樣的話，青岸寧可上帝不要將地獄的存在告訴世人，待靈魂奉召離開後再打入地獄就好了。

「……該死，搞什麼，搞什麼東西啊……到底要我怎麼辦？」

青岸的最後一句話幾乎已成泣聲，地下室的水泥地上暈染出一滴滴深灰色。然而，天使沒有瞧哭泣的青岸一眼，在籠中追著自己的翅膀，接著再次發出聲音。沒錯，所謂天使，就是這樣的東西。

常世島上漫長的時光即將告結。解決這個案子後，青岸會回到日常生活裡吧？到頭來，他還是不知道天堂的所在，甚至還要揭開也不知是為了誰而存在的真相。青岸沒有得到他追求的救贖。救贖根本不存在於任何地方。

青岸默默哭了一會兒後終於打開籠鎖。天使在籠中徘徊了一陣，似乎連門已經開了的這件事都毫無所覺。待天使離開籠子，已經是二十分鐘後的事了。

天使似乎沒有多開心，像隻蟲子似地爬了出來。見天使根本沒在看自己的樣子，青岸忍不住笑出聲。什麼嘛，什麼祝福其實都是騙人的吧？

雖然也想過要不要幫天使打開通往地面的門，但在地下室爬行的天使根本不轉向那一頭，因此青岸最後不再管他。天使有類似人類的手，也有能去任何地方的翅膀。

青岸比天使早離開地下室。

室外燦爛的陽光令他瞇起雙眼。

青岸在這座島上只有一個深切的感受，他想起自己曾經和赤城的對話——

所謂樂園，便是沒有偵探的地方。

第六章　偵探不在之處即樂園

1

來到約定的時間，常世館內倖存下來的五人全都聚集在客廳裡。

完美的出席率。這棟別墅一開始有十一人，現在人數不到一半。在「殺兩人便下地獄」的規則中，人數竟然會銳減到這個地步。

「那麼，我接下來要揭開這整件事的真相。」

天使降臨前，青岸很習慣這種以「那麼」為開頭的解謎橋段，如今有種懷念的感覺。

「先說好，我之所以會指出真凶以及破解這個案子都是因為我是偵探。這整件事的凶手沒有下地獄，那麼，那個大概真的存在的爛上帝就是不追究這個罪名了。審判制裁是天使的任務，不是我的。」

「所以，意思是你的決定是什麼？」

宇和島問。片刻後，青岸回答。

「意思就是，你們不聽我說也沒關係。為什麼推理小說世界中每個傢伙都會聽偵探說話呢？我覺得那是一種代替司法的表現，但這個世界已經有天使了。所以，不想聽什麼推理的人可以出去。」

即使青岸這麼說，也沒有人要離開客廳。看來，大家都打算聽青岸說閒話的樣子。

「可是，目前不是已經有定論了嗎？殺害常木和政崎的凶手是報島，殺害天澤和小間井的凶手是爭場。」

伏見突然插嘴道。

「不，我說的真凶，是策劃這一切的人。」

「策劃這一切的人？」

「沒錯。這個人既是教唆犯也是實際動手的正犯，即使殺了六個人、執行這世上已經滅絕的連環殺人卻還是沒有下地獄。」

以只要殺兩人便會下地獄的基準來看，這些罪行的重量應該非同小可吧。然而，即使全能的上帝應該也有觀察到這傢伙做了什麼，這個人至今依然在這裡，沒有下地獄。

所以，青岸更加不明白了。上帝饒恕了常木王凱、爭場雪杉以及這個凶手的殺人，這樣的正義到底有多少價值？在界線裡的罪行得到上帝的默許，持續發生。

關於這點，青岸想聽聽真凶的意見。不過，真凶一點也沒有要離開客廳的意思，青岸無法從對方的表情讀出絲毫想法。或許，青岸會不辭辛勞，決心偵查，是想靠近那名凶手的內心吧。無論如何，這些都是青岸個人的想法。

這名凶手說想當青岸的助手時，到底在想什麼呢？

「我按順序說，先從常木王凱的命案開始。從結論來說就是，殺害常木的人不是報島，而是政崎來久。」

「政崎議員？可是這樣……」

宇和島訝異地說。

「那天晚上，大槻因為一些原因在屋外，他看見只有政崎的房間燈沒有亮，兩旁報島和爭場的房間以及天澤的房間都是亮的。意思就是，政崎沒有回房。」

青岸說明，省略了大槻離開屋子的理由。

「另外，我在常木房裡撿到了一枝鋼筆。」

「是您問過我的那枝筆吧？」倉早問道。

青岸點頭繼續。

「問題是，政崎的鋼筆為什麼會在那種地方？不過，鋼筆落在房裡沒有任何意義，只是政崎製造的一個藉口。為的是當身旁的人都退下後以忘了拿鋼筆為由，重返常木的房間。接著，在房裡只剩兩人後刺殺常木。」

「可疑的傢伙一般就是凶手，還真的是咧。」

大槻輕笑道。

大槻說得對。不過這樣也就能理解眾人發現常木屍體的那個早上，政崎為什麼會張皇失措了。雖然那些雜亂無章、毫無邏輯可言的說詞反而不會啟人疑竇，但其實只是因為政崎太不會說謊罷了。加上他不小心把當藉口用的鋼筆留在了現場。

「難道，政崎是因為之前說的資金贊助的事才殺了常木嗎？」

伏見想起似地說。

「雖然只是推測，但應該就是這樣吧。常木先前一步步中止對政崎的贊助，如果他還活著，應該也打算切割和政崎之間的關係。失去常木這個金主，政崎的立場應該會變得相當艱難。」

常木實際上可能沒有做得那麼決絕，但青岸想起伏見的數位錄音機錄下的對話。政崎或許是覺得，既然常木對天使的迷思到了無法挽回的地步，就只能殺了他吧。

「政崎有殺害常木王凱的理由，仔細想想，這樣比較自然呢。」

「可是這麼一來，第二起命案就對不起來了。」

看著接受青岸說法的伏見，宇和島冷靜地說。

「之前的瓶頸就是這裡。如果政崎來久殺了常木王凱，報島下地獄的這條線便會消失。所以，報島才會在半反推的情況下成為凶手。」

「如果是這樣的話，那麼報島先生到底去哪裡了呢？」

倉早以清亮的聲音問道。

「……這個嘛，報島過去曾殺過人，殺了政崎以後下地獄的可能性也不是零。不過，報島應該也遇害了吧，屍體只要丟到海裡就可以了。」

「你的意思是殺害政崎的人也殺了報島嗎？這樣的話不對啊，凶手殺兩個人的話就會下地獄，可是，應該沒有人在政崎和報島遇害後馬上下地獄吧？當時還有八個人都在屋裡。」

大槻噘起嘴巴，毫不隱藏對不明白處的焦慮。

「沒錯，正因為有這條規則，失蹤的報島才會被視為殺害常木的凶手。不過，那個情境下有個例外的人可以殺死政崎和報島。」

回答大槻後，青岸輕吐了一口氣。推理到這一步前，青岸不斷想起那件事。想起他看著凶手墜入地獄，確定熊熊燃燒的汽車中有兩名夥伴已經死亡的那天。過了一會兒，青岸繼續道：

「**殺害報島的人也是政崎來久**。不過，他在下地獄前逃掉了。」

「逃掉了……怎麼逃？」

「假設，殺死報島的方法是下毒的話會怎麼樣？**政崎只要在報島毒發身亡前自殺就不會下地獄了**。」

在場所有人都倒抽一口氣。他們之前為什麼沒有發現呢？有方法可以欺騙方程式。只要在下地獄前自我了斷就不會被帶往地獄。哪怕政崎犯下第二起殺人案，只要在報島死前先自殺的話就能逃過天使的制裁。

「其實，常木打算切割的不只是政崎，而是被找來這座島上的所有大人物。那些傢伙做了什麼事，在場的各位應該都有所察覺或是已經知道了吧？」

諷刺的是，幾乎所有倖存下來的人都知道常木王凱的惡行。知道這個企業家建立可怕的同盟，在這個世界以特權殺人。

「我先說，伏見，把妳找來這裡的人大概是報島司。」

「咦？為什麼？我可以說是常木王凱的——是那群賓客的敵人喔？我不認為叫我來能有什麼好處。」

「沒錯，妳是敵人，所以才會選妳。你的角色就是替死鬼。若沒有一個容易被懷疑為凶手的目標，自己就容易遭到懷疑。如果沒有妳，就必須在我、宇和島、大槻、小間井管家和倉早小姐中打造一個殺害常木的凶手。」

報島他們應該是想避開在常世館工作的人吧，如此一來就只剩下青岸了。青岸能理解他們對誣陷偵探感到猶豫的心情，因為一般世人對偵探的印象和警察相差無幾。

所以才需要伏見。本來，政崎殺死常木後事情就應該結束了，之後只要在接駁船抵達前捏造能嫁禍伏見的證據就好。畢竟距離船來的時間還有四天。

然而，事情發展卻出乎他們的預料。

應該一次就結束的殺人案接連發生，將他們捲了進去。

「我們回到政崎被殺害的那天吧。那天，政崎把報島找來房間討論今後的方向，並吩咐誰為他們晚間的小酌做準備。自己是平常的瓶裝啤酒，報島是紅酒。這是凶手對政崎設下圈套的大好機會。凶手利用這場小酌讓政崎下毒殺了報島。當然，是在政崎不知情的情況下。」

「凶手是怎麼辦到……」伏見低語。

「凶手大概是把毒藥藏在紅酒的軟木塞裡吧，這麼一來我說的這個狀況就能成立了。我那天看現場時就覺得有點奇怪，當下沒發現，但那個葡萄酒開瓶器是左撇子專用的。然而，**喝紅酒的報島是右撇子啊**。」

青岸已經在抽菸塔確認過報島的慣用手。報島將便條紙交給青岸時是右手持筆。一想到這，青岸便厭惡起太晚察覺的自己，他要是在看到那張桌子上的東西時有發現就好了。相反的，政崎右手戴錶，左手拿叉子，是個左撇子。

「報島就算想用那個開瓶器也用不順。如此一來會怎麼樣呢？應該就會由左撇子的政崎來開酒吧。」

「的確，因為慣用手不對的話應該要開很久，但又不到要專程叫人換一個開瓶器來的地步。」

青岸見大槻頻頻點頭後繼續：

「左撇子的政崎用開瓶器開酒，有毒的軟木塞碎片掉入紅酒裡成為毒酒，政崎在不自覺的狀態下對報島下了毒。不久，報島開始感到痛苦，政崎應該很慌張吧。然而，即使政崎並非有心，這也是他的罪。」

這個情形跟牧師製藥殺人案一樣。

當時，母親從牧師手中拿了藥讓孩子吃下造成孩子死亡，下了地獄。受制裁的是直接下手的人類。母親讓孩子直接吃下的藥中含有水銀，她沒有殺意，甚至沒有意識到自己在餵毒，就這樣遭火焰吞噬。

全世界的食物倉儲會開始上鎖也是受到降臨的影響。如果食材裡混入有毒物質，下廚者可能會意外被打入地獄。這條規則之所以沒有引起恐慌，大概是因為知道地獄存在的人們對其感到畏怯吧。儘管如此，食品管理還是比從前變得更為嚴格。

「……眼睜睜看到報島先生痛苦的樣子，政崎議員應該很不安吧？」

倉早面不改色地說。

「這是我的想像——凶手大概是看準時機進來政崎的房間。因為我不覺得政崎是自己想到了之後的解決方法。」

政崎不是面對突發狀況能冷靜處理的類型，因此，應該有一個人在引導他。在青岸重新開口前，宇和島道：

「原來如此，**報島因政崎下毒而死的話，政崎就會下地獄**。」

「嗯，沒錯。凶手指出這點後，政崎面臨了究極的選擇——是要坐以待斃下地獄，或是在報島中毒身亡前自殺？不用說也知道他會選哪一個吧？」

眾人閉口不語，大家應該都想起了曾目睹過一次的地獄之火。那個改變世人價值觀、為全世界掀起變革的火焰與垂死掙扎。今天若是易地而處，青岸也會選擇自殺。

「意思是，政崎議員是自殺嗎……？」

伏見驚訝地喃喃自語。

「嗯，政崎用凶手準備的短刀或是什麼東西刺穿喉嚨自殺，報島則在政崎自殺後身亡。因此，政崎即使殺害兩人卻高明地逃離了下地獄的下場。」

2

「那麼，接下來是真凶採取的行動。凶手確認報島和政崎身亡後，先從天使展覽室借用長槍刺穿政崎屍體的喉嚨。理由當然是為了覆蓋政崎自殺時造成的傷口。」

「為什麼要覆蓋自殺的傷口？」大槻問。

「如果保留原來的傷口，宇和島可能會判斷政崎是自殺身亡吧。所以**凶手必須破壞傷口，令人無法辨別**。」

任宇和島再優秀，傷口變形到那種程度的話也不可能辨別出來。比起使用長槍的不自然，凶手以隱藏傷口為優先。

「之後再將報島的屍體丟入大海的話，就能將命案現場塑造成『報島以長槍殺了政崎後下地獄』的樣子。」

「凶手幹麼這麼拐彎抹角啊？我不是很明白凶手為什麼一定要把報島先生塑造成凶手。」

大槻仍繼續丟出疑問。青岸冷靜地回答：

「如果凶手沒有創造出『報島殺了政崎和常木下地獄』的劇本，直接任報島和政崎的屍體在現場不管的話會怎樣？凶手創造的強迫自殺機制很容易就會被拆穿吧？最根本的是，報島的屍體留有中毒身亡的痕跡，那麼在那個時間點我們就可以鎖定凶手了——那就是侍奉餐酒也不會不自然的小間井管家或倉早小姐。」

眾人的視線因這句話全轉向了孤零零的女僕。

小間井已經不在了。

活下來的嫌犯只有一人。

「是啊，這樣的話大家就會懷疑我或小間井了吧。」

成為眾人目光焦點的倉早沒有絲毫動搖，嘴角噙著溫和的微笑。青岸雖然因此稍微受到影響仍繼續道：

「……所以，凶手必須隱藏報島的屍體，暫時將罪名推到報島身上。實際上我們也幾乎接受了這個思路吧。明明順序相反，我們的焦點卻被轉移到為什麼要用長槍當凶器這點上。」

「原來如此，我和小間井的嫌疑越來越深了呢……如果小間井還活著的話，或許會提出一些反駁吧。」

「千壽紗，現在不是開玩笑——……難道說，真的是這樣嗎？」

大槻臉色蒼白，看起來比被指為凶手的千壽紗更加狼狽無措。

即使位於這樣的處境，倉早千壽紗仍直直凝視著青岸。

她依舊高雅凜然地站在那裡凝視著青岸，彷彿要將審判自己的偵探看穿似的。

片刻後，倉早說道：

「青岸先生，請繼續。您還沒說完吧？」

「嗯，還沒。接下來是揭開天澤齊的命案。」

青岸宣布，以堅定的視線回望倉早。

「殺害天澤的凶手……不是下地獄的爭場嗎？」

伏見插嘴。

「沒錯，不過這裡重要的是『事情為什麼會那樣發展』。我們站在爭場的角度想想看——明明只要再殺一個人就會下地獄，還會想殺小間井管家嗎？」

「這樣的話，代表他做好了下地獄的覺悟……」

「妳不覺得很難想像爭場會有那種覺悟嗎？其實這裡也一樣，爭場並不知道自己殺了天澤所以才不怕下地獄，動手殺了小間井管家。」

「怎麼可能把人推到井裡卻沒發現？」宇和島訝異地反駁。

青岸只是淡淡地回應：

「嗯，是不可能。所以，天澤的直接死因應該不是掉落井底吧。」

「那你覺得他的死因是什麼？」

「其實，天澤出事前我和伏見去過汽艇附近的那口枯井，當時，水井的井繩和汲水桶都還好好的。雖然也有可能是天澤落井時瞬間抓住了井繩，但那條井繩又長又結實，實在不會斷成那個樣子。那條井繩就是凶器，是它勒死了天澤。」

語畢，青岸再次看向倉早。

「倉早小姐，接下來我提到凶手時會以妳來代入，如果有想反駁的地方，請一一說出來。」

「好的，我會遵照您的吩咐。」

倉早不為所動，語調與她接到服侍餐酒的命令時別無二致。

「首先，倉早小姐把天澤那傢伙找到水井邊。」

「天澤老師貴人事多，我不覺得他會回應我這種人的邀約。」

「不，他應該會回應。畢竟，那裡有一艘汽艇。」

當政崎繼常木之後遇害、報島失蹤的那刻起，天澤便方寸大亂，陷入恐慌，還向小間井哭訴求小間井想辦法。若趁這個機會告訴天澤汽艇的事，他一定會二話不說飛奔過去吧。

「倉早小姐以汽艇為餌將天澤引來水井旁後，用電擊棒電暈了天澤。偷襲天澤應該不難。天澤打從心底厭惡天使，連看都不願意看一眼，而這座島有大量的天使，當他從天使身上瞥開目光時不會有防備。」

「……天堂學者厭惡天使竟然招來了惡果……」

伏見苦澀地低語。的確如此。

「倉早小姐把天澤移到水井旁，將繩子繞到他的脖子上後推進井中，接著再利用椿釘將繩子另一端沿著地面連結汽艇。不夠長的話只要在井繩這邊接繩即可。如此一來便打造出一道機關，只要有人發動汽艇，就能勒住天澤的脖子。」

雖然那艘汽艇因為船錨的緣故頂多只能前行幾公尺，卻反而更適合這道機關。拉開的繩子只要稍微升高，兩三下就會奪去人命了吧。

「這樣的話，發動汽艇的人就會是爭場先生了嗎？因為殺了小間井管家而下地獄的人是他。」

「嗯，沒錯。爭場也說過他無論如何都想離開常世島，加上他擁有遊艇駕照，汽艇對他應該也很有吸引力吧。」

「不過，很奇怪呢。這樣一來，我把天澤老師推到井裡時他必須活著才行，否則就會變成是我殺了天澤老師。」

倉早自始至終沉著地反駁。

「然而，那口井有十五公尺深，天澤老師在落下去的瞬間就會喪命。而且照您的說法，天澤老師的脖子上還繞著繩子對吧？這樣就更加不可能了。」

大概對此提出不同的看法：

「還是說天澤老師是在水井外面呢？如果目的是讓汽艇拉動繩子的話，不用特地把人放到井裡也沒關係吧？就讓他坐在井邊之類的。」

「如果井邊有坐人的話，打算發動汽艇的人就會注意到了吧？雖然那個人當時或許處於恐慌狀態，但只要往水井的方向看馬上就會發現了……」

伏見帶著微妙的表情繼續說：

「這樣一來，天澤的身體還是必須在井裡才可以……咦？結果又是井深的問題對吧？」

「要解決井深的問題只有一個辦法，那就是讓水井暫時變淺。」

「什麼意思？難道說水井只有那個時候水位特別高？」

聽到青岸那樣說，伏見高聲頂了回去。大槻則是又提出反對論點：

「不可能，千壽紗也說過吧，那口井完完全全枯了。」

「是的。據我所知，那口井的井水不會在一夜之間回來。」

「這點事我也知道。所以，倉早小姐是用其他東西填那口井，而且還是時間過後就會自動消失的東西。」

「這樣就不是用沙子或石頭填井了吧？沙子和石頭不但不會自動消失，而且一開始就會留下痕跡。那到底是用什麼東西？」

宇和島訝異地問。片刻後，青岸開口道：

「是天使。**那口井之前塞了天使在裡面**。」

青岸打開窗戶，一陣清風拂入屋內，床簾隨之搖曳。青岸取出口袋中的方糖撒向地面。

天使幾秒內便聚集而至。那種扁平的臉和削瘦的身體究竟是如何聞出砂糖味道的呢？天使聚在地上，臉龐磨蹭著方糖。

青岸在聚集而來的天使身上又撒了一次方糖，天使便層層停在彼此身上尋找砂糖，成為一大坨聚合體。

眾人輪流覷向窗外後皆默默無語，理解了青岸想表達的內容。這是人類唯一所知的天使習性，如今，這貪婪的習性鮮明地暴露在眾人面前。青岸關上窗，以免大家對這份詭譎與神聖產生更多混淆。

「順序是這樣的。先在井底撒糖召喚天使，聚集幾隻天使後繼續追加更多糖。只要聚集十隻天使，應該就能充分填好井底了吧。用這個方法將井深變成四公尺左右後，再把脖子上繞著繩子的天澤丟到天使上方。剩下只要等爭場過來，發動汽艇就好。」

青岸可以想像倉早是如何找爭場出來的，她只要偷偷遞封信就好。信上寫著找到了一艘汽艇，有駕照的爭場可以使用，自己會在半夜一點時幫汽艇加好油，請爭場趁左右無人時逃走等等。

於是，汽艇拉起了井裡天澤的絞刑繩，天澤死亡。汽艇開到某個程度後停了下來，爭場重返岸邊，雖然想辦法起錨卻不順利，最後，他回到了常世館。這段期間，井裡的天澤已經死了。

「大約三十到四十分鐘後，吃完糖的天使便會離開，不留痕跡。」

天使離開後，倉早切斷繞在天澤脖子上的繩子，讓他掉落井底。青岸他們無法取回位於地下十五公尺處的屍體。

「妳之所以燒屍，應該是保險起見吧。雖然妳預估我們不會取回屍體，但或許有人會指出天澤脖子上的勒痕，也或許是天澤的臉上有縊死的特徵，例如眼睛突出或是舌頭露出來等等。」

不過因為這樣，井裡留下了那股特殊的臭味。殘存的些許砂糖經火一燒，發出焦甜的氣味。

「接著，下一個遭到殺害的是——最後一個遭到殺害的是小間井管家。」

青岸下意識皺起眉頭，內心抗拒敘述接下來的那些事。但青岸不能停下，要是他逃走的話，就不能稱自己是偵探了。

3

「小間井管家的死很單純。我們本來就知道是爭場殺了小間井管家。」

「小間井管家的死該說是意外嗎……感覺不像是經過策劃的結果。」宇和島說。

青岸重重頷首。

「嗯，我也覺得那是場意外。至少，不在倉早小姐的預期裡。畢竟倉早小姐那時在天使展覽室撥打內線。」

倉早的身軀微微震了一下。

「內線留下了從天使展覽室打到爭場房裡的通話紀錄。是妳打的吧？」

「……是的話又如何呢？」

「只要有妳這句證詞就夠了。這樣，我便明白倉早小姐最後的計畫。是要搭配妳偷走的獵槍吧。」

「偷走的獵槍？」

大槻大概是不熟悉倉庫的事，插嘴道。

「那座倉庫本來有兩把獵槍，證據我待會再說。之所以消失了一把，是因為倉早小姐偷走了吧？在倉早小姐的計畫裡，獵槍是不可或缺的關鍵。」

「意思是……倉早小姐本來打算用獵槍射殺爭場嗎？」

伏見戰戰兢兢地問。

「不是。那樣的話就不用特地找爭場到天使展覽室了，只要讓爭場打開房門，直接開槍就好。天使展覽室有一項其他客房都沒有的特徵，只要知道這點，便能推測倉早小姐想利用獵槍和展覽室做什麼。」

「天使展覽室和其他房間不同的地方？是指擺了大量跟天使有關的東西嗎？」

「不是。那間房間的門**是這棟別墅中唯一的外開門**。」

天使展覽室原本是間小劇場，應該有五十席左右的座位和一座迷你舞臺吧。所以，房門是外開的。

所有劇場不分大小，大門都會做成外開式方便緊急時刻逃難。常世館其他房間或客房的門則跟一般的門一樣是內開。所以倉早才會選擇天使展覽室。

「外開的門嗎……的確是這樣。那又如何呢？」

「這裡還有另一把獵槍。」

青岸取出用布蓋起來的獵槍，左手做出拿話筒的動作，右手靈活地將槍口轉向自己。

「這就是妳在天使展覽室撥內線時的樣子。」

「等一下……危險……！」

伏見驚叫出聲。青岸的指尖抵住扳機。

「妳在天使展覽室的門把綁了一條線，線的另一頭接著扳機。這樣一來，扳機就會被打開天使展覽室大門的人扣下。內開門無法做到這點吧？所以，妳才選了天使展覽室。」

「……青岸先生，請把槍放下。要是有個萬一就不好了。」

「放心，子彈已經取出來了。」

「這樣啊……那就好。」

倉早的語氣沉穩無比。

「等一下，青岸先生，我完全跟不上你們說的……這樣……不是很奇怪嗎？你說千壽紗做了那些事，但這樣的話她自己……」

大槻一臉蒼白，他一定想像到倉早的身體遭子彈貫穿的畫面了吧。大槻的想像是正確的。

「沒錯，倉早小姐本來應該會被獵槍射死。她的目的是讓爭場因殺了自己而下地獄。」

倉早撥內線電話時，究竟是抱著什麼樣的心情呢？竟然為了讓一個人下地獄，不惜獻上自己的性命。

「可是，爭場沒有接電話。因為他那時已經離開房間，和小間井管家在一起。」

接下來就是倉早不知道的部分。倉早急於完成的計畫出現了偏差，小間井的行動打亂了她的計畫，救了她的性命。青岸從口袋裡取出一張折起來的紙。

「死去的小間井管家把備品清單放在胸口內袋裡，我說有兩把獵槍的根據就是這張清單。雖然小間井管家說倉庫沒有遺失物品，但實際上他發現少了一把獵槍，也察覺到那名凶手就是倉早小姐。」

所以，小間井才會撕下倉庫的備品清單藏起來，排除倉早的嫌疑吧。小間井袒護了倉早。

小間井應該沒有察覺出這一連串命案的全貌，但他至少預料到倉早會對爭場採取什麼樣的舉動。即使不明就裡，但直覺告訴他倉早就是凶手的這點不會有錯。否則便無法解釋小間井之後的行為。

「雖然我不清楚小間井管家是否有想到妳打算讓爭場下地獄這一步……但他應該是覺得妳打算殺了爭場吧。然而，如果說服能阻止的話，妳就不會做這些事了。那麼，他該怎麼做呢？」

倉早沒有回答，只是等待青岸的答案。

「他是這麼想的——只要自己先殺了爭場雪杉就好。」

於是，小間井搶在倉早之前把爭場找到了地下室。

「小間井管家打算用刀子殺死爭場，然而爭場強烈抵抗，反而奪走小間井管家的刀子殺了他。爭場沒有發現自己已經殺了天澤，就這樣墜落地獄。這就是事情的真相。」

由於爭場沒有接內線電話，倉早便暫時離開展覽室，在這個時候知道了地下室的騷動。本該以自己的性命讓其下地獄的對象竟然在自己不知道的時候下地獄了，聽到這個消息的倉早想必震驚不已吧。

相反的，當聽到小間井死去後，她又有多絕望呢？

倉早一點也不介意小間井察覺到了自己的計畫。因為本來拿走獵槍後，她的計畫馬上就要劃下句點了。她沒想到小間井會這麼快採取行動。最重要的是，倉早想都沒想過小間井會為了自己對爭場起了殺機。

「除了小間井管家和妳之外，其他人那個時間都有不在場證明，在天使展覽室打內線電話的人只有可能是妳。如果我的推理有誤的話，能告訴我妳當時在展覽室做什麼嗎？妳之前應該不在乎什麼通話紀錄吧？因為，妳本來應該已經死了，甚至不需要說藉口。」

倉早不需要任何不在場證明或藉口，因為在那裡，倉早千壽紗的「殺人」已經結束了。一思及此，這個失誤也不能稱為失誤。

遭拆穿一切的美麗女僕，眼神沉浸在深沉的哀傷裡，只是靜靜凝視著青岸。

此刻，青岸打從心底為倉早活下來這件事感到慶幸。

4

「千壽紗，妳真的……」

打破沉默的人是大槻。他大概在尋找能袒護倉早的話吧。

「……倉早小姐有什麼理由非得這麼做不可呢？」

宇和島的聲音也繃著。青岸已經許久不曾在他身上見到這麼顯而易見的動搖了。
「宇和島先生說得對！千壽紗沒理由做這種事！因為、因為……」
大槻接著宇和島的話，不打算罷休。
「大槻，可以了。」
制止大槻的人正是倉早。倉早輕輕搖頭，再次開口：
「可以了。我本來就沒有打算逃避懲罰。我只要在計畫結束前爭取時間就好，而計畫已經達成了。」
「所以妳承認了嗎？」
「真是精采的推理。青岸先生，您果然是名偵探呢。」
倉早千壽紗的嘴角漾出了跟初見時一樣美麗的笑容。
「有一件事，想問妳。」
青岸好不容易才擠出聲音道。
「請說。」
「妳為什麼不惜拿自己的生命交換也要讓爭場下地獄？」
「因為那個男人才是該下地獄的人。」
倉早毫不猶疑，乾脆地說。
「該從哪裡說起呢？我想各位應該都已經知道常木王凱他們利用自殺式攻擊委託

別人殺人的事了——而最初觸及這些惡行一端的人，就是我的父親。」

「難道是……檜森百生？」

「是的。父母離婚後，我雖然跟著母親改姓了倉早，但很久很久以前，我的名字叫做檜森千壽紗。」

原來是有關係的嗎？由百至千，從父親到女兒。

「怎麼可能……倉早小姐是……檜森前輩的女兒嗎……？」

伏見一臉不可置信。

「伏見小姐，謝謝妳……妳來到這座島時我好驚訝……妳遵守了和我父親的約定呢。」

倉早的話令伏見的淚水幾乎奪眶而出。

「檜森百生……是個打從心底熱愛『正義』這個詞的人……真心認為可以用報導改變世界……所以，被常木王凱殺了。」

「妳說的是森井銀行爆炸案對吧!?前輩他……前輩他在那場爆炸中……保護了小孩。」

倉早靜靜點頭。

「他當時應該知道危險正一步步逼近自己……儘管如此他依然沒有放棄，沒有放慢追查常木的腳步。所以，遭到殺害是遲早的事吧。」

倉早瞇起眼睛，彷彿當年的悲劇正在眼前重現。

「那場爆炸案用的炸彈是『茴香』。體積雖小卻有極強的殺傷力，能長時間延燒，因此會牽連更多被害者……爆炸案發生當時，父親眼前有個小孩，他立刻跑上前去救對方。那是個才五歲的小男孩。就這樣，父親抱著小男孩，用自己的身體保護對方而死了。」

「我知道。他們說，如果檜森前輩沒有救那個孩子的話……就不會死了，說前輩的死是有意義的。」

「伏見小姐……這件事還有後續喔。」

伏見短促的「咦」了一聲。聽到這，宇和島不知為何難過地皺起了眉頭。青岸馬上就知道原因了。

「……檜森……父親從爆炸中守住了那個孩子。當時，父親是因為脖子遭炸彈碎片刺入而死，火勢後來立刻蔓延到他身上。妳也知道吧？茴香的火不會滅。父親的屍體轉眼間就被大火包圍——連同他懷中救下的那個孩子。」

「怎麼會……」

伏見的雙眼溢出一顆顆斗大的淚珠。看樣子，沒有人告訴過她這個事實吧。

「如果沒有保護小孩的話，父親所在的位置並不會遭到爆炸波及。然而，他不是個能對眼前的小孩見死不救的人，我為這樣的父親感到驕傲。可正因為他是那樣的人，才會徹底遇害，甚至連他想幫助的男孩都被燒死。如果父親當初有稍微猶豫一下，就不會是這個結局了。」

「……好過分。太慘了……」

大槻低語，臉色鐵青。青岸現在的臉色恐怕也和大槻差不多吧。

為什麼這個世界不是單純的好人有好報呢？青岸想起倉早一臉認真問自己這個問題時的模樣。如果上帝真的存在，為什麼好人必須受苦呢？倉早就是懷抱著這些疑問，不斷在內心重播父親的死亡吧。

重播那場慘烈又不可理喻、踐踏人心的爆炸案。

「爆炸案的凶手是前銀行員工，因遭到非法解雇憤而行凶，計畫拉前主管和一大群客人共赴黃泉。到這裡為止，跟許多自殺式攻擊一樣，不同的是，凶手使用的是『茴香』以及家人在他死後收到神祕的金援……這是常木他們同盟的一貫作風，也是檜森百生賭上性命企圖揭發的手法。」

「不算殺人的殺人……嗎？」

「是的，青岸先生。一開始想到這個機制的人是天澤齊，他以此討好常木，打造了同盟的基礎。頂著天堂學者的頭銜，他做了什麼樣的實驗呢？……接著，他們邀請爭場加入，取得調度凶器的方法，也是這個計畫中不可或缺的關鍵。不僅如此，爭場加入同盟後為了更有效率地達成目的，開發了茴香。」

茴香的出現令這個世界的悲劇進化至另一個階段。如果茴香沒有流通，不知道能減少多少受害者。如果奪走赤城他們性命的車子上堆的炸彈不是茴香，他們是否能留下一命呢？思及此，一股猙獰的憤恨湧上青岸的心頭。即使已親眼目睹爭場遭地獄之火焚身的樣子，青岸仍忍不住思考這些問題。

「得到爭場的幫助後，常木的同盟如虎添翼。之後，常木為了進一步獲得在政界的影響力邀請政崎加入，又為了和媒體的關係找來了報島，利用天使降臨後的世界為所欲為。然而，他們的罪行卻不會受到天使制裁。我下定決心，無論如何也要報仇，如果上帝袖手旁觀的話，就只能由我自己來。就是在那個時候，我發現常世島上的傭人招募訊息。」

「真虧妳應徵上呢。」青岸說出最直接的感想。

「是啊。光看條件的話，這個職缺的待遇非常好，聽說錄取率也很低。我原本也不覺得自己能應徵上——不過，我跟青岸先生您一樣，都有個東西。」

「跟我一樣？」

「是『祝福』。」

倉早以近乎詛咒的口吻道。

「我進入面試會場時窗外突然暗了下來，我和面試官都覺得奇怪，看向窗外。結果……外面有一大群天使密密麻麻地貼著窗戶，日光因為這樣被擋住，屋裡猶如黑夜降臨。」

「這可能嗎？天使應該沒有自己的意志才對。」

宇和島驚訝地說。

「他們或許沒有什麼意志吧，我也不知道為什麼會發生那樣的情況。不過，這件事傳開後我獲得了錄用。常木欣喜異常，也稱那天的情形為『祝福』。」

結果，上帝還是有在看嗎？如果當時天使沒有聚集在窗外的話，倉早也不會來到常世島。倉早沒有在這裡工作的話，那六人便不會喪命。起因是天使，常木所追求的祝福。

「我一直在尋找機會。常木和爭場讓父親落得那樣的結局，只有他們是不夠的。其他三個人也一樣利慾薰心，必須受到懲罰。然而就算我有下地獄的決心，最多也只能殺兩個人……如果跟天澤一樣安排炸彈或火災的話就另當別論了。」

倉早諷刺地說。

「我也曾想過自殺式的炸彈攻擊。然而，唯有爭場我無法就這樣饒恕。爭場把父親的靈魂燒得一乾二淨，既然如此，他也必須嘗嘗相同的痛苦——哪怕只有一丁點，我也要讓他理解那個在父親懷抱中被燒死的男孩是什麼心情，引來這種結局的父親有多不甘心，我一定要讓他下地獄。就這樣，常木王凱對天使的痴狂到了失控的地步，政崎打算背叛，大好機會來臨了。」

「妳計畫的契機是政崎預計殺害常木嗎？」

「是的。我一邊以傭人的身分盡忠職守，一邊探查他們的動向，因而知道常木的精神狀態惡化，在經濟上把政崎逼得束手無策，以及報島察覺到這點後暗中慫恿政崎殺掉常木的事。」

結果，直到最後他們做的還是一樣的事，不想弄髒自己的雙手，把罪行推給替死鬼。寬容又盲目的上帝，放過了這骯髒的傳遞。

「知道政崎殺害常木計畫的人只有報島嗎？」

「應該是。為了嫁禍殺人，報島找來了伏見小姐。不只他們，我也覺得這次聚會是唯一的機會。之後的發展就如您的推理，計畫進行得很順利……除了小間井管家替我而死……」

倉早的喉嚨一緊。

「小間井管家大概是不希望妳死吧。」

「天不從人願呢。我本來就是該下地獄的罪人，小間井管家明明是無辜的……」

不，小間井的內心也很糾葛。既然在常世館裡生活，與常木王凱做的那些勾當撇清關係是活不下去的。青岸曾聽小間井痛苦地吐露心聲。一直以來，小間井對常木王凱的所作所為視而不見，他也覺得自己是罪人。小間井之所以想替倉早殺了爭場一定也是為了贖罪。

「青岸先生，告訴我。」

此時，倉早的眼睛終於落下淚水。那是濃縮了常世島漫漫長日、太過沉重的淚水。

「這個世界為什麼會變成這樣？為什麼到處充斥著天使，地獄又是為了什麼而存在？為什麼常木和爭場這種人沒有受到制裁，小間井管家和父親這樣的人無法得救？」

這些問題青岸沒有答案。別說答案，青岸根本是最大的受害者，上帝和天使的善變把他耍得團團轉，將他的人生攪得一塌胡塗。無論是地獄存在的理由抑或是否有天堂，青岸都一無所知。倉早應該清楚才對。

看著沉默無語的青岸，倉早帶著眼淚笑了。

「……青岸先生，我並不後悔。用地獄之火燒死爭場，殺了其他四個人，這些都是我的驕傲。」

「那是，」

「青岸先生，您找到天堂了嗎？」

倉早打斷青岸的話問道。

青岸是為了尋找天堂的所在而來，然而，他在這裡被安排看到的只是喉嚨裂開的天使。青岸心愛的夥伴們是不是正在天堂裡愉快地兜風呢？他還沒找到自己真正想知道的答案。

「……還沒。可是，我希望有。」

結果，這句話就是一切。無論是赤城、木乃香、嶋野、石神井，還是檜森百生和小間井，青岸希望這些死去的人們都能在天堂裡安息。即使這是活著的人不負責任的寄託，青岸也無法捨棄這個幻想。

倉早輕輕點頭。青岸不明白那代表什麼意思。

「青岸先生，謝謝您。您能解開這一切真是太好了。如果沒有青岸先生，我的憤怒、痛苦都只會被丟棄在黑暗裡。」

此時，青岸感到一股難以形容的惡寒。

他和倉早之間的距離只有幾公尺，要阻止只有現在。

然而，青岸還是遲了一步。

「我不打算讓天使抓走，我不承認天堂也不承認地獄。我要去的地方是完全的虛無，只是大腦機能的停止。」

倉早千壽紗說完這句話後，從懷裡拿出短刀，毫不遲疑地刺向自己的咽喉。

5

纖細的身體噴出鮮血，緩緩倒下。

倉早倒入血泊，與此同時，宇和島衝上前壓住她的傷口。然而，湧出的鮮血卻沒有趨緩的跡象，倉早的臉頰漸漸失去血色。

「誰！去我的房間拿醫療包過來！」

「我去！」

大槻衝出客廳。

「……可惡，傷口太深了……」

「你有辦法嗎？」

「我不知道，現在也不能輸血。我想止血，但光是這樣……」

倉早的眼睛漸漸失去光彩，嘴巴也溢出血塊。

沒多久，大槻便帶著診療包回到客廳。然而，倉早的傷勢已經到了無力回天的地步。眼前的倉早想要尋死，青岸卻無能為力。

事情為什麼會變成這樣？沒必要連倉早也死。即使想質問倉早這麼做的理由，但她已經無法說話了。

「怎麼辦，怎麼辦，連倉早小姐都要死了……」

伏見發出束手無策的哭聲。死亡的事實步步向他們逼近。宇和島拚命地做著某些處置，但毫不猶豫拿刀插進自己身體的人有救嗎？

上帝會就這樣殺了倉早千壽紗嗎？讓這個一心復仇，終於抵達這座島嶼的女孩白白死去嗎？

夾著焦躁的念頭掠過腦海，就在這時——

一隻天使從剛才打開的窗戶縫隙滑了進來，彷彿魚類洄游似地盤旋打轉，凝視客廳中的五人。在場眾人中，只有青岸察覺到那隻天使。

那隻天使異樣的姿態令青岸差點下意識撲上去。那隻全身細長的天使雙腳交纏，徐徐升空。此時，那對手腳反而比翅膀更加顯眼。

青岸以一種惡夢般的心情望著天使的動向。

天使將細長的手腳貼在天花板後立刻垂下腦袋。一道柔和的光柱無視天花板的存在配合天使的動作灑下，照亮了倉早千壽紗。美麗的光線將倉早的四周切割開來，連一向厭惡神蹟的青岸都不禁屏息。

雖然聽過，但這是青岸第一次親眼見到。

上帝的試煉，上帝的愛——阿諾迪努斯。

大概是察覺到青岸的視線，大槻和伏見也看向天使的方向。宇和島雖然一心專注搶救，身體卻因那道光而震動。

「上帝赦免千壽紗了。」

大槻喃喃自語，瞪大的雙眼溢出源源不絕的淚水。

「沒錯，上帝赦免千壽紗了！得救了！……千壽紗有救了！」

大槻祈禱般地反覆說道。

「沒錯，千壽紗的行為是正義！她沒有任何過錯！上帝赦免她了，一直袖手旁觀的上帝現在打算盡祂的職責了！」

上帝赦免。所謂的赦免，到底是什麼呢？

上帝為什麼要派阿諾迪努斯來這裡？祂想說倉早的傷雖然沒有治療的希望，卻還有機會——會出現奇蹟嗎？

如果奇蹟出現，是否真的就如大槻所言，上帝承認倉早的殺人是正當的行為呢？為了復仇殺了五個人還連累一個人死亡，這本是下地獄的重罪，犯下這種罪行的倉早是正當的？

論及上帝的裁量，身為人類的青岸只能乖乖接受。因為青岸只是區區一名人類偵探。

然而，正因為如此他才無法忍受。

如果現在要赦免倉早的話，上帝當初為何不救她的父親？

為什麼要讓她面對這種結局？

青岸認為，島上死去的那五人是應該被定罪的罪人。即使揭露倉早殺人的罪行，青岸仍覺得這五人應該下地獄，想站在倉早這一邊。如果上帝也是一樣的心情，那為什麼殺死那五人的不是偉大的天懲而是倉早纖弱的雙手呢？

光是思考這點青岸就快瘋了。沒有五官的天使在窗外飛翔，帶著那張讀不到任何情緒、妨礙同理心的臉，一直在人類身旁。

「別死！」

一回神，連青岸都說出了這樣的話。

「別死！不對，是別殺她。別殺倉早小姐，求求祢，別殺她。」

「我不會殺她，我不會讓她死。這一次，這一次我一定會救到人……」

宇和島的回應帶著悲痛。然而，青岸並不是在跟宇和島說話，他向不在這裡的上帝拚命哀求。

「求祢別殺她，救救她……求祢了，一次也好。」

「求求祢上帝，請不要讓倉早小姐死掉，求祢救救她，求祢救救她。」

伏見也哭著祈求。

「倉早小姐，拜託妳活下去。上帝在祝福妳……別死……」

青岸只是不停祈禱，和當年徒手觸碰燃燒的車子時一樣迫切。

——如果這世界有一點公理，就不要讓倉早千壽紗死！

喉嚨沒有割痕的天使只是一語不發，一直待在原地。

儘管全知全能的上帝灑下了光芒，倉早千壽紗依然在幾分鐘內死亡了。

終幕

Ubi sunt qui ante nos
In mundo fuere?
Vadite ad superos,
Transite ad inferos,
Hos si vis videre.

逝者先人，
如今何在？
如若期望相見，
奔赴天堂吧！
墜落地獄吧！

〈Gaudeamus igitur〉

1

『我看看……這樣可以嗎？哎呀，反正後製的時候可以剪掉。』

赤城昴瞪著鏡頭一會兒後，下定決心開始說道：

『呃——如果有誰看到……是說也只有焦哥會看到就是了，如果有誰看到這段影片的話，我應該已經不在這個世上了吧。如果我還在的話請不要看！這是我上天堂後的留言。』

赤城輕咳一聲繼續道：

『如果我死了的話，十之八九應該是為正義而死的吧。不論我是因為什麼事而死，那條路一定與正義相連。所以，即使我死了也不要難過，我為自己的人生感到驕傲。啊，好像有點想哭耶……啊——……真是的……啊……』

赤城輕輕拭淚，接著再次轉向鏡頭。

『就算我不在了，就算焦哥你變成一個人，也請繼續當偵探。一定有人會因為焦哥是偵探這件事而獲救。所以，你絕對、絕——對不要放棄。偵探，能拯救一個人。』

『你在幹麼啊？』
『啊，焦哥！等一下，現在不行！我在錄影！』
『錄什麼影？你要死囉？』
『嗚哇啊啊啊──你聽到了嗎？很差勁耶……聽到就早點說啊。』
『不要拍這麼不吉利的東西好不好？什麼即使我死了也不要難過。』
『這代表我帶著這種決心在青岸偵探事務所工作。畢竟，想當正義的一方也有可能會遭遇危險吧？』
『我可沒辦法把命押在這種偵探工作上喔。你是不是太杞人憂天了啊？』
青岸的視線越過轉向的鏡頭看向赤城。赤城尷尬地笑了笑。
『這是我的決心啦，決心。當然，我會努力不要讓這種事情發生的。』
『呃──如果有誰看到這段影片的話……反正也只有焦哥或赤城會看到吧。啊！機會難得，要不要讓這支影片在我死的同時上傳到各大影音平臺啊？我死的時候，這間破破爛爛的事務所應該已經名揚江湖，真矢木乃香的名字也已經無人不知無人不曉了吧？讓大家一起哀悼可能比較好是吧？』
木乃香淘氣一笑，重新面對鏡頭。
『我死掉的話，代表出現了強到不行的敵人，應該是光榮戰死的吧。雖然不想死，但死掉大概就是那種感覺，是吧？所以——嗯，想哭也沒關係，但好好感謝在天堂的我吧。』

木乃香一頓，沉默了大概十秒。

『可是就算我不在了，這裡也還有焦哥和赤城，他們不會放棄當偵探，這個世界大概也不會有問題。那兩個人絕對不會放棄。就算我不在了，剩下的人也給我想想辦法喔。』

木乃香煩惱了一會兒後，隨意倒向身後的沙發。

『我沒有要說的了。仔細想想，又看不到大家的反應，拍這種影片沒意義吧。』

『咦？木乃香在幹麼？』

赤城來回看著躺在沙發上的木乃香和相機問道。遠方傳來青岸的聲音：『跟你做一樣的事。』

『跟我一樣的事……』

『就是啊，我剛剛隨便在看電腦，結果找到你之前拍的多愁善感遺言影片。』

『咦？妳看了那個？真的假的？咦？』

『又沒關係，很感人啊。所以我想也效仿一下。』

『妳看了那個啊……哇啊——……嗚哇啊……』

『是你小時候不懂事拍的？但那影片沒那麼舊吧？反正，天有不測風雲嘛——你是不是有說能和焦哥在一起很幸福?』

『我沒說!』

赤城滿臉通紅,躺在沙發上的木乃香樂得咯咯大笑。

『妳好,二十年後的我?我是石神井充希……二十年後終於有雙層電車了嗎?今天早上的通勤電車真的還是一樣差勁耶——』

石神井露出笑容在鏡頭前揮手。赤城受不了地說:

『石神井姊,說要留正經訊息下來的人不是妳嗎!』

『啊,對對對。有人看到這個的時候我已經死了對吧?啊——感覺有點恐怖。我轉職大成功!能來到青岸偵探事務所真的是太好了!這間事務所好像預計業務上軌道的話就買車,某人看到這段影片的時候事務所已經買車了嗎?車子果然就是要選金色吧?』

『石神井姊在拍什麼——?』

經過的木乃香一臉奇怪地問。

『這個嗎?給未來的訊息。木乃香也一起來拍吧。』

『不是,是遺言!因為天有不測風雲……木乃香,我和妳都拍過吧?』

聽見赤城的話,木乃香「哇——」地發出一聲怪叫。那支影片現在似乎成為她的黑歷史了。「我絕對不要拍！」木乃香和拒絕的聲音一起遠離鏡頭。

『我想想——我應該也是為了正義而死吧。』

『嗯……會這樣嗎……我總覺得石神井姊會精明強悍地活下來……』

聽見赤城的回答，石神井笑了開來。

『若是為正義而死的話，或許是段不錯的人生呢。我一定可以在天堂過著好日子，還會買自己的車。』

『喂，我們還沒錢買車喔。』

說話的，是沒注意到相機直接入鏡的青岸。石神井朝青岸淺淺一笑。

『有名偵探在，不用擔心。而且，我們是為自己所愛而戰，所向披靡！真的沒有遺憾。』

就算變成老爺爺老奶奶，我們還是要開偵探事務所喔——面對石神井的邀約，已經移動到鏡頭外的青岸興致缺缺地回答：「我要隱居。」

『鏡頭轉過去囉——』

影片隨著赤城的聲音開始。手持雲臺相機的畫面劇烈晃動，看得有些辛苦。木乃香爛醉如泥睡在地上，身上裹著毯子，彷彿一隻巨大的簑衣蟲。

鏡頭移動，拍下滿臉通紅的嶋野。嶋野手中的酒杯還有半杯以上的紅酒，他咧開嘴角傻笑。

「看到這個的時候……的時候……？嗯？啊，算了，呃——……我或許已經死了對吧？」

「嶋野哥，你是不是喝多了啊？」

「我還可以再喝！」

「你那真的會變遺言喔。」

青岸說著，繼續飲下一杯又一杯酒，石神井則在一旁拍手大笑，似乎是徹底喝茫了。

「我每天都過得很充實。人終有一死，可是，我，嶋野的意志將會由剩下的成員繼承吧。然後總有一天，我們相信的正義會在這個世界萌芽！」

嶋野慷慨激昂，舉起酒杯。

「願我們、願大家萬古長青！」

影片在這裡結束。

2

即使發生了慘劇，天使依舊悠然自得地在空中飛翔，彷彿沒有看到自己守望的人類在他們面前犯罪，遭到命案愚弄。天使的雙手沒有憐憫也無輕蔑，只是降下制裁。

倉早千壽紗死後，阿諾迪努斯似乎迅速解除了任務。

原本貼在天花板上的天使在倉早斷氣後立刻晃了晃腦袋，匍匐離開了大廳，彷彿在說自己的任務已經結束。基本上，醫院裡的阿諾迪努斯好像不會移動，常世島的阿諾迪努斯在這點上也跟其他的阿諾迪努斯不一樣。

天使沒有降下奇蹟，只是給予治療機會，靜觀其變。倉早千壽紗下手沒有一絲迷惘和猶豫，青岸他們有辦法跟這種人製造的傷口抗衡嗎？

那麼，那隻阿諾迪努斯不過是個諷刺嗎？上帝派遣他來只是為了嘲笑犯罪的倉早嗎？若真是如此，但願臨死前的倉早沒有認出阿諾迪努斯就好了。

又或者，那隻阿諾迪努斯如大概試圖相信的那樣是種祝福？上帝赦免了倉早千壽紗，所以派阿諾迪努斯做為接她去天堂的階梯？

無論如何，對人生一直遭到天使玩弄的倉早而言，哪一種都不是適合她的結局。

青岸緩緩交握雙掌，這雙似乎受到祝福的手今天也活動自如。

天使為什麼會落在那輛起火的車子前拒絕青岸靠近呢？青岸一直在思考其中的原因。

然而，每當接觸降落在常世島上那些常木大概會稱之為祝福的事情，青岸便愈發覺得或許那種「不可解」才是天使和上帝的本質。

當然，青岸依然嚮往天堂。未來的路上，這份渴望也一定不會消失吧。不過，他發現自己能夠脫離煉獄，不再執著追求天使和上帝的意義、尋求自己能接受的理由了。青岸不是知道了上帝方程式的答案，而是發現方程式內或許並沒有可以代入的解答。

天使降臨改寫了世界的形狀，儘管如此，人類還是得生存。人類本來就是這樣的生物。人類唯一被賦予的自由不是上帝改寫世界的原因，而是如何在被改寫的世界裡生存吧。

因為，無論是上帝還是天使的真意，人類一定都不可能理解。

青岸只是區區一介凡人，他能推測的，頂多只有倉早千壽紗的真意。

儘管在常世島上待了漫長的時光，倉早千壽紗的房裡卻幾乎沒有可以稱作私人物品的東西。就算是別墅的女僕，這個房間也太過單調貧瘠了。她在這裡是怎麼度過的呢？

房裡附的書桌上有兩枝紅筆交疊成一個×。

其他還有一臺筆記型電腦和一瓶未開封的紅酒。

抽屜裡也幾乎沒有可以知道倉早千壽紗這個人的線索。硬要說的話，唯一能知道的就是她是抱著多大的決心實行這次的計畫。
青岸關上抽屜，再次看向酒瓶。稍微猶豫後，他把手伸向酒瓶。
背後傳來阻止的聲音。站在那裡的，是握著門把的宇和島。
「焦先生，你不能喝。」
「……我才不會喝。」
「你剛才感覺好像會那樣做。」
宇和島繃著一張臉。他的腦海一定出現了一些不好的想像吧。選擇自盡的凶手房間、一瓶酒，是驅動想像再完美不過的組合。
此外，如今的青岸即使死了，人們也不會奇怪。宇和島的觀察是正確的。連青岸都為自己還能活在這失意的谷底而感到不可思議。過了一會兒，青岸靜靜地說：
「我不是想尋死。」
「……是嗎？」
「而且，這瓶酒沒有毒。」
「你怎麼知道？」
「毒藥在抽屜裡。是用藥包紙包起來的粉末，雖然不知道是什麼但大概沒錯。」
藥包共有三包，以尋死來說分量應該綽綽有餘。之所以沒有藏起來，是因為那是從原本隱藏的地方移過來的吧。那種情況下，倉早需要毒藥的理由只有一個。

「有人會自己服毒還特地加到紅酒裡嗎？」

倉早千壽紗從一開始就想尋死，也做好了準備。儘管小間井救了她的性命，或是說正因為小間井救了她的性命，她才下定決心自我了結。

「既然知道的話，就不要擺出那種表情。」

青岸看不到自己現在是什麼表情。宇和島看到了，而從宇和島的神情推測，青岸的表情似乎相當悽慘。

「你該不會在想如果自己沒有解開謎團就好了吧？覺得那樣的話，倉早千壽紗或許就不會死了？真是太蠢了。你是偵探，解謎是你的任務，你沒有後悔的權利。」

「不要突然滔滔不絕，長篇大論啦。角色會跟赤城重疊喔。」

「你應該明白倉早千壽紗為什麼沒有選擇在昨晚死去，不是嗎？」

沒錯。倉早千壽紗也可以選擇在昨晚死去，她應該可以不用聽青岸蹩腳的推理秀，早早前往黑暗的彼端才對。考量到這些，青岸故意說：

「誰知道。她大概是覺得我的推理會出錯吧。一想到沒用的偵探會害其他人蒙上不白之冤也沒辦法安心上路吧。」

「不對，倉早小姐是真心希望你能解開這個案子，希望青岸焦能破解自己的戰鬥。」

「不，退一萬步來說，她也只是想知道小間井管家的死是怎麼回事吧？因為倉早千壽紗根本不知道是爭場找小間井出來殺了他，還是小間井試圖殺害爭場找他出來。」

唯有那件事完全在倉早千壽紗的計畫之外。即使已經決定自我了結，小間井管家的死還是成了她最後的牽掛吧。

那麼，就某種意義而言，倉早或許對青岸有所期待吧。自倉早抵達客廳的那一瞬間起，她就是來請青岸填補空白的。青岸也不過是回應她罷了。

「你那樣不就是救了她嗎？」

宇和島直言。

「證據齊全，倉早小姐在聽你推理前就決定自殺了。然而，她卻沒有在最容易執行的夜晚動手。」

「可能是改變心意了吧。或許，她想在被逼到最後一步前活下去。」

「她的決心很堅定，我不認為結局會有所不同。本來應該在昨晚死亡的倉早小姐為了聽你的推理打消了念頭。就算只有幾個小時，你也延長了她的壽命。」

「詭辯。」

「是啊，是詭辯。可是，比起我這個醫生，你挽留她性命的時間更久。」

「講得一副你聽本人說過的樣子，你的本業是靈媒嗎？」

「我是有聽到。我知道倉早小姐最後的遺言。」

宇和島走近書桌，將桌上重疊的兩枝紅筆撥到地上。「你做什麼？」青岸不假思索出聲問道。宇和島回答：

「這就是倉早小姐最後的遺言。」

「……什麼意思？」

「她說：『把筆撥掉。』」

又是個簡潔的訊息。對最後一瞬間恢復意識的倉早而言，太過簡短的話語。

「所以我才會來倉早小姐的房間。來這裡前，我連她說的筆是什麼都不知道，但多半是這個吧。」

「她為什麼要拜託你這種事？話說回來，這兩枝筆是什麼意思？她為什麼要——」

「我不知道。大概是不需要了吧。」

「不需要了——……」

青岸想到了某件事。青岸剛認識倉早，和她閒聊些沒有意義的內容時，是不是有這樣的東西呢？還記得，那是在遊艇上的事，或許是為了幫青岸排遣無聊也或許是好奇心作祟，當時的倉早很想問青岸他們當偵探的事。

在青岸察覺到的瞬間，宇和島說：

「偵探不只是解開謎團，同時也拯救了犯人。難道不能這樣想嗎？」

「不要把這種事交給我啦。」

當走進這間房間，知道倉早千壽紗本就打算尋死時，青岸便覺得哪裡怪怪的。畢竟，這間房裡沒有任何遺書。

如果倉早昨晚在這種狀態下死去的話，倉早千壽紗為什麼要設計常木等人以及她為什麼會死亡的理由就都不會有人知道了。

如同早上的自白，倉早悲痛欲絕。她拚命控訴，揭露常木他們的殘忍。她會沒有向任何人傳達這份心情就赴死嗎？

實際上並非如此。倉早確實傳達了自己的心情。

她留下兩枝筆代替遺書。

如果倉早什麼都沒有說，按照計畫自盡的話，青岸發現她遺留在房間裡的這兩枝筆會怎麼想呢？

答案很簡單。青岸為了回應倉早的訊息會拚命挑戰這整樁案件，不斷思考真相。

「……沒人保證我會找到真相啊……」

青岸也有可能始終都沒發現倉早千壽紗就是凶手以及她是如何奮戰的。畢竟，在天使降臨後的世界裡，青岸當了很長一段時間的頹廢偵探。

「明明不知道我會不會找到真相，卻留下這種東西我也很困擾啊。還是說妳的意思是如果我錯的話，這兩枝筆就會一直那樣擺著嗎？」

儘管一點也不想哭，青岸卻發現自己漸漸哽咽。視線中，落在地上的筆變得模糊不清，紅筆看起來就只是兩條紅線。

「每個傢伙都在期待我這種人什麼啊？」

「還是會期待啊。」

宇和島說。

「因為，你活著。」

青岸想起和倉早間曾經的對話。

——想不到現實生活中真的有代入祕密暗號、偵探華麗解開謎團這種事。雖然這麼說不太恰當，但我有點憧憬呢。

——國際信號旗可能不算是暗號，是船長的臨機應變吧。

——青岸先生確實接收到那道訊號，幫助了船長，是名偵探呢。

倉早千壽紗當時笑著那麼說。那是出現在青岸的偵探故事中，聯繫船隻的無聲通信。

兩條紅線重疊成叉叉的旗號叫做 Victor，是那樁案件中使用的「暗號」，會在危機消失後撤除。

「我需要你的援助」。

3

「是船……太好了……太好了——！」

一見到接駁船航行過來的身影，伏見便誇張地大肆歡呼。一同在港口集合的宇和島和大槻雖然應該也鬆了一口氣，但伏見亢奮的樣子還是顯得很突出。

「啊——真的……真的很可怕……」

「妳沒事吧？怎麼這麼慷慨激昂？」

青岸傻眼地問。伏見彷彿變了個人似地露出認真的表情。

「慷慨激昂是真的。因為，我的戰鬥現在才開始。」

來到港口前，伏見也說了一樣的話。

無論花多少時間也要揭露常木他們的所作所為，不會讓他們犯下的罪行掩埋在黑暗裡。這就是伏見的誓言。

「倉早小姐覺得必須親手懲罰他們……的確是這樣沒錯。結果，我來常世島根本一事無成，只是個被當成誘餌的沒用記者，完全沒有達成檜森前輩的囑託。」

伏見不甘心地垂下雙眸。然而沒多久，那雙眼睛便緊緊鎖定青岸的身影。

「可是，我們不能這樣下去，不該把制裁丟給天使。人類要用人類的方法，一定要制裁他們才行。」

似乎是察覺到船隻的氣息，天使紛紛聚集到港口旁，發出刺耳的振翅聲。伏見挑釁似地朝天使揮拳。

「我不會重蹈覆轍。身為記者，我絕對會取回這個世界的正義……所以……」

伏見話語一頓，似乎在猶豫該不該說下去。最後她下定決心，將後半句說了出口。

「青岸先生，也請你以偵探的身分戰鬥。」

「…………」

青岸無法立刻回答。

當在倉早千壽紗房裡找到訊息時，當知道她拜託宇和島撥掉那兩枝筆時，青岸的心底泛起了小小的漣漪。

在最後一刻撤下求救信號的倉早，是否因青岸的推理獲得了一絲救贖呢？

如果是的話，青岸便能覺得在這個有天使存在的世界裡，依然與正義站在同一邊的偵探也有意義了。若不這麼想，便會辜負倉早最後的遺言。

所以，青岸說：

「……嗯，我答應妳。」

腦海裡掠過赤城、木乃香、石神井和嶋野拍的影片。
回過神來才發現，赤城獨自拍的「遺言」後來變成了單純的家庭紀錄，是青岸和那四人一起共度的重要軌跡。
他們不在後，青岸連回去看那些影片的勇氣都沒有。青岸一直把影片收起來，他害怕自己只要一看，那些影片就會變回本來的用途而不再是家庭紀錄了。
所以，青岸才會把赤城一開始拜託自己的事驅逐到了記憶深處。
他怎麼會忘了呢？青岸原本就是一人偵探。
即使成為一個人也沒有道理不當偵探。
這世上應該還有人跟常木做著一樣的事吧。青岸親眼目睹了世上有天使無法制裁的罪惡。
既然如此，這個世界就還有數不清的事等著偵探去做。
「我答應妳，我會繼續當偵探。」
「我們說好囉，青岸先生。」
伏見笑著說。
接駁船入港，常木的下屬和警察走了下來。關於這座島上發生的事，青岸接下來應該會說到不想再說吧。訴說天使數量如此之多的島上所發生的戰鬥、罪惡與正義。人們可能會覺得這是黯淡無光、令人絕望的慘劇吧。
上船時，青岸轉身再次看向常世島。
晴天的常世島不太看得到天使的蹤跡，眼前是萬里無雲的藍天。
這座一望無際的島嶼美麗如畫，是名副其實的人間樂園。
這裡沒有青岸尋找的那四人，就連他們的幻影也不被允許降落在這。
此時，出現兩道刺耳的悲鳴。
所有人看向聲音的方向。
一對天使正優雅翱翔於接駁船上方。他們每一次飛翔，喉嚨便會流出神奇的聲音。如今的青岸已經知道那種聲音的真面目。湊近仔細瞧的話，他們的喉嚨應該會有割痕才對。那是刻意捏造仿冒的天使之聲。
不過，如今這道聲音就像宣告出航的氣笛，高亢而嘹亮。

（終）

參考文獻

《拉丁名句小辭典》（ラテン語名句小辞典，暫譯），二〇一〇，野津寬著，研究社。

此外，我不是將故事放到有天使的世界觀設定裡，而是深深受到〈上帝不在的地方叫地獄〉（《妳一生的預言》，姜峯楠著，鸚鵡螺文化）這篇短篇，以及作者姜峯楠在故事筆記中寫到的「美德不一定會有善報，好人也會遭遇不幸」影響，讓其成為貫穿故事核心的主題。

謹向為本書繪製封面的影山徹先生、設計封面的內川TAKUYA先生以及陪伴我許久的責任編輯高塚菜月小姐致上最高的謝意。另外，也由衷感激接手編輯的塩澤快浩先生、想看斜線堂有紀寫更多推理小說的各位讀者與手上拿著這本書的大家，謝謝你們。

本作品純屬虛構，與實際存在人物、團體、事件無關。
本書為作者首度公開新作。

逆思流

偵探不在之處即樂園

（原名：楽園とは探偵の不在なり）

作者／斜線堂有紀　譯者／洪于琇　封面插圖／影山徹
榮譽發行人／黃鎮隆
執行長／陳君平
協理／洪琇菁　國際版權／黃令歡、梁名儀
執行編輯／呂尚燁　美術編輯／李政儀
企劃宣傳／楊玉如、洪國瑋、施語宸
發行／英屬蓋曼群島商家庭傳媒股份有限公司城邦分公司　尖端出版
台北市中山區民生東路二段一四一號十樓
電話：（〇二）二五〇〇—七六〇〇（代表號）
傳真：（〇二）二五〇〇—一九七九
中彰投以北經銷（含宜花東）／楨彥有限公司
電話：（〇二）八九一九—三三六九
傳真：（〇二）八九一四—五五二四
雲嘉經銷／威信圖書有限公司　嘉義公司
電話：（〇五）二三三—三八五二
傳真：（〇五）二三三—三八六三
南部經銷／威信圖書有限公司　高雄公司
電話：（〇七）三七三—〇〇七九
傳真：（〇七）三七三—〇〇八七
香港總經銷／城邦（香港）出版集團有限公司
香港灣仔駱克道193號東超商業中心1樓
電話：（八五二）二五〇八—六二三一
傳真：（八五二）二五七八—九三三七
E-mail：hkcite@biznetvigator.com
馬新經銷／城邦（馬新）出版集團　Cite(M)Sdn.Bhd.
E-mail：Cite@cite.com.my
法律顧問／王子文律師　元禾法律事務所
台北市羅斯福路三段三十七號十五樓
二〇二二年六月一版一刷

版權所有・翻印必究
■本書若有破損、缺頁請寄回當地出版社更換■

RAKUEN TOHA TANTEI NO FUZAI NARI
© 2020 Yuki Shasendo
This book is published by arrangement with
Hayakawa Publishing Corporation

■中文版■

郵購注意事項：
1. 填妥劃撥單資料：帳號：50003021戶名：英屬蓋曼群島商家庭傳媒（股）公司城邦分公司。2. 通信欄內註明訂購書名與冊數。3. 劃撥金額低於500元，請加附掛號郵資50元。如劃撥日起 10～14日，仍未收到書時，請洽劃撥組。劃撥專線TEL：(03) 312-4212 ・ FAX：(03) 322-4621。E-mail：marketing@spp.com.tw

國家圖書館出版品預行編目資料

偵探不在之處即樂園 / 斜線堂有紀作 ; HANA譯
--初版. --臺北市：尖端出版, 2022.06
面 ; 公分. --(逆思流)
譯自: 楽園とは探偵の不在なり
ISBN 978-626-316-800-8(平裝)

861.57　　111003622